선샤인의
완벽한
죽음

안전가옥
오리지널

4

선샤인의
완벽한
죽음

범유진 장편소설

일러두기

❊   본문 가운데 일부는 셰익스피어 희곡 〈맥베스〉(윌리엄 셰익스피어,
    최종철 옮김, 민음사, 2004)의 대사를 차용했다.
❊   무아교의 학제는 대한민국 공교육의 학기제를 기반으로 하며
    등장인물의 연령은 만 나이를 기준으로 표시했다.

인생이란 그림자가 걷는 것, 배우처럼
무대에서 한동안 활개 치고 안달하다
사라져 버리는 것, 백치가 지껄이는
이야기와 같은 건데 소음, 광기 가득하나
의미는 전혀 없다.

Life's but a walking shadow, a poor player
That struts and frets his hour upon the stage,
And then is heard no more; it is a tale
Told by an idiot, full of sound and fury,
Signifying nothing

—셰익스피어, 〈맥베스〉 중에서

차례

무아교
사건 보고서

8월 1일, 선샤인의 시체가 발견되었다.

사건이 일어난 무아도는 육지에서 가장 먼 섬으로, 허가받은 사람만이 들어갈 수 있는 사유지다. 무아도를 드나드는 정기선은 한 달에 한 번 정해진 시간에 섬에 출입하며 허가증이 있어야 탑승할 수 있다. 단, 섬 안에서 처치가 어려운 환자가 생기면 헬리콥터를 이용해 외부 의료시설로 이송을 진행한다.

현재 무아도의 소유주는 무아 재단으로 '무아 교육 기관'(통칭 무아교)을 운영하고 있다. 무아도의 중심에 조성된 무아교는 '통제된 환경에서 완벽한 엘리트 양성'을 목표로 한다. 유치부부터 고등부까지 에스컬레이터식 진학이 이루어지며, 학생들은 여섯 살에서 여덟 살 사이에 무아도에 들어와 고등부를 졸업하기 전까지 학교의 허락 없이는 섬을 떠날 수 없다. 무아교의 실험적인 교육 시스템은 설립 발표 때부터 국내외에서 큰 주목을 받았다. 3년 전에 재단 이사장이 교체된 후부터는 폐쇄성이 완화되어 기부금 입학 제도를 실시하기 시작했고, 그 덕분에 명문 사학으로 완전히 자리를 잡았다.

무아교는 자체 행정 조직을 갖추고 있으며 필요할 경우 무아도의 유일한 국가 행정 기관인 치안 센터와 협조하여 일을 처리한다. 이번 사건 역시 교내 행정부에서 자체적으로 완료한 조사를 토대로 처리가 마무리될 예정이다. 이 보고서는 그를 위한 초안임을 밝힌다.

'무아교의 여신'이라 불리던 선샤인. 그의 죽음에 무아교, 특히 고등부 학생들은 큰 충격에 빠졌다. 학교는 동요가 심해지는 것을 방지하기 위해 선샤인을 추모하는 등의 행사를 금지했다. 선샤인의 시신은 육지로 이송되어 화장 절차를 밟았으며 교내에서의 장례식은 하루장으로 간소하게 치렀다. 선샤인의 장례식이 끝나고 학교가 지침을 발표하고 나서 하루 뒤인 8월 3일, 학교를 비롯해 무아도 곳곳에 메모가 붙었다. "내가 선샤인을 죽였습니다."라는 메모에 다시금 학교가 혼란스러워지는 듯했다. 그러나 행정부는 메모를 빠르게 회수하고 이에 대한 소문 유포를 금지했다. 이로써 '선샤인 사망 사건'은 막을 내렸다.

명령받은 자

덜컹거리는 소리에 레이는 잠에서 깨어났다.

싫은 소리다. 레이는 침대에 누운 채 손바닥으로 두 귀를 막아 보았다. 조금도 조용해지지 않았다. 덜컹이는 소리는 점점 심해졌고 결국 레이는 침대에서 일어날 수밖에 없었다. 레이는 침대에 앉아 머리맡에 둔 시계를 봤다. 새벽 6시. 아침 구령이 울려 퍼지기도 전이었다.

세 달 전부터 시작된 구령은 명상으로 시작되던 아침 풍경을 바꿔 놓았다. 이제 학생들은 매일 아침 7시 구령 소리에 맞춰 일제히 기숙사 복도로 나와 체조를 해야 했다. 명상은 금지되었다. 좀 더 일찍 일어나서 몰래 명상을 하는 학생들도 있었지만, 레이는 점수에 들어가는 것도 아닌 일에 부지런을 떨 생각이 없었다.

덜컹이는 소리가 레이의 눈꺼풀 사이로 계속 기억을 밀어 넣었다.

'어디서 나는 걸까. 이 소리.'

레이는 침대에서 일어나 창가로 다가갔다. 창을 덮고 있던 커튼을 조금 걷어 내어 밖을 바라보았다. 평소 같으면 미세한 틈으로도 환한 빛이 쏟아져 들어왔을 터였다. 고등부 기숙사 는 무아도에서 가장 높은 곳에 있었고, 남향으로 난 창은 아 침이면 항상 바닥에 햇살을 쏟아 내곤 했다.

하지만 오늘은 아니었다.

이틀 내내 무아도에는 비가 내리고 있었다. 검은 비구름이 몰려들었을 때에 학생들, 특히 고등부 3학년 학생들은 불안에 찬 표정으로 하늘을 올려다보았다. 평소 무아고 학생들은 날 씨에 민감하게 반응하지 않는 편이다. 재작년 무아도에 산사 태를 일으켰던 태풍이 몰려왔을 때에도 학생들은 태평했다. 그들은 무아교를 철의 요새로 여겼다. 절대 무너지지 않을 성 안에서, 고작 비 따위를 두려워할 이유가 없었다.

그러나 이 비는 달랐다. 무아제가 일주일 앞으로 다가와 있 었다.

무아제. 무아교 최초의 축제. 재단이 첫 졸업생이 될 고등 부 3학년 학생들을 대상으로 마련한 이벤트였다. 축제 기간 동 안 학생들이 포트폴리오를 제출하면 학교 측에서 이를 국내 외 대학과 기업에 보내고, 대학이나 기업은 포트폴리오를 보고 마음에 드는 학생들에게 러브 콜을 보내도록·되어 있었다. '선택받지 못한 자는 엘리트가 될 수 없다.'라는 것이 무아제의 개최와 함께 공표된 재단의 입장이었다. 무아제에서 어떤 평가를 받느냐에 따라 사회에 나간 후 가슴에 칠해질 계급의 색이 정해지는 셈 아닌가. 학생들 사이에서는 은연중에 그런 말들이 떠돌고 있었다.

그리하여 학생들 가운데 그 누구도 무아제가 망가지기를 원하지 않았다. 고작 비 때문에. 혹은 그 외의 다른 이유 때문에라도. 그러나 이틀 내내 학생들의 불안을 빨아들여 오히려 기세를 더한 듯한 비구름은 굵은 빗줄기를 쉬지 않고 쏟아 내고 있었다.

'빗줄기가 좀 약해진 것 같아.'

어제저녁보다는 확연히 빗줄기의 기세가 꺾였다. 레이는 창문에 침처럼 꽂히는 얇은 빗줄기의 잔흔에 초조해졌다. 포트폴리오를 만들어야 한다는 압박감에 마음이 무거워졌다.

열흘 전까지만 해도 아무 문제 없었다. '무아교의 목소리.' 레이는 중등부 1학년 때부터 거의 6년 동안 그렇게 불렸다. 레이는 무아제에 제출할 포트폴리오를 따로 준비하는 대신, 무아제가 진행되는 동안 방송할 프로그램 녹음에 힘을 쏟았다. 무아제 자체를 자신의 포트폴리오로 삼은 것이다. 한 달 내내 이어진 녹음을 마치고 나니 이틀간 제대로 목소리가 나오지 않을 정도였다.

중등부 1학년 때, 레이가 미디어부 아나운서 시험을 본 데에는 이렇다 할 이유가 없었다. 동아리 활동이 필수 사항 중하나였고, 레이는 여러 동아리를 둘러보다가 미디어부에 도착했다. 마이크 테스트가 시작되고 레이의 차례가 되었다. 레이는 주어진 지문을 읽었다. "레이. 목소리가 참 특별하네." 옆에 서 있던 선배가 감탄했다. 마이크를 거친 레이의 목소리는, 레이 자신이 듣기에도 다른 사람처럼 들렸다. 단호하면서도 편안한 울림이 있었다.

　특별함. 그것은 그때까지 레이와 전혀 상관없는 것이었다. 무아교에는 '특별한' 아이들이 너무 많았다. 국제 대회에서 상을 휩쓰는 천재들. 컴퓨터보다 빠르고 정확한 계산을 해내는 영재들. 끌과 붓으로 자기보다 큰 작품을 만들어 내는 아이들. 옐로 명찰은 대부분 그런 애들의 것이었다. 괴물들 사이에서 레이는 블루와 레드를 왔다 갔다 하며 간신히 버티고 있었다. 그래서 특별해지려고 노력하지 않았다. 자신의 한계를 인정하지 못하고 옐로를 노리다가 아예 블랙까지 떨어지는 아이들이 1년에 한두 명씩 꼭 있었다.

　1년에 네 번씩, 새롭게 나눠 주는 명찰과 그 명찰에 칠해진 색. 아이들의 가슴을 물들이는 색을 학교에서는 단순한 '상징'일 뿐이라고 했다. 그러나 그 색을 통해 상승과 하락이 너무나 분명히 보였다. 다들 재능이 뛰어났기에 더욱더, 아이들은 눈으로 보이는 그 표식을 '상징'이 아닌 '실체'로 받아들일 수밖에 없었다. 계급 평가를 발표하는 날, 색이 바뀐 명찰을 받아 들고 울음을 터뜨리는 애들을 볼 때마다 레이는 주문처럼 교훈을 외웠다. 선하고 아름답게. 쉽게 슬퍼하지 말 것. 슬퍼하지 않기 위해서는 욕심을 내서도 안 됐다.

레이는 미디어부에 합격한 후 종종 자신을 타일렀다. 아나운서나 성우처럼 목소리를 쓰는 직업을 찾아보다 퍼뜩 정신이 들면 이렇게 중얼거렸다. 쓸데없는 꿈을 꾸면 안 돼. 무아교를 졸업하면 최대한 좋은 대학에 장학금을 받고 진학해서, 높은 연봉을 주는 회사에 들어가는 게 레이의 목표였다.

3년 전, 김신영이 이사장으로 부임한 후 미디어부는 레이가 목표를 이루는 데 무척 중요한 요소가 되었다. 학생회 소속인 미디어부 일원이라는 것만으로 레이는 '레드'를 부여받을 수 있었다. 이전과는 달리 계급에 따라 실질적인 혜택이 주어지는 '조건'으로 변한 상황이었다. 레이는 레드보다 아래로 떨어지지 않으려고 더욱더 미디어부 활동에 매진했다.

그러나 열흘 전, 그 노력이 모두 물거품이 되었다. 레이는 느닷없이 방송에서 영상 편집으로 담당이 바뀌었다는 통보를 받았다. 이제까지 레이가 해 왔던 일은 새로 들어온 1학년에게 돌아갔다. 자신만만한 표정으로 마이크 앞에 앉은 후배는 옐로 명찰을 달고 있었다. 레이는 통보를 받아들여야 했다. 무아제 영상들도 모두 그 후배 목소리로 다시 녹음할 예정이라고 했다.

축제까지 남은 얼마 안 되는 기간. 레이는 여전히 포트폴리오를 준비하지 못하고 있었다. 빼앗긴 '무아교의 목소리'라는 자리를 대체할 만큼 좋은 아이템이 도저히 떠오르지 않았다.

'이대로 계속 비가 와서 무아제가 연기되면 좋겠다.'

레이는 비바람에 흔들리는 창틀을 꽉 부여잡았다. 창문의 흔들림이 멈췄다. 덜컹. 그런데도 뭔가 흔들리는 소리가 계속 들렸다. 레이는 방 안을 둘러보았다. 침대와 책상, 붙박이 옷장이 전부인 방이었다. 레이의 시선이 책상 모서리에 올려놓은 개인 디바이스에서 멈췄다.

무아교는 학생들에게 개인 디바이스를 일괄 지급했다. 공식적으로 교내 어디에서든 휴대 가능한 유일한 전자 기기로, 휴대폰과 태블릿 PC 기능이 결합되어 있었다. 등록된 무아도 거주자에 한해 통화와 메시지를 주고받을 수 있었고, 인터넷 역시 무아 재단에서 자체 개발한 포털 서버를 통해서만 접속이 가능했다. 서버에 접속하려면 개개인마다 부여받은 '학생 코드'를 입력해야 했는데, 그 코드를 통해 학교 검열부는 학생들의 접속과 검색 기록을 비롯해 이메일까지 모두 조사했다. 외부 인터넷 접속은 불가능했기에 무아교 아이들은 섬 바깥 소식에서 철저히 통제된 채 성장했다.

레이는 창틀을 놓고 책상 앞으로 다가가 디바이스를 집어 들었다. 디바이스가 크게 진동을 울리며 책상 모서리에 부딪히고 있었다. 덜컹이는 소리의 정체는 바로 이거였다.

이레이. 9월 4일 아침 7시까지, 이사장실로.

레이의 눈꺼풀이 파르르 떨렸다.

*

레이는 기숙사를 나섰다. 빗줄기가 아주 잠깐 머리를 적셨다. 무아교의 건물과 건물 사이에는 천장이 유리 돔으로 덮이고 안쪽은 정원으로 꾸민 터널형 통로가 설치되어 있었다. 학생들은 그것을 '터널 정원'이라고 불렀다.

레이는 터널 안으로 들어갔다. 물웅덩이가 고여 있던 바깥과 달리 터널 안 잔디는 보송하게 말라 있었다. 레이의 걸음이 빨라졌다.

'김신영이 나를 왜 불렀지.'

잘못 봤나 싶었다. 그러나 발신인은 분명 이사장실이었고 수신인은 이레이, 자신이었다. 레이가 학생회의 다른 부서 소속이었다면 호출을 이상하게 여기지 않았을지도 모른다. 행정부나 집행부는 정기적으로 열리는 운영회에 참여했고 이사장과 단독 면담을 할 때도 많았다. 그러나 레이가 속한 미디어부는 학생회이긴 해도 결정권을 가진 부서가 아니었다. 그래서 김신영과 독대할 일이 없었다.

3년 전에 새로 온 이사장, 김신영. 레이는 그를 잘 알지 못했다. 레이가 김신영에 대해 아는 것은 그가 '이사장 대리'라는 것, 키가 작고 왜소하다는 것, 매가 조각된 지팡이를 들고 다녀서 학생들 사이에서 '보라매'로 불린다는 것, 그리고 가끔 계단 위에 서서 눈도 깜빡이지 않고 아래를 노려본다는 것 정도였다.

미디어실과 이사장실은 같은 행정관, 다른 층에 있었다. 계단 열여덟 개, 한 층 차이. 가끔 레이는 계단 위에 서서 아래를 내려다보는 김신영을 보았다. 레이는 김신영의 눈이 싫었다. 뭔가를 낚아채려는 듯, 눈도 깜빡하지 않는 그 시선. 그때마다 레이는 김신영과 눈을 마주치지 않으려고 고개를 숙인 채 미디어실로 들어가곤 했다.

터널 정원을 빠져나오자마자 차가운 빗방울이 뒤섞인 바람이 레이의 다리를 할퀴었다. 레이는 터널 정원 밖에 선 채로 눈앞에 펼쳐진 풍경을 바라보았다.

낙원이라 불리는 무아도의 모습이 발아래 펼쳐져 있었다.

무아도 해안선을 따라 솟아난 산 중턱에 위치한 무아교. 무아교에서는 섬의 모든 것이 아름다워 보였다. 바다는 수시로 색을 바꿨고 색색의 낮은 지붕은 장난감 집처럼 보였다. 풍경은 붉은색, 노란색, 갈색 빛을 띠다가 무아교에 가까워질수록 연두색에서 옅은 초록색, 곧 새파랗다 싶게 짙은 초록색과 하늘색이 뒤섞인 빛깔로 변했다. 그 모든 색을 흡수하는 무아교의 하얀 대리석은 언제나 환상적으로 반짝였다.

레이의 시선이 가장 먼 곳, 수평선 너머로 향했다. 아무리 날씨가 흐려도 구름에 휩싸인 수평선은 이상하리만치 뚜렷하게 보였다.

무아교는 세계를 이끌 리더 양성을 목표로 내세우고 있지만 정작 학생들은 자유롭게 섬을 나갈 수 없었다. 무아교 학생 대부분에게 세계는 곧 무아교였고, 구름 너머 완벽한 세계는 상상 속에만 존재했다. 그래도 그들은 무아교를 졸업하면 즉시 자신들이 그 완벽한 세계를 손에 넣을 수 있을 거라고 꿈꿨다.

레이는 그런 꿈을 꾸지 않았다.

무아교에 들어오고 나서 한동안 레이는 높은 곳을 찾아다녔다. 높은 건물이나 나무 위를 툭하면 기어 올라갔다. 거기에 앉아 먼 수평선을 한참이나 바라보았다. 보고 있을수록 깨닫게 되었다. 구름 너머에서 기다리고 있는 건 치열하고 잔인한 현실뿐이라는 것을. 그래서 레이에게 무아교는 비 내리는 날의 풍경으로만 보였다. 색이 씻겨 나가 아무런 감정도 일지 않는 무채색의 세계.

색이 선명한 기억들은 레이가 무아교에 입학하기 전에 머물러 있었다. 탕. 탕. 창문을 뒤흔드는 소리와 함께하는 기억.

레이는 여섯 살이었다. 마구 흔들리던 문. 덜컹거리는 소리. 그것은 곧 공포였다. 집에는 레이와 동생들뿐이었다. 어머니는 식당에 일하러 가고 아버지는 술을 마시러 간 터였다. 누군가가 현관문을 마구 두드렸다.

"열어. 열라고!"

문을 마구 흔드는 손과 고함이 난폭했다. 반투명한 유리한 장만 끼여 있는 반지하 현관문은 있으나 마나 했다.

"죽여 버릴 거야. 문 열어!"

어스름히 보이는 바깥의 불청객은 손에 뭔가 날카로운 물건을 들고 있었다.

"누나. 어떻게 해?"

남동생은 다섯 살이었고 레이보다 작았다. 두 살이었던 막내 여동생은 금방이라도 울 듯 입을 비죽였다. 여동생이 울면 문밖 불청객이 더 흥분할지도 몰랐다. 집 안에 아무도 없는 척 고요함을 가장해야 했다. 레이는 마구 떠는 남동생을 꽉 끌어 안았다.

"쉿. 조용히. 막내 귀 막아."

남동생이 막내 여동생의 귀를 막았다. 레이는 남동생의 귀를 막았다. 레이의 귀를 막아 줄 사람은 아무도 없었다. 그 순간 레이는, 이 세상에 홀로 남은 듯 서러워졌다. 이럴 때 귀를 막아 주며 괜찮다는 말도 해 주지 않는 아버지와 어머니를 영원히 사랑해야 하는 걸까. 레이는 그럴 자신이 없었다.

레이는 머릿속으로 아침에 읽었던 신문 기사를 떠올렸다. 울고 싶어지거나 소리치고 싶어지면 레이는 읽었던 글들을 머릿속에서 끄집어내 도로 읽었다. 읽고 또 읽어서, 목소리도 울음도 목 밖으로 나가지 못하도록 참고 견뎠다. 소리치거나 울면 아버지가 또 폭력을 휘두를 테니까. 그것이 어릴 적부터 레이가 터득한 레이만의 생존법이었다.

남동생이 가끔 레이에게 물었다. 누나는 어떻게 그런 게 가능하냐고. 레이는 그때 처음으로 이 세상 모든 여섯 살이 신문을 척척 읽고 그 내용을 기억할 수 있는 게 아님을 알았다. 레이와 동생들은 유치원에 다니지 않았고 주변의 또래 애들과도 잘 어울리지 못했다. 비교군도, 신경 써 주는 어른도 없는 환경에서 레이는 자신이 특별한지 아닌지 판가름조차 할 수 없었다.

'지금은 어떠한가. 비록 아동 학대 등의 범죄 행태가 일부 남아 있기는 하나, 이 시대의 어린이는 더 이상 가정과 사회에서 약자라고 하기 힘들다.'

레이의 머릿속에 누군가의 기고 글이 바로 떠올랐다. 노인 복지의 필요성을 주장하던 글. 레이를 실소하게 했던 글. 레이는 고개를 가로저었다. 다른 기사를 떠올리고 싶었다. 좀 더 재미있는, 뱃속에서 솟구쳐 오르는 차가운 절망을 잊게 만들 수 있는 것을. 그러나 더 이상 아무것도 떠오르지 않았다. 결국 레이는 눈을 질끈 감았다.

"언니도."

맨 앞에서 꼼지락거리고 있던 막내가 레이를 향해 고개를 돌렸다. 그러자 남동생이 막내의 귀를 막은 채 함께 뒤돌아섰다. 레이는 막내와 눈높이를 맞추려고 쪼그려 앉았다.

"이러면 되겠다!"

막내가 레이를 향해 손을 뻗었다. 말랑말랑하고 동그랗고 따뜻한 손이 레이의 귀를 막았다. 어린아이의 높은 체온이 맞닿아 한없이 따뜻해졌다. 레이는 눈을 떴다. 동생들은 웃고 있었다. 무서움에 부들부들 떨면서도 레이를 향해 웃어 보이려 애쓰고 있었다.

서로의 손바닥이 만들어 낸 적막 속에 가라앉아 있던 그때.

그 기억만이 레이의 풍경을 색색깔로 물들이고 있었다.

*

레이는 행정관의 검은 벽을 올려다보았다. 온통 하얀 건물인 무아교에서 행정관만이 주변의 빛을 막아서듯 까맣게 서 있었다. 김신영은 부임하자마자 행정관을 리모델링했다. 벽을 검게 칠하고 창마다 두꺼운 벨벳 커튼을 쳤다. 이사장실 앞에는 대기실이 생겼다. 이사장을 만나려면 면담을 신청하고 대기실에서 소지품 검사를 받아야 했다. 이전에는 부담 없이 드나들던 이사장실이 검은 숲속 비밀의 성채처럼 변했다.

'중세 시대 감옥이 이런 느낌이었을 거야.'

레이는 행정관으로 들어가 이사장실로 향했다.

"이레이, 호출받고 왔습니다."

"들어가세요. 기다리고 계십니다."

대기실 접수처에서 버튼을 누르자 묵직한 이사장실 문이

열렸다. 레이는 이사장실 안으로 걸음을 내디뎠다. 벨벳 커튼이 통창을 거의 다 가리고 있는 방 안은 어두웠다.

'선하고 아름답게.'

벽에 걸린 현판이 가장 먼저 눈에 들어왔다. 무아교의 교육 이념이 새겨진 대리석 위에 박제된 보라매가 걸려 있었다. 머리 없이 몸통만 남은 보라매의 발톱이 대리석을 움켜잡고 있었다. 레이는 매의 발톱에서 시선을 떼지 않았다. 그러지 않으면 계속 얼굴에 꽂히는 시선을, 그 긴장감을 견딜 수 없었다. 박제된 보라매에게는 머리가 없다. 그러나 매의 눈은 분명히 그곳에 존재하고 있었다.

매의 눈. 김신영의 눈.

레이의 앞에 놓인 묵직한 마호가니 책상은 경계선이었다. 명령을 내리는 쪽과 명령을 들어야 하는 쪽의 위치를 가르는 선. 경계선 안쪽, 김신영은 검은 가죽 의자에 앉아 레이를 바라보고 있었다. 경계선 바깥쪽, 묵중한 책상 앞에 선 레이가 할 수 있는 일은 삼켜지지 않기 위해 버티는 것뿐이었다.

"이레이. 너에게 지시를 내리지."

김신영의 목소리는 시럽 실타래처럼 얇고 끈적였다.

"선샤인에 대한 이야기를 만들어."

네? 레이는 무심코 반문할 뻔했다. 놀란 목소리가 공처럼 튀어나오려는 순간, 보지 않아도 느껴지는 시선이 말을 삼키게 만들었다. 매의 시선. 매의 발톱에 붙잡힌 현판에 쓰인 글

자. '선하고 아름답게.' 선하고 아름답기 위한 실천 강령 아홉 가지 가운데 하나. '쉽게 감탄하지 않는다.' 12년 동안 머릿속에 박힌 법칙 덕분에 그 정도 본능쯤은 억누를 수 있었다.

"한 달 전, 학교와 섬에 붙은 메모를 알고 있겠지. 그때부터 선샤인의 죽음에 대해, 학교에서 들려서는 안 될 이야기들이 떠돌기 시작했어. 선샤인을 순교자처럼 미화하는 이야기들 말이지. 그러면 안 돼. 선샤인의 죽음은 지극히 평범하고 형편없는 것으로 기억돼야 해. 그러니 이야기를 만들어. 선샤인의 죽음이, 타살이 아닌 자살 또는 사고사라는 이야기를. 그 주장을 사실로 만드는 이야기를. 그 영상을 무아제에 출품해서 모두에게 보여 줘."

레이는 왜 하필 자신에게 이런 지시를 내리느냐고 묻지 않았다. 짐작할 수 있었다. 레이는 김신영의 반대파도, 선샤인의 추종자도 아니었으며 오랫동안 미디어부에서 일했다. 레이의 이름과 얼굴을 모르는 아이들도 레이의 목소리는 알았다. 익숙함을 바탕으로 쌓아 올린 신뢰 덕분에 레이가 만든 영상은 진실이든 아니든 상관없이 진실처럼 보일 터였다. 게다가 레이가 포트폴리오 준비에 곤란을 겪고 있다는 사실도 아이들에게 알려져 있는 만큼, 레이가 인터뷰나 취재를 하고 다녀도 이상해 보이지 않을 터였다.

'이미 내 상황을 꿰뚫고 있는 거야. 어쩌면 집안 사정까지 다.'

김신영의 끈적끈적한 목소리가 몸을 칭칭 동여매 오는 듯

한 기분에, 레이의 등줄기가 빳빳하게 긴장되었다.

"지시를 잘 수행하면 대외 활동 점수는 만점으로 처리해 주지. 그리고 무아제 때 원하는 대학이나 기업에 스카우트될 수 있게 조치도 취해 줄 거야."

계급 판정에서 30퍼센트를 차지하는 대외 활동 점수는 레이를 늘 곤란하게 만들었다. 그 30퍼센트를 채운다면 옐로 명찰을 다는 것도 꿈이 아니었다. 무엇보다 머릿속을 짓누르던 포트폴리오에 대한 압박감에서 벗어날 수 있다는 사실에, 레이는 결심했다. 끈적끈적한 거미줄 안으로 손을 뻗기로.

"……그럼 온실 출입 기록을 조회할 수 있게 허가증을 써 주세요."

레이의 말을 들은 김신영은 키보드 아래쪽 메모 패드에서 종이를 뜯어내 사인을 했다.

"가져가."

김신영은 책상 한가운데 놓인 종이를 손가락 끝으로 툭툭 쳤다. 레이는 책상을 향해 한 발짝 가까이 다가갔다. 종이를 집어 들었다. 종이 아래, 클립을 끼워 놓은 카드가 함께 딸려 올라왔다. 레이는 얼른 카드를 빼내 도로 책상에 놓았다. 카드에는 학생 코드와 비슷한 조합의 숫자들이 쓰여 있었다. 그러나 뒤에 숫자 두 개가 더 붙어 있는 것이 결정적으로 달랐다. 클립을 끼워 놓아 뒤쪽 숫자는 잘 안 보였지만 학생 코드를 매일 입력하기에 한눈에 그 차이를 알아볼 수 있었다.

'저게 개인 키구나.'

레이는 잠깐 카드에 시선을 빼앗겼다. 개인 키. 학교 포털 서버를 관리하는 숫자 키를 의미했다. 개인 키로 로그인한 사람만이 검열 시스템에 접근할 수 있었다. 원래 검열부가 단독으로 관리하던 개인 키를 김신영이 가져갔다는 소문이 돈 적이 있었다. 그것은 전교생의 메일과 네트워크 사용 정보를 김신영이 체크한다는 뜻이었다. 방금 레이는 그 소문이 사실임을 확인한 것이다.

"명심해. '잘' 해 오는 거야."

개인 키 카드는 곧 김신영의 서랍 안으로 사라졌고 레이는 고개를 끄덕였다.

'이건 기회일지도 몰라.'

레이는 손에 든 허가증을 꽉 움켜쥐었다.

*

"온실 출입 기록을 보고 싶은데요. 8월 1일요."

레이는 행정실에 가서 온실 출입 기록 조회를 요청했다. 허가증을 내밀자 행정부 부원은 두말없이 레이의 말을 들어주었다.

"8월 1일부로 온실이 폐쇄되어서 출입 기록이 아직 회수되지 않은 상태입니다. 온실 키패드에 기록이 남아 있을 거예요.

키패드에 이 번호를 누르고 개인 디바이스 번호를 입력하면 출입 기록이 디바이스로 전송될 겁니다. 외부 유출 안 되게 해 주세요."

행정부 부원은 레이에게 번호를 적은 메모지를 건넸다.

'타살이 아닌 걸 밝히는 가장 확실한 방법은, 그날 선샤인 이 죽기 전에 온실에 출입한 기록이 있는 사람들을 인터뷰하 는 거겠지.'

레이는 행정관을 나와 운동장으로 향했다. 행정관에서 운 동장까지는 긴 돌계단을 걸어 내려가는 게 지름길이었다. 무 아교는 공용으로 쓰는 운동장을 중심으로 동, 서, 남, 북 네 구 역으로 나뉘어 있었다. 동쪽에는 초등부와 중등부 건물이 모 여 있었고 북쪽에는 유치부가 있었다. 서쪽에는 병원을 비롯 해 각종 편의 시설이 모여 있었다. 고등부는 남쪽에 있었다. 남쪽 구역은 산의 가장 가파른 위쪽에 자리 잡고 있었기에, 운동장에서 가장 멀리 떨어져 있었다. 둥그런 운동장 아래쪽 에는 체육관이 있었다. 그리고 그 체육관 뒤쪽에 작은 온실이 숨어 있었다.

공사가 마무리되지 않고 멈춰 버린 온실. 온실 공사는 10여 년 전에 시작되었다. 온실 한가운데 심겨 있던 고무나무 두 그루가 서로 얽히더니 돔 일부를 늘 열어 놔야 할 정도로 자라 버렸다. 고무나무 양옆으로 철골 구조물을 받침대로 세 우고 돔을 더 높이 설치하는 공사가 시작되었다. 그러는 사이에도 고무나무는 계속 자라서 점점 더 심하게 얽혀 들어갔다. 멀리서 보면 흰 구름 위로 나무가 뚫고 나간 듯 보이기도 했다. 고무나무를 해치지 않는 선에서 공사는 더디게 진행되었다. 그래도 꾸준히 진행한 덕에 드디어 3년 전에 돔만 고쳐 달면 끝나는 단계로 접어들었다.

그러나 그때 이사장이 교체되었고 학교는 온실 공사 예산 지급을 중단했다. 공사가 중단된 후, 고무나무는 결국 말라 버렸다. 3년 동안 서서히.

선샤인의 시체는 그 온실 안, 고무나무 아래에서 발견되었다.

'인터뷰를 해서 다큐멘터리 형식으로 영상을 만드는 거야. '누가 선샤인을 죽였나'라는 제목으로. 선샤인이 살해당하지 않았음을 확실하게 각인하려면, 오히려 반대되는 제목이 더 효과적이겠지.'

선샤인의 죽음.

레이는 그날을 기억했다.

*

8월 1일 월요일. 수업이 모두 끝난 저녁 6시쯤이었다. 학생들은 학습관에서 부 활동을 위한 행정관으로, 또는 기숙사와 식당으로 이동 중이었다. 여름 해는 길었고 운동장과 터널 정원은 활기차게 북적였다. 평화로운 풀밭을 뛰어노는 어린양들을 향해 누군가가 외쳤다.

"선샤인이 죽었다!"

그건 꼭, 거짓말쟁이 양치기가 "늑대가 나타났다!"라고 외치는 것 같았다. 그래서 레이는 믿지 않았다. 레이뿐 아니라 모두가 믿지 않았다.

"온실이야, 온실."

그 외침에 쫓기듯 모두 온실로 향했다. 레이도 주변의 소란스러움에 떠밀려 온실로 갔다.

고무나무 아래에 선샤인이 누워 있었다.

초록 잔디 위, 보라색 꽃에 파묻혀 두 눈을 부릅뜬 채 위를 바라보며 누운 모습은 죽은 것처럼 보이지 않았다. 그러나 온실로 향한 아이들 가운데 그 누구도 샤인에게 다가가지 않았다. 둥그런 원을 그리며 멀찍이 떨어져 샤인을 바라볼 뿐이었다. 레이도 그 원의 한곳에 서 있었다. 죽은 자의 주변에는 산 자와 다른 공기가 떠돈다는 것을 그때 처음 알았다.

원이 무너진 건, 한 여자아이가 샤인의 곁으로 다가갔을 때였다.

"샤인, 눈 감아."

여자애의 손바닥이 살며시 샤인의 얼굴을 쓸어내렸다. 샤인의 눈이 감겼다. 그 순간, 둘러싼 원이 무너졌고 누가 먼저랄 것도 없이 여기저기서 울음이 터져 나왔다. 레이는 울음소리

속에 우두커니 서 있었다.

무아교의 여신, 선샤인.

레이와 샤인은 똑같이 무아교의 첫 입학생이었다. 나이도 똑같았고 같은 반이 된 적도 있었다. 그러나 레이는 샤인과 접점이 없었다. 샤인과 함께 다닌다는 건, 주목받는 무리에 들어간다는 의미였다. 레이는 그런 상황을 원하지 않았다.

그러나 가끔, 사람들에게 둘러싸인 선샤인에게 시선이 갈 때가 있었다. 그럴 때면 레이는 누가 처음 선샤인을 '여신'이라고 불렀는지 모르겠지만 그 별명이 샤인에게 썩 잘 어울린다고 생각했다. 레이의 눈에 비친 샤인은 언제나 미소 짓고 있었다. 누구에게나 공평하게 웃어 주던 선샤인. 여자가 세상을 창조한다면 자신의 피조물을 저렇게 대하지 않을까 싶었다.

'특별하다'는 말이 특별하지 않게, 평범하게 어울리는 카리스마. 샤인은 명실상부 무아교의 중심을 차지하고 있었다. 선하고 아름답게. 무아교의 이념이 그대로 인간의 형태로 나타난다면 바로 샤인이 아닐까 싶은 분위기. 무아교 구성원 가운데 샤인의 '특별함'을 부정하는 사람은 아무도 없었다.

그런 선샤인이 죽었다.

하지만 그것이 레이에게 어떤 의미란 말인가. 레이는 알 수 없었다. 슬프지도 않았다. 그저 '그런 일이 일어났다'는 사실로 다가올 뿐이었다. 그래도 눈물은 나왔다. 이 눈물은 감기 같은 거구나. 레이는 아이들 틈에서 고개를 숙였다.

34

감기처럼 그저 옮아서 나오는 것뿐인 눈물에 별다른 의미는 없었다.

*

레이는 온실 문 앞에 서서 받아 온 번호를 키패드에 입력했다. 온실 문이 열렸다. 레이는 디바이스 정보를 입력해 기록 카드의 데이터를 전송한 뒤에 안으로 들어갔다. 선샤인이 죽은 후 온실은 내내 잠겨 있었다.

'사고사보다 더 확실하게 다른 사람을 설득할 수 있는 죽음이라면…… 아무래도 자살이겠지.'

하지만 인터뷰어가 누구든, 그들의 말을 어떻게 편집해도 선샤인을 자살로 몰고 갈 수는 없을 것 같았다. 그러려면 두 가지 조건이 모두 충족되어야만 했다. 인터뷰어가 샤인의 사적인 고민까지 알고 있을 것이라고 다수가 인정할 것, 인터뷰어가 샤인이 자살을 할 수도 있었음을 암시하는 말을 단 한마디라도 할 것. 샤인의 추종자들은 대부분 샤인이 살해당했다고 굳게 믿고 있었고 적극적으로 소문을 퍼뜨리고 있었다.

뭔가 방법이 없을까. 레이는 생각에 잠겨 안으로, 더 안으로 걸어 들어갔다. 보라색 꽃잎 한 장이 레이의 얼굴 앞으로 나풀거리며 떨어졌다. 그제야 레이는 자신이 어느새 샤인이 누워 있던 고무나무 아래에 서 있음을 알았다.

무아의 아이들 사이에는 암묵적인 약속이 하나 있었다. 온실에 가도 고무나무 아래를 서성이지 말 것. 선샤인을 방해하지 말 것. 선샤인은 유치부 때부터 자주 온실에 머물렀고, 고무나무 위에 혼자 올라가 있곤 했다. 아이들은 선샤인이 혼자 있기를 원한다고 생각했다. 선샤인은 언제나 너무 많은 사람들에게 둘러싸여 있었고 천재란 늘 고독을 원하기 마련이니까.

레이는 고무나무를 올려다보았다. 서로 다른 뿌리에서 나온 두 나무줄기는 중간부터 하나로 얽혀 돔의 둥그런 구멍 바깥으로 힘차게 뻗어 올라가 있었다. 멀리서 볼 때보다 높아 보였다. 레이는 자체 조사부의 사건 보고서를 떠올렸다. 선샤인은 고무나무 중간에 설치된 철제 발코니에서 떨어졌다. 약 20미터 높이라고 했다.

'신체에 타인에 의한 자상 흔적 없음. 사고 현장에 몸싸움 흔적 없음. 시체 주변에 타인의 발자국 남아 있지 않음……. 그렇게 적혀 있었지.'

학생들에게 공개된 보고서에는 샤인의 사인이 지극히 건조하게 기술되어 있었다. 그 외에 다른 이유는 무엇도 상상하지 말라는 듯이.

잠시 강한 바람이 위에서 아래로 불어 내려왔다. 레이의 주변에 피어 있던 보라색 꽃들이 흔들리며 사각거렸다. 레이는 샤인이 누워 있던 자리를 봤다. 여전히 움푹 파여 있는 그 자리를, 꽃잎을 안고 흔드는 바람 사이로 가늘게 눈을 뜨고 바라보았다.

"너, 거기서 뭐 해?"

위에서 누군가의 목소리가 들려왔다. 레이는 고개를 들어 위를 바라보았다. 레이의 눈에 얼굴이 동그랗고 하얀 여자아이가 보였다. 여자아이는 나무 위로 놓인 사다리를 타고 내려와 레이 앞에 섰다. 레이의 시선은 눈앞 상대의 머리끝에서 얼굴과 눈을 거쳐 자연스럽게 가슴께에 닿았다. 명찰 색깔은 블랙이었다.

"여긴 왜 들어왔어?"

"그냥 좀, 알아볼 게 있어서."

레이는 여자아이가 누군지 알아봤다. 펄이다. 백치 펄. 고등부 아이들이 모두 그렇게 불렀다. 12년 내내 계속 블랙인 아이. 선샤인의 옆에 늘 함께 있는 아이. 선샤인과 펄이 왜 함께 다니는지 아무도 이해하지 못했다. 그래도 선샤인이 펄을 특별하게 아낀다는 것은 누구도 부정하지 못했다.

"다른 애들은 무섭다고 온실 근처에도 안 오려고 하던데."

"무섭다고?"

"샤인의 유령이 나온대."

"유령."

펄이 한 발짝, 레이에게 가까이 다가와 섰다.

"그렇게 창백하게 응시하진 말아요……. 자러 가요. 자러

CHAPTER 레이   명령받은 자   37

가. 누가 문을 두드려요. 자, 자, 자, 자, 손을 이리 줘 봐요. 끝
난 일은 돌이킬 수 없다고요. 자러 가요. 자러 가요. 자러 가."

온실 안에 펄의 목소리가 연극조로 낭랑하게 울려 퍼졌다.
펄은 한 발 더 레이에게 다가왔다. 간질간질한 온기가 레이의
목덜미를 스쳤다. 펄의 목소리가 한순간 낮아졌다.

"샤인은 살해당했어."

레이는 펄과 눈을 마주쳤다. 멍하니 꿈꾸는 듯한 눈동자에
는 초점이 없었다. 레이의 머리가 빠르게 돌아갔다. 누구보다
선샤인과 가까웠고 영문 모를 말을 중얼거리는 아이. 학교 행
사를 찍은 영상을 찾아보면 펄이 선샤인과 함께 있던 화면 한
두 개쯤은 찾아낼 수 있을 터였다.

'이 아이가 선샤인이 자살했을 수도 있다고 말한다면. 그런
말까지는 아니어도, 선샤인이 우울해했다거나 힘들어한 적이
있었다는 말을 한마디라도 한다면.'

타살이 아닌 증거와, 자살일 수도 있는 증언. 그것들이 모
인 영상은 김신영의 요구에 완벽하게 부응할 터였다.

"나, 사실은 선샤인의 죽음을 취재하고 있어."

간질간질함이 사라졌다. 레이는 흐릿한 펄의 눈 안쪽에 반
짝 전구가 켜진 것을 봤다.

"샤인의 이야기를?"

"응. 영상으로 만들 거야."

"그거, 나도 돕게 해 주지 않을래? 나, 캠코더도 있어. 캠코

더 들고만 있게 해 줘도 좋으니까. 부탁이야. 샤인의 흔적을 남기는 데 나도 함께하게 해 줘."

레이는 고개를 끄덕였다.

'취재하는 동안 함께 있으면 그만큼 기회가 많아지겠지.'

죽은 자는 말이 없다. 누군가의 죽음은, 그와 말 한마디 나눠 본 적 없는 누군가에 의해 규정되고 만들어진다.

인터뷰 대상자 목록

한달빛 (남, 18세, 옐로)

  고등부 3학년 A반.

  8월 5일 오후 5시 외부 일정으로 외출 신청.

  허가. 귀가일 미정.

  오후 4시 온실 출입 기록.

타이탄 (남, 18세, 블루)

  고등부 3학년 Z반.

  기부금 입학생.

  오후 1시 온실 출입 기록.

엑시 (남, 18세, 블랙)

  고등부 3학년 D반.

  기부금 입학생.

  오전 11시 온실 출입 기록.

버드 (여, 15세, 옐로)

  중등부 3학년 A반.

  오후 5시 온실 출입 기록.

인터뷰 : 달빛

종이를 건네주는 손이 카메라 프레임 안으로 침범한다.

달빛, 침대에 걸터앉아 종이를 받는다.

침대 위에는 책과 액자, 옷가지 등이 어지럽게 널려 있다.

달빛 인터뷰? '누가 선샤인을 죽였나. 샤인이 세상을 떠난 날, 같이 학교를 다니던 학생들이 뭘 하고 있었는지 자신의 일상을 이야기한다. 누군가의 죽음과 다수의 일상이 겹치는 순간을 조명하여 죽음과 삶의 경계를 재고한다.' 흥미로운 기획이네. 샤인도 재미있어했을 것 같아.

달빛, 카메라 너머를 응시한다.

달빛 펄. 네가 이런 거에 관심 있는 줄 몰랐네.

레이 무아도를 나간다고 들었어.

달빛 맞아. 인텔 컴페티션(Competition) 본선에 참가하기 위해 떠나야 하거든. 한 시간 뒤에 섬을 나가야 해. 그래서 짐을 싸고 있었어. 그것 때문에 나를 첫 인터뷰어로 정한 거야?

레이 무아제가 끝난 후에 돌아온다고 들었거든. 그리고……

달빛 그리고?

레이 인터뷰해야 하는 사람 중에 제일 상냥하기도 해서.

달빛, 카메라를 보며 싱긋 웃는다. 온화한 미소다.

레이 선샤인과 학생회 일도 오랫동안 같이 했지?

달빛 맞아. 나와 샤인이 학생회장, 부회장을 번갈아 맡았지. 샤인은 3년 전에, 나는 1년 전에 그만뒀지만.

레이 학생회를 그만둔 이유는 뭐야?

달빛 나? 아니면 샤인?

레이 둘 다.

달빛 나는 연구 때문이었어. 2학년 때 인텔 컴페티션 예선에서 떨어졌거든. 난 그 대회에서 꼭 우승하고 싶었고. 그러려면 아무래도 학생회와 병행하기는 힘들겠다 싶었지.

달빛, 말을 끊었다가 잠시 후 입을 연다.

달빛 샤인은…… 모르겠네. 그런 이야기를 나눈 적이 없어. 이
상하다는 생각도 안 했고. 어릴 때부터 샤인은 그런 면이
있었거든. 분명 여기에 있는데, 언제든 어디로든 훌쩍 떠
날 수 있을 것처럼 느껴졌어.

레이 사고가 있던 날 샤인을 만났어?

달빛, 보일 듯 말 듯 고개를 끄덕인다.

달빛 만났어. 오후 4시쯤. 그날 인텔에서 예선을 통과했다는
연락을 받았거든. 누구보다 샤인에게 먼저 알려 주고 싶
었어. 그래서 온실로 갔지. 샤인은 최소 수업 일수를 학
기 초에 다 채우면, 그때부턴 하루 종일 온실에서 시간
을 보냈어. 워낙 식물을 좋아하니까. 어렸을 땐 샤인이 식
물학자가 될 줄 알았는데 예술 비평으로 이름을 날릴 줄
은 몰랐지.
샤인은 기분이 안 좋았어. 내가 오기 전에, 타이탄이 샤
인을 만나러 온 모양이더라고. 그리고 오후에 후배와 중
요한 약속도 있다고 했고. 그래서 소식만 전해 주고 별다
른 대화는 안 하고 나왔어. 한 10분 머물렀을까. 나와 샤
인은 늘 만나니까, 딱히 그때가 아니라도 언제든 이야기

할 수 있을 거라고 생각했어. 설마…….

입가를 손으로 어루만지며 고개를 숙이는 달빛.
잠시 석상처럼 움직이지 않는다.
어깨가 크게 움직이더니 달빛이 고개를 든다.

레이 선샤인과는 어떤 관계였어? 애들은 다들, 너와 샤인이 사
       귄다고 생각하는데.
달빛 나와 샤인의 관계? 우리는…….

달빛, 말없이 눈을 껌뻑거린다.
한참 후 느릿하게 대답하는 달빛.

달빛 글쎄. 어떤 관계였을까. 샤인의 남자 친구가 되고 싶다는
       생각은 해 본 적 없어. 그런 식으로 나와 샤인의 관계가
       정의되기를 바라지 않거든.

달빛, 벽에 걸린 시계를 본다.

달빛 좀 더 이야기하고 싶지만 짐을 싸야 할 것 같아. 한 시간 뒤
       에 오는 배를 놓치면 한 달 뒤잖아. 정기선 오는 거 말이야.
       그렇다고 이사장이 나를 위해 헬기를 띄워 줄 것 같지는

않고. 앞으로 누굴 인터뷰할지 모르겠지만, 멋진 다큐 완성하길 바라.

달빛, 몸을 일으켜 선다.
카메라는 여전히 달빛을 향하고 있다.

펄   무아를 좋아해?

달빛, 호흡을 삼키고 카메라 너머를 응시한다. 굳은 눈가.
곧 미소를 짓는다.

달빛 무아를 좋아하냐니. 펄. 대답은 당연히, 하나로 정해져 있잖아.

떠나는 자

주인공 아닌 무대의 막을 내려야 할 때다.

달빛은 침대 위를 둘러보았다. 어지럽게 널어놓은 물건들 가운데 실제로 가져갈 것은 많지 않았다. 책이나 옷은 모두 두고 갈 예정이었다. 이곳의 흔적은 되도록 가져가고 싶지 않았으니까.

"멍청한 것들."

달빛은 거칠게 내뱉으며 침대 끝에 걸터앉았다. 상냥하고 온화한, 언제나 신사다운 달빛. 그 평판에 어울리지 않는 모습이었다. 혼자 있을 때까지 연기를 계속할 정도의 여유가 지금의 달빛에게는 없었다.

바보 같은 인터뷰였다. 무아도를 떠나기 전에 굳이 이미지를 망가뜨릴 필요 없다는 생각에 응했던 인터뷰가 묘하게 달빛의 신경을 긁어 놓았다. 카메라를 들고 있는 사람이 펼인 것부터 그랬다. 어느 순간 선샤인의 옆자리를 차지했던 아이. 무대 위 엑스트라 자격도 없는 펼이, 여주인공인 샤인 옆에 달랑달랑 붙어 다니는 꼴을 볼 때마다 역겨웠다.

무대 위에 주인공은 단둘뿐이다. 남자 주인공과 여자 주인공. 나머지는 모두 엑스트라다. 달빛은 침대 위에서 액자를 집어 들었다. 고풍스러운 나무 프레임 속 사진에는 어린아이 둘이 나란히 선 모습이 찍혀 있었다. 짧게 자른 새까만 머리카락. 세일러 칼라의 남색 점프 슈트. 발목에서 두 번 접은 흰 양말에 검은 메리 제인 구두.

사진 속 어린 달빛은 옆에 선 여자아이를, 여자아이는 똑바로 정면만을 바라보고 있었다. 사진 아래에는 메모가 적혀 있었다.

'무아 재단 결성회. 선 교수님 자택. 첫 만남.'

달빛은 액자 유리를 손바닥으로 쓸어내렸다.

처음 만났던 다섯 살. 그때부터 달빛은 쭉 단 하나의 엔딩만을 바랐다.

*

"오늘부터는 삼촌하고 같이 사는 거야. 내 아이가 되어 주겠니?"

삼촌이 조심스럽게 내민 손을 달빛은 망설임 없이 잡았다. 드디어 삼촌의 양자로 가게 되었다는 기쁨에, 달빛의 얼굴에 환한 미소가 떠올랐다.

달빛은 머리가 좋았다. 어릴 때부터 분명하게 알았다. 삶이 무대라면, 자신은 주인공을 맡을 자격이 충분하다는 것을. 그러나 친부모 밑에서 계속 자란다면 무대에 올라가지도 못한 채 인생이 끝날 수 있다는 것도 알았다. 달빛은 자신을 주인공으로 만들어 줄 수 있는 부모를 원했다.

달빛은 같은 유아원에 다니는 아이들을 도무지 이해할 수 없었다. 달빛이 보기에 한없이 무능하고 폭력적인 부모인데도 아이들은 자기 부모라는 이유만으로 매달리고 안기고 눈을 반짝이며 쫓아다녔다. "아이가 부모에게 애정을 품는 건 당연하니까요." 하는 유아원 교사의 말도 이해할 수 없었다.

어쩌면 당연한 일이었다. 달빛은 주변의 그 무엇에도 '애정'이라는 감정을 느끼지 못했다. 일부러 무관심하게 구는 건 아니었다. 달빛은 타인과 어떤 정서적 교감도 하지 못했고 그래야 하는 이유도 알 수 없었다.

그런 달빛을 어른들은 '아이 같지 않다'고 했다. 달빛의 부모님은 타인의 시선에 예민했다. 처음에는 달빛이 또래 아이답지 않게 머리가 좋다고, 천재가 분명하다고 자랑하던 달빛의 부모는 '이상한 아이'라고 소곤거리는 말들에 점차 집어삼켜졌다. 달빛의 아버지는 달빛이 자신의 아이가 아니라는 피해망

상에 시달리기 시작했다. 다섯 살에 중학교 수학 문제를 푸는 아들을, 달빛의 아버지는 기특함이 아닌 의심이 담긴 눈빛으로 바라보기 시작했다. 아버지가 뭐라고 해도 달빛의 표정은 무덤덤했고, 의심은 공포로 바뀌었다. 달빛의 아버지는 툭하면 달빛을 노려보며 중얼거렸다. "괴물. 쟤는 괴물이야. 자기 부모에게 애정 한 톨 안 보이는 애가 세상에 어디 있어." 그러나 달빛은 그 말에 상처받지 않았다. 부모에게 애정이 없었기에 그들이 아무리 자신을 싫어해도 상처받을 이유가 없었다.

달빛의 아버지는 더욱 신경질적으로 변해 갔고 아내의 외도를 의심하며 폭력을 휘두르기 시작했다. 달빛은 폭력을 휘두르는 아버지가 혐오스러웠고 자신이 어린아이라는 사실이 싫어졌다. 달빛에게 어린 시절이란 아무리 능력이 있어도 혼자서는 아무것도 해결할 수 없는 불쾌한 기간일 뿐이었다.

'더 나은 어른. 내게 어울리는 부모가 필요해.'

달빛은 친척들을 하나씩 떠올렸다. 그중 달빛의 마음에 차는 사람은 삼촌인 권뿐이었다.

한권. 그는 IT와 교육 사업을 기반으로 중소기업을 15년 만에 대기업 반열에 올려놓은 사람이었다. 노블레스 오블리주를 실천하는 한국의 젊은 기업인. K그룹은 미국 경제지《포천》에서 선정한 '주목할 만한 세계 300대 기업'에 오른 후, 그야말로 승승장구하고 있었다. 족벌주의에 기반을 둔 한국 재벌들 중에는 K그룹을 못마땅하게 여기는 이들도 있었는데,

그 대표 주자가 J그룹이었다. J그룹 총수 최창식은 공식 석상에서 노골적으로 K그룹을 비판했고, 언론들은 K그룹과 J그룹의 라이벌 구도를 기사화하는 데 열을 올렸다.

눈을 부릅뜨고 K그룹의 추락을 기다리는 이들 중에는 권의 친척들도 다수 포함되어 있었다. 친척들은 권이 사회에 돈을 기부할수록 자신들의 몫이 줄어든다고 여겼다. 권이 친척들을 낙하산으로 회사에 취직시켜 주지 않는 것을 못마땅하게 여겼고 교육 사업에 뛰어든 권의 활동에 혀를 찼다. 자기 조카들이나 챙길 것이지 하면서.

달빛은 친척들이 모였을 때 버티듯 앉아 웃고 있는 권의 얼굴을 가만히 바라보았다. 그리고 삼촌처럼 행동했다. 다정하고 친절하게 상황에 맞게 미소 짓는 법을 익혔다. 삼촌이 뉴스를 보다 굶주리는 아이들을 보며 코를 훌쩍일 때, 달빛은 옆에 앉아 마구 눈을 문질렀다. 빨개진 달빛의 눈가를 보고 삼촌은 중얼거렸다. "너와 나는 참 많이 닮았구나."

달빛은 다 알고 있었다. 삼촌은 아이가 없었다. 숙모가 몸이 약해서 앞으로도 아이를 낳지 못할 확률이 높다고 했다. 권이 떠날 때가 되자, 달빛은 조심스럽게 그의 귓가에 속삭였다. "아빠가 자꾸 저를 때려요."

권의 집으로 입양된 후로는 모든 것이 순조로웠다. 수준에 맞는 교육과 안정적인 환경. 달빛은 평온하게 '삼촌을 빼닮은 아이'를 계속 연기했다. 모든 것이 완벽해지자 그제야 '이상한 아이'로 여겨지는 것이 신경 쓰였다. 모든 것이 완벽해졌는데 타인에게 애정을 느끼지 못하는 것, 그것 하나 때문에 자신이 불완전해지는 것 같았다.

불완전함. 그것을 메울 수 있는 방법.

양부모와 함께 식사를 하다가 달빛은 알았다. 숙모 옆에 있을 때 삼촌이 가장 완벽해 보인다는 것을. 사람 좋고 능력도 있지만 멋있지는 않은 삼촌이, 그때만은 빛이 났다. 몸이 약해 늘 휘청휘청 꺾일 것 같은 숙모도, 그때만은 영화 속 여주인공처럼 예뻐 보였다.

함께 있음으로써 서로를 완벽하게 만들어 주는 존재.

'있을까. 내게도 그런 사람이.'

달빛은 궁금했다. 자신에게 어울릴 누군가가 있을까. 그때까지 무대에서 혼자 빛나는 것이 당연했던 달빛의 상상이 조금 바뀌었다. 남자 주인공과 여자 주인공은 한 쌍이다. 그들이 함께 있을 때 관중의 박수는 가장 커지는 법이다.

'찾을 수 있을까. 그런 사람을.'

선 교수의 집에 갈 때까지, 그것은 달빛에게 유일한 불확실성이었다.

선 교수. 그가 이름으로 불리는 것을 들어 본 적이 없었다. 누구나 그를 '선 교수님'이라고 불렀다. 그는 삼촌이 존경하는 사람이었다. 달빛은 첫 만남부터 선 교수가 꽤 마음에 들었다. 달빛이 인사했을 때, 가벼운 목례로 인사를 되돌려 주었기 때문이다. 다짜고짜 머리를 쓰다듬지 않고 아이에게도 예의를 지키는 어른은 많지 않았다.

녹지 않은 봄의 눈 같은 사람. 달빛이 선 교수에게서 받은 인상이었다. 다정하지만 선을 긋는 말투, 무채색 옷, 얼굴의 절반을 뒤덮은 하얀 반점. 그것이 어우러져 뭔가 서늘한 우아함을 만들어 냈다. 서울 외곽에 위치한 선 교수의 집은 붉은 벽돌 지붕을 가진 목조 저택이었는데, 고풍스러운 벽난로 앞에 앉은 선 교수의 모습이 달빛에게는 노쇠한 여왕처럼 보였다. 첫 만남 이후 달빛은 삼촌이 선 교수 집에 갈 때마다 따라갔다.

그런데 그날은 뭔가 특별했다. 선 교수 집에 모인 어른들이 평소답지 않게 술렁였다. "드디어 그 애가 퇴원을 했다더군요." "선 교수가 계획을 실행에 옮길 각오를 한 것이, 그 사건 때문에……." 선 교수가 나타나자 술렁임은 곧 가라앉았다. 응접실에 모인 어른들은 서로 눈치를 살피며 자리에 앉았다. 달빛도 난로 앞에 자리를 잡았다. 바로 토론이 시작되었다.

"우리의 교육 이념을 현실로 만들려면, 역시 학교 설립이 필요 불가결합니다. 지금 한국의 교육은 너무 안이해요. 이상적인 사회를 만들기 위해서는 이상적인 지도자가 필요합니다. 외면과 내면, 모두 아름답고 선한 지도자. 강건한 지도층을 길러 내야 해요. 그들이 다수 대중을 교화할 겁니다."

"그러나 군국주의 망령에서 벗어난 지 얼마 안 된 이 나라에서, 엘리트주의 마이너리티 룰(Minority rule)을 주창하면 오해를 받을 위험이 큽니다. 보통의 학교에서는 우리 이념을 펼칠 수 없습니다."

주로 사립 단체인 '무아 교육 재단' 설립을 둘러싼 토론이 이루어졌는데, 모임 때마다 거북이걸음처럼 아주 천천히 비슷한 내용을 논의했다. 달빛은 그 이야기가 지겨웠다. 뭔가 좀 더 재미있는 게 없을까 생각하며 응접실의 열린 창문 밖을 바라보았다. 베란다 바로 앞에 커다란 나무가 심겨 있었다. 그 나무 기둥에 사다리 같은 것이 걸려 있었다.

"그래서 무아도를 만들자는 겁니다. 어릴 때부터 교육을 통해 사회 계급에 순응하는 시민을 길러 내는 겁니다. 그런 시민이 뒷받침되어야 개혁이 성공할 수 있어요. 그 시민 역시 처음에는 소수겠지요. 그러나 그들이 대중과 섞이며 선한 영향력을 퍼뜨릴 수 있습니다. 무아교에서 자란 시민은 엘리트와 대중을 이어 주는 가교 역할을 할 겁니다."

"무아도를 사서 그곳에 무아교를 세우기만 하면 된다고 보십니까?"

달빛은 살금살금 응접실을 빠져나와 정원으로 향했다. 나무 앞에 서서 위를 올려다보았다. 사다리 끝은 나뭇가지 사이에 파묻힌 작은 트리 하우스로 이어졌다.

"얘. 올라와!"

검고 작은 머리통이 불쑥, 트리 하우스 밖으로 솟아 나왔다. 손에 책을 든 여자애가 달빛을 내려다보았다. 순간 달빛은 살짝 눈가를 찌푸렸다. 나뭇잎 사이로 내리쬐던 햇살 때문만은 아니었다. 여자애를 보는 순간, 주변의 모든 사물이 처음 보는 것처럼 느껴졌다. 생경한 감각. 그 감각에 이끌려 달빛은 주저 없이 사다리를 올랐다.

트리 하우스 안은 어린애 둘이 앉으면 꽉 차게 좁았다. 여기저기 쌓여 있는 책 때문에 더 좁게 느껴졌다. 여자애는 바닥에 놓여 있던 찻주전자를 들어 차를 따랐다.

"누구 따라왔어?"

"삼촌. K그룹 총수 한권이 우리 삼촌이야. 너는 누구야? 예전에는 못 봤는데. 선 교수님 딸이야? 이름이 뭐야?"

"손녀야. 병원에 있었어. 이름은 못 가르쳐 줘. 여긴 내 아지트. 자, 차 마셔. 그쪽에 만화책도 있고 소설책도 있어. 취향에 맞는 책이 없으면 말해. 서재에서 가져다줄게."

달빛은 여자애가 내미는 차를 받아 마셨다. 쓰기만 하고 맛이 없었다. 책도 그다지 읽고 싶지 않았다. 하지만 여자애를 따라서 아무 책이나 집어 들었다.

"그 책 좋아해?"

여자애가 달빛이 집어 든 책을 가리키며 물었다. 달빛은 그제야 책 제목을 봤다. 〈맥베스〉. 셰익스피어가 쓴 희곡이라는 것만 알 뿐 읽어 본 적은 없었다. 달빛은 소설이나 희곡, 심지어 만화책도 읽지 않았다. 등장인물의 감정에 공감이 되지 않으니 뭘 봐도 재미가 없었다.

"응. 좋아해."

하지만 달빛은 거짓말을 했다. 책을 바라보는 여자애의 표정이 기대에 차 있는 것이 보였으니까. 여자애가 좋아하는 것을 자신도 좋아한다고 말하고 싶었다. 처음 겪어 보는 감정이었다.

"〈맥베스〉에 나오는 사람들 중에 누가 되고 싶어?"

"그야, 주인공이지."

달빛은 망설이지 않고 대답했다. 〈맥베스〉가 무슨 내용인지 몰라도 주인공 외에 다른 역을 맡을 생각은 없었다. 엑스트라로 살아가는 삶 따위는 상상만 해도 끔찍했다.

"맥베스를?"

"그래. 내가 남자 주인공 할게. 네가 여자 주인공 해. 너한테는 허락해 줄게."

달빛은 여자애가 자신의 제안에 기뻐할 것이라 믿어 의심치 않았다. 하지만 여자애는 애매하게 웃을 뿐이었다.

"파슨스(Parsons)와 드리벤(Dreeben)의 말처럼 성취 결정 인자로서 학교의 중요성은 아무리 강조해도 부족합니다. 우리가할 일은 교육을 통해 내재된 계급 상승 욕망을 이끌어 내는 것입니다. 그러면 학생들은 더 높은 계급으로 올라가기 위해자발적으로 개인의 성취를 높일 겁니다."

"일단 재단 관계자 자녀들 가운데 테스트를 통과한 아이들에게 입학 우선권을 부여하는 데 동의하시는 거지요?"

"그보다 중요한 건 장학생 선발이지요. 이미 리스트는 다 만들어 두었습니다. 최대한 다양한 계층 아이들이 무아에 모일 수 있도록 해야 합니다. 재능 있는 자에게 동등한 교육의 기회를. 교육 기회가 편향되면 이상이 무너지고 맙니다. 영국의 실패를 기억하세요."

열린 창문 너머로 어른들의 말소리가 들려왔다.

"나, 저 학교에 가게 될 거야."

여자애가 불쑥 말했다.

"저 학교에 갈 때까지 난 계속 혼자 있어야 해. 학교에 가는 건 아무렇지도 않은데, 거기 가서도 혼자면 어쩌나 싶어."

"그럼…… 나도 갈까?"

충동적으로 나온 말이었다. 그러나 여자애의 동그란 눈이 자신을 향하기만 한다면 그쯤은 할 수도 있을 것 같았다.

"정말? 너, 내 동료가 되어 줄 거야?"

"동료? 친구 말하는 거지?"

"친구는 안 되니까, 동료. 우리 사진 찍으러 내려가자. 할머니한테 사진기가 있어. 찍으면 바로 나오는 거."

"친구랑 동료가 뭐가 다른데? 너, 이름은 정말 안 알려 줄 거야?"

"못 알려 주는 거라니까."

여자애가 달빛에게 손을 내밀었다. 달빛은 그 손을 잡았다.

손을 맞잡은 순간 달빛은 알았다. 이 여자애와 함께라면 다시는 '이상한 아이'라는 말을 듣지 않아도 될 것임을.

서로를 완벽하게 만들어 주는 존재. 달빛은 여자아이와 함께 있기를 선택했다.

여섯 달 뒤, 달빛은 무아교에 갔다. 삼촌은 달빛이 자진해서 무아교에 가겠다고 한 것에 크게 감명받은 눈치였다. 숙모가 이사장으로 무아교를 드나들 테니 식구들과 떨어진다고 쓸쓸해하지 말라고 몇 번이나 껴안아 주었다. 달빛은 기계적으로 고개를 끄덕였다. 조금도 쓸쓸하지 않았다. 오직 그 여자애를 다시 만날 수 있다는 기대에 차올랐을 뿐이다.

무아교 1기 입학생들은 체육관에 모였다. 여섯 살 유치부에 들어갈 고만고만한 아이들 사이에서 달빛은 금세 여자아이를 찾아냈다. 달빛은 여자애 옆에 가서 섰다.

"나, 이젠 이름 말해 줄 수 있어. 난 선샤인이야."

"그거…… 무아의 이름이야?"

무아에서는 무아만의 이름을 쓸 것. 그것이 무아의 법칙이었다. 무아에서는 모두가 평등한 공동체적 삶을 지향했다. 그래서 집안이 드러날 위험성이 있는 본명은 사용을 금지했다. 학생뿐 아니라 교사에게도 적용되는 사항이었다. 입학 후 학생들이 처음으로 받은 과제는 자신의 이름을 지으라는 것이었다. 전국에서 모여든 여섯 살짜리 아이들은 그 말을 영어 이름을 지으라는 것과 비슷한 감각으로 받아들였다.

"나는 무아의 이름이 곧 내 이름이야."

선샤인. 그 이름은 여자애에게 꽤 잘 어울렸다.

"그럼 난 달빛으로 할까."

남자 주인공과 여자 주인공의 이름은 세트여야 한다. 달빛은 그렇게, 달빛이 되었다.

달빛은 그날부터 샤인과 모든 것을 함께했다. 샤인이 자신을 이성(異性)으로 여기지 않아도 크게 신경 쓰지 않았다. 샤인은 누구든 도와줬다. 그러나 샤인이 도와 달라는 말을 하는 사람은 달빛뿐이었다. 그것만으로도 만족스러웠다. '어차피 언젠가는 내 것이 될 테니까.' 하고 생각했다.

그러나 무아교 생활은 만족스럽지 않았다. 무아교의 수업은 자치와 토론이 기본이었다. 그중 포럼은 일주일에 두 번씩 각자의 주장을 모아 무아교의 규칙을 만들어 나가는 자리였다. 달빛은 포럼에 좀처럼 적응하지 못했다.

'나보다 머리 나쁜 애들이 하는 주장 따위, 왜 듣고 있어야 하는 거지.'

제아무리 연기를 해도 상대의 주장에 공감할 수가 없었다. 게다가 더 마음에 들지 않는 건 포럼 때문에 옐로에 들 수 없다는 점이었다. 첫 계급 평가에서 달빛은 레드를 받았다.

무아교에는 계급 제도가 있었다. '향상을 위한 장치'였다. 상위 10퍼센트가 옐로, 30퍼센트까지가 레드, 60퍼센트까지가 블루, 그 아래는 모두 블랙. 네 가지 색으로 분류된 계급은 상징적인 제도였다. '위 계급은 아래 계급이 향상될 수 있도록 이끌어 줄 것.' '아래 계급은 위로 올라갈 수 있도록 노력할 것.' 딱 그 정도 의무만 주어질 뿐, 계급별로 다른 권리를 누리는 건 아니었다. 그래도 달빛은 자신이 옐로가 아니라는 것을 받아들일 수 없었다. 무엇이 됐든, 자신은 누구보다 우수해야만 했다. 게다가 샤인은 옐로를 받은 터였다.

달빛은 이사장실로 가서 숙모에게 부탁했다.

"저를 계속 옐로로 고정해 주세요."

그건 무아교 규칙에 반하는 일이었다. 그러나 숙모는 달빛의 부탁을 들어주었다. 삼촌만큼이나 숙모도 달빛을 한없이 다정하게만 대했다. 달빛은 견딜 수 없이 답답할 때면 외부 대회를 핑계로 외출 허가를 받아 냈다. 가끔 너무나 섬에서 나가고 싶을 때에는 삼촌에게 적당한 대회를 열어 달라고 부탁하기도 했다. 물론 샤인에게는 들키지 않게 조심했다. 다른 애들과 다른, 특별 대우였으니까. 샤인 앞에서만큼은 무아의 이념을 함께 지켜 나가는 완벽한 파트너를 연기하고 싶었다.

완벽한 파트너. 완벽한 주인공. 달빛에게 무아교는 썩 나쁘지 않은 무대였다.

3년 전까지만 해도 그랬다.

*

"새로 온 이사장 대리, 김신영입니다."

'무아의 이름'을 쓰지 않는 새 이사장. 그것은 이제까지의 무아를 없애 버리겠다는 선전 포고였다. 달빛에게는 그렇게 들렸다.

3년 전, 삼촌이 죽었다.

그 소식을 전해 들었을 때, 무아교는 더 이상 안전한 무대가 아님을 직감했다. 상황은 달빛의 예상보다 빠르게 흘러갔다. 뼈다귀라도 얻어먹을 기회를 노리던 친척들은 개떼처럼 숙모에게 달려들었다. 아이러니하게도 그 개떼의 선봉에 달빛의 아버지가 섰다. 안팎으로 몰려오는 거친 파도를 모두 감당하기에 숙모는 몸이 너무 약했다. 결국 숙모는 J그룹 최창식에게 무아의 지분을 모두 넘기기로 했고 학교에는 새 이사장이 왔다.

그 모든 일이 일어나기까지 채 세 달이 걸리지 않았다.

그 세 달 동안 달빛은 슬프지 않았다. 삼촌이 죽었는데도 슬프지 않았다. 시신도 보지 못한 죽음이었다. 그래서인지 실감이 나지 않았다. 실감 나지 않는 죽음을 애도하기보다는, 밀려오는 파도에서 숨을 헐떡이며 살아남는 것에 온 신경을 집중했다.

최창식이 보낸 이사장 대리 김신영은 달빛에게 제안을 했다.

"너 같은 사람을 잘 알아."

김신영은 이사장실 의자에 앉아 아이를 달래듯 은근한 목소리로 달빛에게 말을 건넸다.

"주인공이어야만 하는 사람. 자기 왕국의 왕이 되어야 하는 사람. 그러니 내가 제안을 하지. 네 삼촌이 너에게 남긴 무아 재단 지분, 나한테 넘겨. 그러면 너는 졸업 때까지 주인공으로 있을 수 있어."

달빛은 대답하지 못했다. 누군가가 자신에게 일방적인 제안을 한다는 것이 마음에 들지 않았다. 게다가 지분을 넘긴 걸 샤인이 알면……. 샤인 앞에서 연기를 그만둘 생각은 아직 없었다. 달빛이 입을 다문 채 서 있자 김신영은 끈적끈적하게 웃었다.

"그렇군. 그럼 한번쯤 느껴 봐. 엑스트라의 삶이 어떤지."

다음 날, 김신영은 무아교의 새로운 수업 시스템과 학칙에 대한 자료를 배포했다. 자료를 넘겨 보던 달빛은 꼭 군대 규칙 같다고 느꼈다. 학년을 불문하고 아래 계급은 위 계급에게 경어를 쓸 것, 블루 이하 계급은 레드 이상 계급의 명령에 불복종할 수 없고 최상 계급인 옐로는 모든 권리를 누구보다 먼저 행사할 수 있으며 최하 계급인 블랙은 특별 의무를 진다는 것이 새로운 계급제의 내용이었다.

학교 물품 지급, 동아리 활동, 수행 임무, 졸업 후 혜택 등 모든 것이 계급에 따라 세분화되고 나뉘었다. 자치와 토론은 사라지고 규칙과 통제만 강화되었다. 상징에 불과했던 계급이 순식간에 실질적인 영향력을 행사하게 되었다. 달빛은 섬뜩해졌다.

'김신영이 무아교를 군대로 만든다면 내 계급은⋯⋯.'

엑스트라가 돼 보라던 김신영의 말이 달빛의 귓가를 맴돌
았다.

교칙이 파격적으로 변경되자 무아교 교사들은 항의 서명
을 제출하고 파업에 들어갔다. 교사들 가운데 무아 재단 지분
을 가진 사람도 있었기에 김신영은 그들을 바로 쫓아낼 수 없
었다. 대부분 고등부에 재직 중이던 힘 있는 교사들은 선샤인
을 중심으로 결집했다. 선샤인이 선 교수의 후계자임을 공공
연하게 알고 있던 사람들이었다. 선샤인이 김신영과 단독 면담
을 세 번이나 진행한 결과, 고등부에 한해 새 교칙 시행이 연기
되었다.

그러나 달빛은 누구보다도 무아교의 변화를 무섭게 실감
해야 했다. 그때까지 달빛이 누린 특권이 모두 사라졌기 때문
이었다. 아무리 답답해도 섬 밖으로 나갈 수 없었고 계급 평가
에서도 자유로울 수 없었다. 다른 주변 아이들처럼 아등바등
해야 하는 상황이 달빛은 거북하기만 했다. 무대에서 끌어내
려져 수많은 관객 사이에 억지로 꿇어 앉혀진 듯 불쾌했다.

2학년이 되고 나서 한 달쯤 지났을 때, 달빛은 인텔 컴페티
션 예선 탈락 통보를 받았다. 달빛이 성과를 낼 거라고 기대했
던 유일한 대회였다. 그 대회에서 탈락했다는 것은 다음 계급
평가에서 옐로를 유지할 수 없다는 의미였다.

끌어내려진다는 공포가 달빛을 휘감았다. 달빛은 정신없이 여자 기숙사로 향했다. 샤인을 만나고 싶었다. 하지만 샤인은 기숙사에 없었다. 기숙사가 아니라면 샤인이 있을 곳은 하나뿐이었다. 온실이었다.

달빛은 온실을 좋아하지 않았다. 샤인은 고무나무 한가운데 공사를 위해 설치해 뒀던 철판을 이어 작은 공간을 만들었다. 그곳에 담요며 책, 노트북까지 가져다 두고 '둥지'라 불렸는데, 달빛은 이 '둥지'가 정말로 싫었다. 둥지는 오롯이 샤인만의 공간이었고 달빛은 그곳에 어떤 영향도 미칠 수 없었다. 고무나무 아래에서 둥지를 올려다보고 있으면 샤인이 주인공인 무대를 바라보기만 해야 하는 무력한 엑스트라가 된 듯했다. 달빛에게 샤인은 주인공이어서는 안 되었다. 오직 자신만을 위해 존재하는 여주인공이어야 했다.

평소 달빛은 자의로는 온실에 가지 않았다. 그러나 그날은 샤인의 존재가 절실했다. 달빛은 온실로 달려가서 고무나무 아래에서 샤인을 불렀다. 아래로 내려온 샤인이 달빛을 보자마자 물었다.

"너 왜 그래. 얼굴이 새하얗잖아."

달빛은 샤인의 팔을 꽉 움켜잡았다.

"우리, 무아를 나가자."

"뭐?"

"우리가 여기에 더 있을 이유 따위, 어디에도 없잖아!"

고요한 온실 안에 달빛이 고함을 지르는 소리가 날카롭게 울렸다. 달빛의 거친 숨소리에 두 사람 사이의 공기가 팽팽하게 긴장되었다. 그 긴장을 잘라 버린 것은, 샤인의 단호한 대답이었다.

"난 여기 남을 거야."

"어째서? 우리가 여기 있어 봤자 할 수 있는 일은 아무것도 없어."

"할머니가 가지고 있던 지분을 내가 물려받았어. 난 그걸 결코 넘기지 않아. 난 지켜봐야 해. 무아교를 끝까지. 여기가 내가 있어야 하는 곳이니까."

"대체 뭘 지켜본다는 거야. 교육 혁명을 이뤄야 한다는 신념? 그것 때문이야? 샤인. 애당초 그 신념은 우리 것이 아니었어. 우린 그냥…… 어른들이 시키니까 여기 있었을 뿐이라고!"

"……넌 그럴지 몰라도 난 아니야. 난, 내가 지키고 싶은 게 있어서 여기 있었어. 그건 지금도 마찬가지야."

"지키고 싶은 거라니?"

그 순간 달빛은 질투에 휩싸였다. 10년이 넘는 시간 동안 달빛은 오직 샤인만을 바라보았다. 샤인과 함께하기 위해 무아교 생활을 견뎠다. 그런데 지금, 샤인은 달빛이 아닌 다른 '지키고 싶은 것'이 있다고 말하고 있었다. 달빛의 불안보다, 그 뭔가를 지키는 일이 더 중요하다고. 달빛은 아랫입술을 깨물었다.

"……넌 약해. 샤인. 네가 생각하는 것만큼 힘이 없다고. 후회할 거야."

달빛은 뒤돌아섰다. 내심 샤인이 뒤따라오기를 바랐다. 그러나 달빛이 온실 밖으로 나올 때까지 샤인은 쫓아오지 않았다. 달빛은 온실 밖에 한참이나 서서 닫힌 문을 노려보았다.

비명 소리가 들렸다.

날카롭지도 위협적이지도 않은 비명이었다. 달빛은 헐떡이는 비명이 들리는 곳으로 무심코 고개를 돌렸다. 김신영이 서 있었다. 김신영의 지팡이 끝에 자그마한 여자아이 한 명이 끌려오고 있었다. 온실 앞쪽 체육관에서부터 계속 끌려온 듯, 벗겨진 신발 한쪽이 바닥에 나뒹굴고 있었다. 달빛과 김신영의 눈이 마주쳤다.

"이거, 우리 주인공께서 여긴 웬일로."

달빛은 바닥에서 버둥거리는 아이를 잠자코 바라보았다.

'저 버러지 같은 모습. 저런 것들이 가득한 무아를 끝까지 지켜보겠다고? 나와 떠나는 것보다 그편이 좋다고?'

저런 것들 때문에. 달빛은 성큼성큼 여자아이 곁으로 다가갔다. 여자아이가 달빛을 향해 손을 뻗었다. 도와 달라는 듯 휘젓는 팔을, 달빛은 주저 없이 다리를 들어 내리찍었다. 여자애가 몸을 비틀며 고함을 질렀다. 달빛은 차가운 눈빛으로 여자애를 내려다보며 중얼거렸다.

"짜증 나게."

달빛은 그대로 김신영과 여자아이를 지나쳤다. 달빛의 뒤에서 김신영이 웃는 소리가 들렸다.

"재미있군! 좋은 구경을 시켜 줬으니 너에게 선물을 주지!"

다음 계급 판정에서 달빛은 여전히 옐로였다. 달빛은 알았다. 그것이 김신영이 말한 '선물'이었다. 굴욕감과 안도감이 동시에 몰려왔다.

'좀 더 시간이 지나면, 자신의 무력함을 깨달으면 샤인도 생각이 바뀌겠지.'

그때까지만 기다리자고, 달빛은 생각을 곱씹었다. 주인공이어야만 하는 사람은 그 자리에서 끌려 내려온 채로 그리 오랜 시간을 버티지 못한다. 주인공을 포기하고 무대를 부숴 버리기로 선택하지 않는 이상.

달빛이 그 사실을 깨닫기까지는 긴 시간이 걸리지 않았다.

*

"갑은 상속받기로 한 재단의 지분을 모두 최창식에게 넘기기로 하며, 을은 이에 대한 대가로 차후 5년간, 갑에 대한 완전한 생활 보조를 보장한다. 세부 사항은 아래에 적혀 있고. 이걸로 계약 성립이군."

달빛은 김신영이 건네주는 계약서를 받아 들었다.

"좀 더 일찍 찾아올 줄 알았는데. 고등부 졸업 직전까지 버틸 줄이야."

"……한 달 뒤, 대회 본선이 시작되는 시점에 학교를 나갈
겁니다."

"그동안 대회 준비 잘하기를 바라. 아주 잘해야지. 네 이름
을 거기 올려놓느라, 재단에서 얼마나 고생을 했는데."

달빛은 대답 없이 이사장실을 나왔다. 거래는 끝났다. 지난
1년 동안 김신영은 세력을 더욱 확장했다. 또다시 인텔 예선에
떨어졌다는 연락을 받은 날, 달빛은 김신영과 거래하기로 결심
했다.

'이번에야말로 샤인을 설득해야 해.'

달빛은 온실로 향했다. 그 전날 저녁, 샤인에게서 먼저 만
나자는 연락이 왔다. 2학년 때 함께 떠나자고 했다가 거절당한
후, 달빛은 샤인과의 사이에 생겨난 거리감을 좀체 좁히지 못
하고 있었다. 그런데 샤인이 먼저 연락을 하다니. 달빛의 마음
은 희망으로 부풀어 올랐다. 거절당하고 나서 더욱더 가기 싫
었던 온실에 가는 것조차 아무렇지 않았다.

"도와줘."

그러나 샤인이 달빛을 보자마자 한 말은, 이번에도 달빛의
기대를 어그러뜨렸다.

"도와 달라는 게, 네가 무아교에 남기 위해서라면 해 줄 수
없어."

"어려운 거 아냐. 이걸 가지고 나가서 메모에 적힌 대로만

해 주면 돼."

샤인은 귀걸이를 뺐다. 샤인이 고개를 비스듬히 숙이자 까슬까슬한 목덜미가 보였다. 말라 버린 고무나무 같았다. 겨우 한 손으로 목덜미를 움켜쥘 수 있을 듯했다.

"나, 이번에 나가면 안 돌아올 거야. 무아교로."

달빛은 마지막 패를 던졌다. 이번에도 샤인이 함께 간다고 하지 않으면, 그렇다면……

'샤인이 없으면…… 다른 누군가를 좋아할 수 있을까?'

안 될 것 같았다. 함께 있는 것만으로 자신을 완벽하게 만들어 줄 존재. 그런 존재를 또다시 찾아낼 자신이 없었다. 평생 불완전한 채로 살아가야 한다는 불안감에 시달리며 지낼 날들은 예정된 악몽이었다.

"그래서 처음부터 말했잖아. 달빛. 넌 나와 동료가 될 수는 있어도 친구는 될 수 없다고. 너는 돌아갈 곳이 있으니까."

"너도 같이 가면 되잖아. 샤인. 내가 네가 돌아갈 곳이 되어 줄게."

"……너는 나한테 여자 주인공이 되라고 했지. 달빛. 나는 여주인공이 될 생각이 없어."

상냥하고도 확실한 거부였다. 샤인은 달빛의 손을 잡고는 천천히 손가락을 하나씩 폈다.

"그러니까 너에게 함께해 달라고 말하지 않아. 나는 지금 네게 부탁하는 거야. 도와 달라고. 거절당할 각오를 하고."

달빛은 처음 보는 사람처럼 머리끝부터 발아래까지 샤인을 한참 동안 바라보았다. 귀걸이를 내밀고 있는 손, 팔꿈치에 있는 작은 점과 둥근 어깨, 그리고 가느다란 목까지. 커트 머리 아래로 드러난 샤인의 목을 보며 달빛은 생각했다.

'두 손으로 꽉 움켜쥐면 금세 정신을 잃겠지.'

이제까지 달빛은 샤인 앞에서 완벽한 척 연기를 했다. 선하고 아름다운, 그야말로 샤인에게 어울리는 모습을 꾸며 냈다. 미움받지 않기 위해, 특별한 존재로 남기 위해.

'잃는 것보다는 미움받는 것이 낫지 않을까.'

달빛은 쫙 펴진 자신의 손바닥을 내려다보았다. 샤인이 달빛의 손바닥 위에 귀걸이를 올렸다. 달빛의 손바닥은 땀으로 축축해져 있었다.

그렇지만 놀라울 정도로, 차가웠다.

*

달빛은 가방을 잠그려다 책상 위에 놓아 둔 귀걸이를 봤다. 가방을 열었다. 귀걸이를 넣으려다 다시 가방을 닫았다. 사과 모양 귀걸이. 샤인이 선 교수에게 받았다던 귀걸이. 언제나 샤인의 귓불에서 반짝이고 있던 그것이 지금 달빛의 손 위에 있었다.

그러나 샤인은 죽었다. 이젠, 어디에도 없다.

달빛은 귀걸이를 가져가고 싶지 않았다. 가져가도 소용없음을 알았다. 이것은 추억이 아닌 생생한 악몽이 될 수 있는 물건이었다. 달빛이 원하는 것은 샤인과의 반짝이는 추억이지, 현실이 아니었다. 현실의 무아교와 얽힐 수 있는 물건은 원하지 않았다.

그러나 버릴 수도 없었다.

똑똑. 누군가가 방문을 두드렸다.

"파일을 놓고 갔어."

방문 너머에서 들려온 목소리에 달빛은 귀걸이에서 눈을 뗐다. 샤인에 대한 다큐멘터리를 만들겠다던 아이. 레이라는 아이의 목소리는 묘하게 친밀했다. 중등부 때부터 내내 교내 방송으로 들었기 때문인가.

'샤인. 네가 지키고 싶었던 건 대체 뭐였을까.'

달빛은 문을 열었다. 귀걸이를 누군가에게 주고 떠나는 것. 달빛이 샤인을 위해 할 수 있는 가장 선량한 행동이었다.

'무아를 좋아하느냐고?'

대답은 당연하게 정해져 있다. 마음대로 나갈 수조차 없는 이따위 학교.

질색이다. 아주.

괴물을 쫓는 자

"아니, 대체 뭐 하시는 분이에요. 벌써 세 번째인데. 카 레이서예요?"

카센터 직원은 찌그러진 범퍼를 보며 혀를 찼다. 선 교수는 그저 빙긋 웃어 보였다. 한 달에 세 번이나 너덜너덜해진 차를 끌고 왔으니 이상한 눈초리를 받을 만도 했다. 선 교수는 뒷일을 보험사 직원에게 맡기고 카센터를 나왔다.

'계획을 서둘러야겠어. 저쪽에서 무슨 수를 쓸 줄 모르니.'

지난달부터 위협의 강도가 세졌다. 집 앞 골목까지 따라붙었던 괴한, 누군가가 뒤진 흔적이 명백하게 남아 있던 집 안, 학교 앞에서 가방을 낚아채 달아나려던 오토바이. 살면서 한 번쯤은 겪을 수도 있는 일들이지만, 한 달 사이에 그 일들이 연달아 일어나면 수상한 징조다. 그 일들이 불쾌하기 그지없는 편지가 도착한 후에 일어난다면 더욱 그렇다.

> 금단의 상자를 열지 말 것. 희망을 남긴 채 닫혀
> 버릴 테니까.

고풍스러운 디자인의 편지 봉투는 실링 왁스로 봉해져 있
었다. 선 교수는 원래 모든 편지를 봉투 칼로 조심조심 열었으
나 그 편지만은 우악스럽게 손으로 뜯었다. 봉투에 발신인은
적혀 있지 않았지만, 왁스에 찍혀 있는 매 문장은 편지를 보낸
사람이 누구인지 명확히 보여 주었다.

'……최창식. 그를 너무 얕봤어. 눈에 닿는 곳에 두고 경
계를 한다는 게, 몸 안에서 돌아다니는 뱀을 놔둔 셈이 되었
으니.'

선 교수는 큰길가로 나와 택시를 불렀다. 길가 한쪽에 작
은 꽃집이 있었다. 선 교수는 꽃집 옆에 놓인 화분들 뒤로 몸
을 숨기듯 섰다.

'그렇게 유치한 협박이라니. 과연 최창식다워.'

나는 네가 하는 일을 알고 있다고 속삭이던 그 편지. 격의
사용이나 단어의 조합이 더없이 거친 라틴어로 쓰여 있던 문
구부터 봉투와 문장까지, 물을 잔뜩 들이마셔 몸을 부풀린 복
어 같은 편지였다. 그러나 그 편지 속에 든 독은 자신을 방어
하기 위해서가 아니라 남을 해치기 위해서 존재할 터였다.

오직 사람뿐이다. 상대를 해치기 위해 독을 품는 존재는.

"용담꽃 좋아하세요?"

부드러운 목소리에 선 교수가 앞을 봤다. 꽃집 주인인 듯 상호가 새겨진 앞치마를 입은 여자가 물뿌리개를 들고 화분 앞에 서 있었다. 선 교수는 바로 앞에 놓인 작은 화분을 봤다. 흙만 가득한 화분에 작은 푯말이 꽂혀 있었다. 용담꽃. 푯말에 적힌 세 글자가 그제야 눈에 들어왔다.

"꽃도 안 핀 걸 빤히 보고 계시기에 좋아하시나 싶어서요."

"제가 그랬군요. 좋아합니다. 용담꽃. 그늘 속에서도, 스쳐 지나가는 빛만으로도 참 잘 자라잖아요. 기특하죠."

"저랑 같은 생각을 하시네요. 모종 하나 드릴까요? 봄이 오면 꽃이 예쁘게 자랄 텐데. 아, 강매 아니에요. 서비스."

선 교수는 잠시 망설였지만 곧 손을 내저었다.

"아녜요. 꽃이 필 때까지 보살펴 줄 수 없을지도 몰라요."

택시가 앞에 와서 섰다. 선 교수는 택시에 올라타 눈을 감았다. 보라색 꽃이 자꾸만 머릿속에서 되살아나 선 교수의 눈 앞에서 일렁거렸다. 택시 기사가 켜 놓은 라디오에서 뉴스가 흘러나왔다.

"우리 사회 교육 격차를 줄이기 위해 실시되었던 '통합 교육 버전 3' 사업 참여자들의 비리가 드러났습니다. 정부 주도 아래 이루어졌던 이 프로젝트는, 저소득층 학생들에게 공정한 교육 기회가 돌아갈 수 있도록 배움 카드 발급 및 방과 후 학교 증가를……."

택시 기사가 라디오를 껐다.

"교육 격차를 줄이기는 무슨. 돈 있는 놈들만 좋은 대학 가는 거, 이제 누가 모른다고. 저도 초등학교 3학년 딸이 있거든요. 애가 마림바를 그렇게 잘 쳐요. 학원 선생님들도 다 천재라고 하고 상도 두 번이나 받았어요. 마림바 아세요? 커다란 실로폰처럼 생긴 악긴데."

택시 기사는 선 교수의 대답을 기다리지 않고 혼잣말 같은 하소연을 이어 갔다.

"그런데 그게, 완전 돈 먹는 하마예요. 한 시간 레슨비가 20만 원이라니까요. 도저히 감당할 수가 없어요. 악기도, 우리 애는 7만 5000원짜리 제일 싼 거밖에 사 줄 수가 없거든요. 그런데 좀 산다 하는, 같은 학원 다니는 애는 300만 원짜리로 연주하고. 야, 그게 진짜 웃겨요. 제가 완전 막귀거든요. 그런데도 7만 5000원짜리랑, 300만 원짜리랑 소리가 확 다른 게 들립디다. 애는 마림바로 대학까지 가고 싶다고, 마림바로 세계를 씹어 먹겠다고 신이 나 있는데, 아무리 계산해도 답이 안나와요. 레슨비에, 수시로 악기도 새로 사 줘야 하는데. 그 돈이……. 애가 재능이 있으면 뭐 해요. 받쳐 줄 돈이 없는데."

택시 기사의 하소연에 선 교수는 눈앞에서 일렁거리는 보라색 꽃을 억지로 몰아냈다. 선 교수는 눈을 떴다. 똑바로 앞을 바라보았다.

—눈 돌리지 마. 언니.

한 번도 잊은 적 없던 목소리. 그 목소리의 주인이 투명한
팔을 뻗어 선 교수의 등을 끌어안았다. 쓰디쓴 보라색 향기를
품고 세상을 떠난 동생. 동생은 자신과 똑같은 아이들을 선 교
수에게 보냈다. 자신의 목소리를 잊지 말라는 듯.

선 교수는 버릇처럼 귓불을 어루만졌다. 그러나 아무것도
손에 닿지 않았다. 오랫동안 그곳에 달려 있던 열매는 이미 샤
인에게 전해진 터였다.

'지켜 줄 수 있었다면.'

꽃을 피울 때까지 계속 옆에 두었을 것이다. 아마, 그랬을
것이다.

*

"학교를 만들자. 언니."

동생의 뺨이 빨갛게 부풀어 올랐다. 아버지가 동생의 얼굴
에 손을 댄 것은 이번이 처음이었다. 동생의 가장 뛰어난 재능
은 미모라며 그렇게 자랑스러워하던 아버지였다.

"누구든 상관없이, 재능이 있으면 모든 걸 지원해 주는 학
교. 부모가 아니라 아이의 재능을 알아봐 주는 교육자가 아이
를 키워 주는 학교. 재능만 있으면 누구나 세계의 중심에 설
수 있다고 가르쳐 주는 학교. 그런 학교에서 훌륭한 아이들을

잔뜩 길러 내서 이 미친 나라를 확 바꿔 버리는 거야. 정치인도 만들고, 사업가도 만들고, 군대도 다 점령해 버리자."

"그런다고 바뀔까."

"적어도 지금보단 낫겠지. 스무 살짜리 딸을, 마흔두 살 남자와 억지로 결혼시키려는 부모가 부끄러움을 아는 사회는 되겠지. 안 그래?"

선 교수는 동생의 손을 꽉 잡아 주는 것 말고는 아무것도 해 줄 수 없었다. 정원에 핀 용담꽃은 어두운 밤에도 보랏빛을 뿜내고 있었다. 용담꽃은 동생이 가장 좋아하는 꽃이었다. 어릴 때부터 동생은 화가 날 때면 묵묵히 삽을 들고 정원 한 구석을 파헤쳐 용담꽃을 심었다. 8월에 접어들면 정원 한쪽이 온통 보라색으로 물들었다.

아버지가 정해 준 남자와 결혼하지 않겠다고 했다가 얻어맞은 날, 동생은 꽃 위에 풀썩 드러누웠다. 선 교수도 동생의 손에 이끌려 꽃 위에 쓰러지듯 누웠다.

"난 아버지가 하는 말이 모두 못마땅해. 하지만 하나는 동의해. 우리 삶의 불행은, 대부분 사회와 제도에서 기인한다는 말. 그걸 개인의 성향 탓으로만 돌리는 건 무책임해. 한두 명에게 책임을 지우는 것도 그렇고."

"그야 그렇지."

"그러니까 언니. 돈 많이 벌어. 학교 만들게. 자격 없는 사람들 다 끌어내리고 이상적인 교육을 받은 사람들을 그 자리에 채워 넣자고. 이거야말로 교육 혁명!"

동생은 깔깔 웃었다. 선 교수도 함께 웃었다. 학교를 만들어 주겠다고 빈말로라도 약속해 줄 수 없는 자신이 미웠다. 같이 가자고 말할 수 없는 것도 미안했다.

고작 스무 살이었다. 일란성 쌍둥이였으나 한 명은 원하는 공부를 하기 위해 유학을, 한 명은 재벌가 남자와 정략결혼을 하게 되었다. 선 교수와 동생은 둘 다 영민했다. 대학 총장이었던 아버지는 자주 다과회를 열었는데, 찾아오는 사람들은 쌍둥이를 볼 때마다 이렇게 말했다. "한 명이라도 사내애였으면 얼마나 좋았겠어." 그때마다 선 교수는 뭔가 죄지은 듯한 기분이 들어 고개를 숙였고, 동생은 고개를 똑바로 들고 그들을 노려보았다.

자매의 길을 나눈 것은, 재능도 성격도 아닌 단지 외모였다.

쌍둥이였지만 선 교수와 동생은 누가 봐도 한눈에 구별 가능했다. 선 교수의 얼굴 반쪽을 뒤덮고 있는 흰 반점 때문이었다. 아버지는 반점을 가지고 태어난 선 교수를 가엾게 여겼다. 그러나 선 교수는 아버지의 생각만큼 반점을 싫어하지 않았다. 반점이 있었기에 선 교수는 온전히 재능과 성과로 평가받을 수 있었다.

아름다움은 때로, 아름다움을 넘어선 모든 재능을 가려 버린다.

선 교수는 동생을 보고 그것을 깨달았다. 동생은 모든 면에서 선 교수보다 뛰어났다. 특히 언어 능력이 특출해서 스무 살에 이미 여섯 개 언어를 능숙하게 쓰고 말할 수 있었다. 그러나 모두 동생의 외모에만 집중했다. 그리고 결국 그 아름다움이 동생을 잡아먹었다.

정략결혼. 아버지는 동생의 결혼 상대에 대해 자세히 말해 주지도 않았다. 그저 그가 상당한 자산가이며 나라를 좌지우지하는 힘을 가진 이라고 말했을 뿐이다. 그는 아버지에게 걱정 없는 연구 활동과 안정적인 사회적 지위를 보장해 주었다고 했다. 그가 동생을 원한 이유는 단순했다. 젊고 예쁜, 교수 집안의 딸이라서. 아버지는 자신 덕분에 동생에게 좋은 상표가 붙은 거라고 자랑스럽게 말했다.

유학을 떠나던 날, 동생은 선 교수에게 상자를 내밀었다.

"이거, 내 선물."

동생이 준 것은 귀걸이였다. 빨간 열매에 초록 잎사귀가 달려 있는 사과 모양 귀걸이. 검지 손톱만 한 크기의 귀걸이를 선 교수는 귓불에 대 보았다. 그 모습을 지켜보던 동생이 불쑥 말했다.

"언니. 사과의 속은, 무슨 색일까?"

"사과의 속?"

"판도라의 항아리. 헤시오도스는 판도라를 대지의 여신에서 불행을 가져온 여자로 끌어내렸지. 카를 케레니가 그를 아네시도라는 이름으로 되살렸는데도, 모두가 판도라를 상자를 연 여자로만 기억해. 상자가 원래는 항아리였음을 알려고 하지 않는 것처럼. 사람들은 판도라가 뭘 할 수 있었는지, 어떤 꿈을 꿨는지 신경 쓰지 않아. 사람들에게 판도라는 영원히 제우스의 창조물이고 제우스가 의도한 대로 어리석은 선택을 한 꼭두각시일 뿐이지."

금지된 항아리를 열어 인류를 불행하게 만들 온갖 해악을 세상 밖에 풀어놓은 최초의 여자. 아름답기에 '불행을 가져온 여자'라는 역할을 맡아야 했던 판도라. 헤시오도스가 기록한 이야기 속에서 판도라의 이름은 본래 의미를 잃어버려야 했다. 대지의 여신, 생명을 잉태하는 신이라는 뜻이었던 이름은 축소되었다. 아름다운 여자가 불행을 가져온다는 서사를 사람들은 오랫동안 매력적이라고 여겼다. 권력이 만들어 내는 비극을 개인의 책임으로 돌리는 데 매우 유용한 방법이기도 했다. 트로이 전쟁의 헬레나를 입에 담는 이들은 트로피가 되어야 했던 헬레나에게는 정작 관심이 없었다. 트로피가 되어야 했던 여자들은 판도라를 닮았다. 만들어진 역할에서 자유로울 수 없었던 여자들.

선 교수는 동생이 카를 케레니 책을 읽고 기뻐하던 모습을 기억했다. 카를 케레니는 '판도라'라는 이름의 어원이 '전부를 주는 여자'인 데 의문을 품고 '아네시도'라는 여신을 찾아냈다. 아네시도의 항아리에서 나온 석류 열매는 사과, 레몬, 배로 변하고 그 덕분에 인류는 과실이 열리는 나무를 가지게 된다. 동생은 그 이야기를 읽고 폴짝폴짝 뛰었다. "나도 마법의 석류를 가진 여신이 되겠어!" 이렇게 외치던 목소리가 선 교수의 귓가에 생생하게 되살아났다.

"판도라가 항아리에서 꺼낸 석류는 사과가 되었지. 몰랐을 거야. 사람들이 자신을 상자 안에 가둬 버릴 줄은. 판도라가 건네줬던 사과는, 금단의 과일이 되어 버린 그 과일 안에는 무엇이 갇혔을까. 그것도…… 희망이었을까? 그럼 희망의 색은…… 어땠을까."

선 교수는 동생의 손을 꽉 잡았다. 한 달 뒤면 다른 남자가 동생의 손을 잡을 터였다. 얼굴도 목소리도 검게 칠해진, 그림자 같은 남자. 그 남자는 동생을 사랑하지 않는다.

"너를 이곳에 두고 나 혼자 가도 될까."

선 교수의 목소리에 울음이 차올랐다. 동생은 희미하게 웃었다.

"언니라도 탈출해야지. 내가 귀걸이 해 줄게."

동생이 선 교수의 귀에 귀걸이를 채웠다. 그러곤 선 교수의 어깨를 꽉 끌어안았다.

"언니. 날 잊지 마. 눈 돌리면 안 돼. 봐야 할 것을 보는 거야. 거기에 내가 있어."

비행기를 타고 가는 내내 선 교수의 귀에서 그 속삭임이 사라지지 않았다. 동생이 자신에게 희망을 맡긴 것만 같아서 귓불에 달린 귀걸이가 한없이 무겁게 느껴졌다.

유학 생활은 힘들었다. 한국에서는 잘한다 생각했던 영어도 다시 익혀야 했다. 아무리 좋은 논문을 써도 동양계 여자라는 이유만으로 무시당했다. 동생의 당부까지 짊어지고 있기에는 모든 것이 너무 무거웠다. 선 교수는 사과 귀걸이를 서랍 안에 넣었다. 잊지 말라고 했지만 잠깐쯤은 괜찮을 거라고 애써 외면했다. 처음에는 자주 오던 동생의 편지가 점차 뜸해졌고 선 교수도 먼저 편지를 보내지 않게 되었다. 어차피 아버지 집으로 편지를 보내도 그 편지를 받을 동생은 그곳에 없을 터였다.

그렇게 8년이 지났다. 그사이 한국은 수많은 사람들이 권력에 의해 살해당했고, 그럼에도 불구하고 서로 싸웠고, 선 교수의 아버지는 학생들 편에 섰고, 그 대가로 대학 총장 자리를 사퇴했다.

선 교수는 한국 소식에 신경을 기울이지 않으려고 노력했다. 떠나온 곳보다 머무를 곳에서 전력 질주해야만 하는 상황이었다. 아니, 전력 질주라도 하지 않으면 죄의식에서 벗어날 수 없었다. 동생을 두고 왔다는 죄의식. 닭이 먼저인지 달걀이 먼저인지 알 수 없었지만 결론은 하나였다. 달려야 했다. 학위를 따고 연구를 하고 권위 있는 학술 잡지에 논문을 발표했다. 선 교수에게 '미주 최연소 동양계 여자 박사', '최고의 한국 교육학자' 타이틀이 붙었다. 그제야 편히 숨을 쉴 수 있었다.

그러던 어느 날, 한국에서 학회가 잡혔다. 한국으로 떠날 준비를 하던 선 교수는 서랍 안에 넣어 두었던 사과 귀걸이를 꺼내 귀에 찼다. 한국에 돌아가면 일단 동생을 만나러 가자 싶었다. 이제는 아버지가 동생 집이 어디인지 알려 주지 않아도 선 교수 자신의 힘으로 알아낼 수 있을 정도로 인맥이 있었다. 다시 만나면 동생은 분명 자신을 따뜻하게 끌어안아 줄 것이라고 믿었다.

그러나 동생은 없었다. 어디에도.

"어떻게 그런 소식을 제게 숨길 수가 있어요?"

"소식 알리면 네가 학업에 집중하지 못할 것 같아서 안 알렸다."

"……2년 전이라니. 그럼 그 남자는요? 처벌받은 거예요?"

"처벌. 그건 무리였어. 경찰에서 형식적으로 몇 번 조사는 했지. 하지만 지금 그를 처벌할 수 있는 사람은 한국에 없을 거다. 법이 존재해도 통하지 않는 존재는 어디에든 있기 마련이야. 너도 알잖니."

동생은 맞아 죽었다. 동생의 남편이 동생을 때려 죽였다고 했다.

동생의 남편에게는 10여 년을 사귄 내연녀가 있었고 둘 사이에는 아들도 있었다. 동생이 딸을 낳자 동생의 남편은 내연녀의 아들을 양자로 삼아 집에 들였다. 그리고 반년이 지난 후, 사건이 벌어졌다. 동생의 남편은 동생을 때려 죽음에 이르게 한 데는 동생 책임이 있다고 증언했다. 동생이 양자로 들인 아들을 지나치게 구박해서 다투다가 홧김에 밀쳤는데 그렇게 됐다고. 그 증언 하나로 동생의 죽음은 살인이 아닌 과실 치사로 처리되었다.

"내연녀 아들이라도 아들은 아들이라고, 아주 귀히 여겼다고 하더라. 네 동생이 아들만 낳았어도 일이 그렇게 되지는 않았을 텐데."

"아버지. 그게 지금 할 말이에요?"

"진실이 뭐든, 그건 아무 의미가 없어. 어쩔 수가 없었다."

8년 만에 만난 아버지는 몸도 생각도 쪼그라들어 있었다. 선 교수는 학생들을 위해 시위에 나섰다던 아버지와, 자신의 앞에 무력하게 앉아 동생의 죽음을 전하는 아버지를 동일인으로 여길 수 없었다. 인식의 불일치는 소통의 부재를 가져왔다. 아버지는 선 교수가 한국에 돌아오고 나서 네 달 만에 세상을 떠났다. 그때까지 선 교수는 아버지와 단 한 번도 말을 섞지 않았다.

학회가 끝났는데도 선 교수가 한국을 떠나지 못한 이유, 그건 오직 꽃 때문이었다. 8월, 정원에 피어날 용담꽃을 보고 싶었다. 그 꽃을 보고 떠나자 했다.

그러나 꽃은 피지 않았다. 아버지의 장례식을 마치고, 1년이 지나 사계절이 다 바뀌었는데도 꽃은 피어나지 않았다.

선 교수는 한국 대학교에서 교편을 잡았다. 동생의 죽음을 다룬 몇몇 기사를 찾아 읽었다. '비극을 맞은 모 재벌가 여자.

모 재벌가는 어디?' 같은 찌라시 기사들뿐이었다. 동생의 남편은 어디에도 언급되지 않았다. 그는 '과실 치사'라는 단어 뒤에 완벽하게 숨어 자신의 정체를 드러내지 않았다. 선 교수는 그 후로 절대 신문을 읽지 않았다. 자격 없는 기자들이 너무 많았다.

10여 년이 훌쩍 지나도록 꽃은 피지 않았다. 선 교수는 끊임없이 논문을 발표했고 사람들을 만났고 사회적 명성을 얻어 갔다. 선 교수의 주된 연구 주제는 고대 철학을 기반으로 한 엘리트 양성 사립 학교 부활이었다. 현재 남아 있는 엘리트주의 학교를 "철학 없이 자본만 남은 기형"이라고 비판하며, 완전한 통제 아래 엘리트를 양성하자는 주장은 격한 비판과 그에 못지않은 강한 지지를 동시에 받았다. "제대로 교육받지 않은 자들이 사회의 중요한 위치를 차지하기에 그 악영향이 대중을 마이너스로 이끈다."라는 주장에 사회 고위층이 열광하는 것이 아이러니했다. 그들은 자신만은 '제대로 교육받지 않은 자들'에 포함되지 않는다고 굳게 믿었다.

때로 사람들은 선 교수에게 물었다. 왜 그런 연구를 하느냐고. 그때마다 선 교수는 답했다. 꽃이 피지 않아서라고.

어느 날 아침, 선 교수는 멍하니 창밖을 바라보고 있었다. 뭔가 올 것만 같았다. 현관 초인종이 울렸다. 선 교수는 홀린 듯 대문을 열고 정원으로 나갔다.

동생이 서 있었다.

"이모…… 맞죠? 엄마랑 진짜 닮았네요. 엄마도 사진으로만 봤지만."

서너 살쯤 된 어린아이 손을 붙잡고 선 젊은 여자가 선 교수를 불렀다. 이모라는 말에 선 교수는 퍼뜩 정신을 차렸다.

"갑자기 찾아와서 죄송해요. 제가 애를 혼자 낳아서 기르고 있거든요. 아버지랑은 어릴 적에 인연 끊었어요. 정확히는 아버지가 저를 버렸죠. 엄마가 돌아가시고 바로 재혼했거든요. 뭐, 그건 중요한 게 아니에요. 중요한 건, 얼마 전부터 누군가가 저를 죽이려고 하는 것 같다는 거예요. 전 애 혼자 두곤 절대 못 죽어요. 그래서 잡지에서 이모를 보고 염치 불고하고 찾아왔어요."

여자는 동생이 아니었다. 스물둘이나 스물셋쯤 되었을까. 동생을 마지막으로 봤던 20여 년 전 그때의 동생과 꼭 닮았지만 그 여자가 동생일 수는 없었다.

'내 조카구나. 그럼 저 어린애는…… 내 손녀.'

내내 피지 않는 꽃과 함께 멈춰 있던 시간이 단번에 움직였다. 여자의 손을 잡고 있던 아이가 꼼지락거리더니, 여자의 손을 놓고 정원 안쪽으로 달려갔다. 곧 돌아온 아이의 손에는 보라색 용담꽃 한 송이가 나풀나풀 흔들리고 있었다.

"선물이에요."

아이가 선 교수에게 꽃을 내밀었다. 아이의 눈을 들여다본 순간, 선 교수는 웃을 수밖에 없었다. 조카도 동생과 닮았지만,

눈앞에 서 있는 이 작은 여자아이는 그야말로 어린 시절의 동생을 복사해서 붙여 놓은 듯했다. 고집 세 보이는 눈매와 자신을 똑바로 바라보는 반짝이는 눈동자가 특히 그랬다.

"들어가자. 우린 할 이야기가 많아. 그렇지?"

꽃이 피었다. 선 교수는 내내 귀에 달고 있던 귀걸이를 어루만졌다.

*

스무 살의 젊음을 지나쳐 이젠 50대 중반이었다. 선 교수는 짐을 싸다가 퍼뜩 자신의 나이를 깨달았다. 동생과 조카, 손녀에 대한 기억을 더듬고서야 나이를 실감하는 건, 여전히 삶이 너무 치열해서일 터였다. 스무 살 때 선 교수는 쉰이 넘으면 모든 것이 평온하고 안락해질 줄 알았다.

'그냥 그대로 살았다면 그렇게 됐을까.'

선 교수는 가끔 궁금해졌다. 그럴 때면 조카와 손녀와 함께 지낸 3년간의 생활이 떠올랐다. 조카와 차를 마시고, 손녀에게 글을 가르치며 보냈던 날들. 셋이 함께 외출하면 사람들이 말했다. "따님이 결혼을 빨리 했나 봐요. 아직 어려 보이는데." "딸이랑 손녀랑 둘 다 엄마를 쏙 빼닮아서 아주 미인이네요." 그때마다 선 교수도 조카도 굳이 그들의 착각을 정정하지 않았다. 선 교수는 때로 조카에게서 동생을 보았고 때로 손녀에게서 동생을 보았다.

그래서 더욱더 조카에게 한 번도 묻지 않았다. 동생을 죽인 남자, 조카의 아버지가 누구인지에 대해. 셋이 함께 있을 수 있는 한, 그건 선 교수에게 전혀 중요한 문제가 아니었다. 하지만 조카가 죽고 나서 선 교수는 동생의 죽음을 둘러싼 내막을 조사하기 시작했다.

그대로 셋이서 평온한 날들을 이어 갔다면 어떤 인생을 살았을까. '만약'이라는 상상은 때로 너무 달콤했다. 그 달콤함에 푹 빠져 있고 싶을 정도로.

'나이가 드니까 점점 감상에 빠지게 되네.'

선 교수는 자신의 두 뺨을 가볍게 두드리고 캐리어를 닫았다. 내일이면 미국으로 떠날 터였다. 학회에 참가하기 위해서지만 그건 어디까지나 대외적인 명목이었다. 학회가 끝난 후 디데이가 선 교수를 기다리고 있었다.

선 교수는 컴퓨터 앞에 앉았다. 잠시 마우스를 손으로 툭툭 치며 생각에 잠겼다가 모니터를 켰다. 서랍 안에서 귀걸이를 꺼냈다. 동생이 선 교수에게 줬던 것과 꼭 닮은 사과 모양 귀걸이였다. 다만 귀걸이를 비틀어 열면 안쪽에 USB가 들어 있다는 점이 달랐다. 선 교수는 USB에 자료를 옮겨 담았다. 그러곤 방을 나와 정원으로 나갔다. 해가 진 어둑한 정원 한쪽, 용담꽃이 핀 곳으로 다가갔다.

여전히 꽃은 피지만 꽃을 꺾어다 주던 아이는 이제 이 집에 없다.

10년 전이었다. 조카가 살해당한 것은. 조카는 쇼핑몰 주차장에서 괴한의 칼에 찔렸다. 손녀도 그 자리에 함께 있었다. 조카는 죽어 가면서도 다섯 살이었던 딸이 칼에 찔리지 않도록 아이를 온몸으로 감싸 안았다. 선 교수가 소식을 듣고 병원으로 달려갔을 때, 조카는 이미 숨을 거둔 뒤였다. 손녀도 의식을 잃은 채 한 달 동안 깨어나지 않았다. 눈앞에서 엄마가 죽어 가는 장면을 보고 쇼크를 받았기 때문이다.

주차장 CCTV는 망가져 있었고 경찰은 급히 수사를 종료하려 했다. 선 교수가 항의해도 소용없었다. 선 교수는 조카의 죽음 뒤에 뭔가가 숨어 있음을 직감했다. 동시에 화가 났다. 그 뭔가에 휘둘리는 경찰들에게 견딜 수 없이 화가 났다. 아내를 때려 죽였는데도 정재계 유력 인사라는 이유로 벌을 받지 않은 누군가, 동생의 죽음을 멋대로 희롱한 기자들, 눈치를 보며 자신의 일을 하지 않은 경찰들. 올바른 사람들이 올바른 자리를 차지하지 못한 결과가 이런 것 아닌가. 조카와 행복하게 생활하면서 잊고 있던 동생의 목소리가 되살아났다.

—학교를 만들자, 언니.

그것은 신의 계시와도 같았다.

그때까지 끊임없이 연구해 오던 주제였기에, 지지자들이 있었기에 선 교수는 빠르게 계획을 현실로 옮길 수 있었다. 손녀 선샤인이 병원에서 의식을 찾은 날, 무아 재단을 설립하기 위한 핵심 멤버가 구성되었다. 선 교수는 결심했다. 무아교를 낙원으로 만들겠다고. 누구도 샤인을 해칠 수 없게 선하고 아름다운 사람들만 가득한 장소를 만들고 싶었다.

'아직은 괜찮아. 괜찮고말고. 이건 그저 노파심에 하는 일일 뿐이야.'

선 교수는 용담꽃 무더기 한가운데 땅을 얕게 팠다. 그 안에 USB를 넣고 묻었다. 만약 무슨 일이 생긴다면, 다른 사람들 모르게 샤인에게만 '사과'를 전해야 한다면……. 이곳이라면 분명 샤인이 찾아낼 수 있을 터였다.

'만약은 일어나지 않아. 나는 너만은 살릴 거야. 내 손녀. 우리 아이. 무슨 일이 있어도 그 낙원이 파괴되게 두지 않겠어.'

선 교수가 깊게 숨을 들이마셨을 때 주머니 속 휴대폰이 울렸다. K그룹 총수 권의 전화였다.

"선 교수님. 준비 모두 끝냈습니다.《월 스트리트 저널》과《포브스》두 곳이 특집 게재에 응했습니다.《포브스》와는 단독 인터뷰를 조건으로 표지 노출을 약속받았습니다."

선 교수는 권을 '보편적이나 드물게 선한' 사람이라고 평했다. 그는 좋은 파트너였다. 무아 재단 참여자 가운데 진정한 '낙원'을 꿈꾸며 참여한 사람은 아마도 권뿐일 터였다. 권이 아니었다면, 아무리 선 교수의 지지자가 많았어도 무아교를 현실로 만드는 데 긴 세월이 걸렸을 것이다. 선 교수가 무아교의 상징이라면, 권은 선 교수가 상징으로서 찬란하게 빛날 수 있도록 떠받들어 주는 기둥이었다.

"고맙습니다."

"교수님. 정말로 '사과'만 있으면 최창식을 무너뜨릴 수 있을까요?"

"성공과 실패 확률은 반반입니다. 하지만 권. 우린 인정해야 해요. 최창식이 재단에 참여하도록 허락한 건 우리의 판단 착오였어요. 그를 울타리 안에 두고 눈앞에서 경계하려 했지만 그의 능력을 얕본 거였죠. 이대로 가면 최창식은 어떤 수를 써서라도 무아 재단을 자신의 것으로 만들 겁니다. 이미 지분의 30퍼센트를 손에 넣었어요. 처음엔 고작 2퍼센트만 가지고 있었는데 말이에요. 여기서 그를 쳐내고 가지 않으면 그는 낙원을 무너뜨릴 겁니다."

"최창식이 더 노골적으로 교수님을 위협할 겁니다."

"괜찮습니다. 저의 안전쯤 얼마든지 담보로 잡혀도."

"역시 교수님답습니다. 저…… 그런데요. '사과'가 뭔지 여쭤봐도 됩니까?"

선 교수는 잠시 밤바람에 흔들리는 용담꽃을 바라보고 서 있었다. 수화기 너머에서 긴장한 듯 낮은 숨소리가 새어 나왔다.

"인간은 잠재적인 '선'을 현재화해야 하고 자기 형성을 하지 않으면 안 되지만, 그것은 '인식'에 의해서 행해진다고 하지요. '사과'에 담긴 것은, 그래요. 인식하지 못한, 타인에게 독을 뿜어내는 괴물의 모습이랍니다."

철학자 대니얼 데닛은 말했다. 사과의 속은 빨갛지 않다고. 그러나 선 교수는 사과의 속이 아주 빨갈 거라고 생각했다. 자신의 욕망을 채우기 위해 타인의 희망을 물어뜯는 괴물이 독을 내뿜고 있는 한 그럴 것만 같았다.

'사과를 쪼개면 나오는 것은 괴물일까, 아니면 괴물을 몰아낼 희망일까.'

잊지 않는다. 절대로.

인터뷰 : 엑시

복도, 아이들의 발소리가 유독 선명하게 들린다. 카메라가 복도 바닥을 비추다 엑시에게 향한다. 엑시, 카메라를 노려본다.

엑시 다큐멘터리? 웃기지 마. 나 의심하는 거지. 꺼져. 지금 당장, 말로 할 때.

카메라, 흔들린다.
클로즈업되는 손.
퍽. 둔탁한 소리와 함께 지직거리는 화면.
한동안 복도 바닥만 비추다, 갑자기 까맣게 변한다.

저주에 걸린 자

가장 강력한 저주를 건 사람은 누구인가.

엑시는 비명을 삼키며 잠에서 깨어났다. 또 그 악몽이었다.

매가 날아와 이마를 쪼았다. 이마는 피범벅이 되었고 엑시는 꿈속에서 매를 피해 달아나려고 마구 달렸다. 달아나다 커다란 거울 앞에 섰다. 피범벅이 된 이마에는 '살인자'라고 새겨져 있었다. 흠칫 놀라 거울을 들여다보면 그곳에는 등이 구부정하게 굽어 매가 되어 가는 괴물 같은 인간의 형상이 있었다. 완전히 매가 되면 분명 목이 잘릴 것이다. 그 사실을 깨닫는 순간, 스산하게 차가운 손이 어깨에 와 닿았다. 손을 쩍 벌리고 날카로운 이를 드러내며 외쳤다. 내 말을 듣지 않은 벌을 내리겠다!

선샤인이 죽고 나서 내내 엑시는 밤에 시달리고 있었다. 악몽을 꾸고 비명을 지르며 깨어났다. 처음에는 꿈인 줄 몰라서 터져 나오는 대로 비명을 질렀지만, 이젠 꿈이라는 것을 알기에 비명을 삼켰다. 비명 소리가 방 너머로 새어 나가면 자신의 악몽을 누군가가, 특히 손의 주인이 알아차릴까 봐 겁이 났다.

엑시는 침대에서 몸을 일으켜 앉았다. 어둠에 가라앉은 벽을 노려보았다. 아무것도 붙어 있지 않은 벽에서 스산한 기운이 뿜겨 나왔다. 무아고에 들어오고 3년이 지났지만 엑시는 이 방을 자신의 방이라 여길 수가 없었다. 엑시는 여전히 '진짜' 자신의 방이 그리웠다. 야구 글러브가 방 한쪽에 뒹굴고, 벽에는 야구 선수들 포스터와 상장이 붙어 있고, 책장에는 만화책과 게임팩이 잔뜩 꽂혀 있는 방. 그 방으로 돌아갈 수만 있다면 뭐든 할 수 있을 것 같았다. 그러나 날이 갈수록 엑시가 아닌 진짜 이름으로 불렸던 그 시절은 돌아오지 않을 듯했다. 그때 기억을 떠올리려 해도 계속 흐릿해지기만 했다.

평범하다고, 별것 아닌 날들이라고 여겼다. 그래서 마구 흘려보냈다. 엑시는 후회했다. 이렇게 될 줄 알았으면 아무리 시간이 지나도 떠올릴 수 있게, 순간순간을 억지로라도 꽉꽉 접어 머릿속에 넣어 둘 걸 그랬다. 하지만 아침 일찍 학교에 가서 수업 시간에 졸고, 매점에서 빵을 사 먹고, 친구들과 야구와 게임 이야기를 하며 떠들고, 가끔 좋아하는 애 앞에서 얼쩡거리고, 수업 시간에 또 졸고, 편의점에서 컵라면을 먹고, 방과 후에 야구 연습을 하고, 학원 가서 다시 졸고, 집에 오는 날들이 그리워질 것임을 아는 중학생이 어디에 있단 말인가. 이제 엑시는 떠올릴 수 없었다. 그때 기분이 어땠는지, 무슨 꿈을 꿨는지, 전혀 아무것도.

'만약 타임머신이 있다면……'

3년간 수천 번은 상상한 '만약'이었다. 중학교 때의 자신을 만나면 무슨 말을 할까. 지금 네가 얼마나 멋진 시간을 보내고 있는지 알아야 한다고, 제발 그날들을 잘 기억해 두라고, 미래의 나를 위해. 그렇게 말할까.

'아니지. 절대 아니야.'

과거로 갈 수 있다면, 그런 쓸데없는 말이나 늘어놓아서는 안 된다.

'돌아간다면 그때로 가야지. 그날, 무아교에 가라는 말을 들은 날.'

그때, 엑시는 부모 앞에 멀뚱히 앉아 있기만 했다. 이상하게 아무리 시간이 흘러도 그때 아버지의 목소리만은 흐려지지 않았다. 오히려 지독하게 점점 더 또렷해졌다.

엑시의 시선이 허공을 헤맸다. 또렷한 아버지의 목소리. 지난 일들이 어두운 방 안에 되살아났다.

*

"무아교에 가라."

설마 그 한마디가 지옥행 티켓일 줄은 몰랐다.

엘리트 사립 학교. 비밀의 낙원. 온갖 수식어가 붙은 무아교에 대해 엑시도 알고 있었다. 무아교에 가면 어떨 것 같냐고 친구들과 이야기를 나눈 적도 있었다. "그딴 데 틀어박혀 있으면 미칠지도 몰라. 신흥 종교도 아니고." "왜, 그래도 거기 졸업하면 대학은 끝장나게 좋은 데 갈 수 있다더라." "웃기네. 거기 고등부, 아직 1기 졸업생도 배출 안 했어. 과대평가된 거라니까." 친구들 사이에서 무아교에 대한 평가는 극과 극을 달렸다. 무아교가 기부금 입학생을 받기로 했다고 발표한 후에는 부정적인 평가가 좀 더 많아졌다. "평등한 교육 어쩌고 떠들더니, 결국 부자들 기부금으로 돈 좀 챙기겠다는 거잖아." "그러게. 보통 사립 학교랑 다를 게 뭐야." "자기들끼리 북 치고 장구 치고." 엑시는 친구들 말에 고개를 끄덕였다.

무아교가 기부금 입학생 합격자를 발표한 날 저녁, 엑시의 아버지는 누가 줬는지도 모르는 북채를 덥석 움켜쥐고 집으로 돌아왔다. 아버지는 둥둥 북을 치듯 선언했다. 내 아들을 무아교에 보내겠노라 하고.

"기부금 입학생 명단에 이름이 떡하니 있더라고. 우리가 뽑히다니. 역시 운명이야. 이건."

"내가? 무아교를? 왜? 기부금이라니. 대체 얼만데?"

아버지가 말해 준 액수에 엑시의 입이 떡 벌어졌다. 엑시는 자신의 가족이 평범하다는 것을 잘 알고 있었다. 엑시의 부모는 둘 다 그럭저럭한 집에서 태어나 그럭저럭 융자를 끼고 결혼해서 그럭저럭한 회사에 다니며 빚을 갚고 아이를 기르며 살았다. 그런 부모의 아들로 태어난 엑시는 그럭저럭 운동 신경이 좋아 야구를 했으나 얼마 전에 부상으로 그만두었다. 그럭저럭하지 않은 유일한 것은 단 하나뿐이었다. 엑시의 부모가 가진, 아들에 대한 신뢰. 엑시의 부모는 엑시가 천재라고 믿어 의심치 않았다. 그 절대적인 신뢰를 양분 삼아 엑시는 어떤 상황에서든 자신만만한 아이로 자라날 수 있었다.

"할아버지가 물려주신 땅을 다 팔았어. 그 정도면 양호하지. 더 많이 내겠다고 한 사람들이 수두룩했을 거야. 그런데 우리 아들이 딱 뽑힌 건, 역시 그 무당 말이 맞았던 거야."

"무당?"

"그래. 내가 말이야. 우리 아들 진로가 걱정되더라고. 야구도 그만뒀는데 고등학교를 잘 골라 가야 대학까지 문제없을 거 아냐. 회사 동료가 아주 용한 무당이 있는데, 자기 아들 대학 어디 넣을지 물어보러 간다잖아. 그래서 따라갔지. 그 무당이, 내가 복채를 내기도 전에, 나를 보더니 대뜸 그러는 거야. 네 아들은 먹이 사슬 위쪽에 있어야 하는 애구나. 보낼 수 있는 제일 좋은 학교에 보내라고 하더라고. 그 순간 무아교가 딱 떠올랐지. 영재들만 가는 엘리트 학교. 여기 나오기만 하면 바로 사회 지도층 입성이야."

엑시는 어머니 얼굴에 잡힌 깊은 주름을 봤다. 아버지가 어머니와 상의하지도 않고 일을 벌였구나 싶었다. 곧 어머니가 아버지 옆구리를 꼬집으며 말할 거다. 당장 취소하고 오라고. 그러니 걱정할 것 없겠지 싶었다.

"미쳤어, 당신. 그 돈을 다 애 학교에, 대학교도 아니고 고등학교에 꼬라박아? 그리고 누구 허락받고 애를 무아교에 보내. 거기 가면 애, 고등학교 졸업할 때까지 섬에서 못 나와. 인터넷도 마음대로 못 하니까 영상 통화도 못 할 거고. 내가 하나뿐인 자식을 어떻게 그런 데 보내. 그냥 일반 사립고나 외고 보내면 돼. 우리 아들 머리면, 거기서 열심히 하면 좋은 대학 간다고."

아버지의 눈이 순간 번뜩였다. '위험' 경고등이 눈 안에서 켜진 것 같았다.

"그러는 당신이야말로 제정신이야? 하나밖에 없는 아들을! 최고로 키울 생각을 해야지! 우리처럼 어중간한 인생 살게 할 거냐고!"

쾅. 아버지의 주먹이 탁자를 내리쳤다. 그 순간 엑시는 무당이라는 작자가 뭔가를 아버지에게 씌운 게 아닐까 의심했다. 아버지가 그런 모습을 보인 건 처음 있는 일이었다.

"잘 들어. 이건 정말 기회야. 얼마 전에 골프 모임에 김신영이라는 사람이 왔어. 내가 한 달 전부터 다니기 시작한 그 골프 모임 말이야. 그때 잠깐 김신영하고 말을 했어. 나는 우리 아들 이야기를 했지. 김신영이 우리 아들 사진을 보더니 그러더라고. 애가 덩치가 아주 좋다고. 힘도 세다고 자랑 좀 했지. 이런 학생이 옆에 있으면 참 좋겠네요, 이러더라고. 자기가 몸집이 작아서 학생의 최고 덕목은 건강이라고 생각한다나. 그런데 김신영이 누군지, 당신 알아?"

"누군데?"

"무아교 이사장이야. 이사장 대리! J그룹 총수 최창식 알지. 김신영이 그 사람 친구였다고. 그래서 이사장 자리로 가게 된 거고!"

아버지의 목소리는 점점 열기를 띠었다. 그 열기에는 강한 전염성이 있었다. 금세 어머니의 두 뺨도 달아올랐다.

"그럼 당신 말은 무아교 이사장이 우리 아들을 찍었다는 거야? 그래서 합격된 거고? 웬일이야. 그럼 J그룹에 인정받은 거나 마찬가지잖아. 거기 들어가려면 경쟁률이 얼만데. 얘. 무아교 가. 아빠 말이 맞아. 넌 아빠나 엄마보다 더 좋은 인생 살아야지."

열기가 옳지 않은 건 엑시뿐이었다. 하지만 엑시는 노(NO)를 외칠 수가 없었다. 공부도 운동도 못하는 게 없이 완벽한 우리 아들. 어릴 때부터 어머니와 아버지는 입버릇처럼 그렇게 말했다. 야구를 그만둬야 했을 때 엑시가 가장 무서웠던 건 두 사람이 실망하는 것이었다. 엑시의 양분이 되어 주던 부모의 신뢰는 그대로 그물이 되었다.

'외쳐. 외치라고. 병신아. 안 된다고. 싫다고. 무아교는 안 간 다고. 부엌에서 과도라도 가져와서 목 따는 시늉이라도 하라고.'

엑시는 3년 전 어리바리했던 자신을 향해 욕이라도 퍼붓고 싶었다.

그때는 누구도 엑시에게 가르쳐 주지 않았다. 넌 이곳에 오면 낙오자가 될 뿐이야. 낙오자. 엑시는 그 세 글자를 어금니 사이로 자근자근 씹었다. 그 단어가 자신의 것임을 인정하는 것 자체가 고통이었다. 그러나 인정할 수밖에 없었다. 엑시의 가슴에는 블랙 명찰이 달려 있었다.

엑시는 무아교 수업을 따라갈 수가 없었다. 서양 철학, 현대 미학, 독일어 같은 과목을 배우는 중학생이 어디 있단 말인가. 고등부 1학년에 입학하고 나서 한 학기 내내 엑시는 블랙 계급이었다.

무아교는 매 학기 학업 성취 결과를 집으로 보냈다. 첫 학기가 끝났을 때, 엑시는 아버지에게 메일을 받았다. 실망감으로 가득한 문장들이 메일을 꽉꽉 채우고 있었다. 문장 마디마디가 긴 채찍이 되어 엑시의 몸을 마구 내리치는 듯했다. 주변에서 기부금 입학생들은 다 수준이 낮다고 수군거리는 말보다 그 메일 한 통이 훨씬 엑시를 비참하게 만들었다.

*

고등부 1학년 2학기 마지막 계급 평가 날, 엑시는 또다시 블랙 계급 판정을 받았다. 책상에 쓰러지듯 엎드린 엑시의 귀에 누군가의 목소리가 송곳처럼 비집고 들어왔다.

"선하고 아름답게만 하면 된다니까. 기부금 입학생한테는 무리겠지만."

엑시는 책상을 박차고 일어나 상대의 얼굴에 주먹을 날렸다. 코피가 터졌고 교실이 소란스러워졌다. 담임은 엑시에게 이사장실로 가라고 지시했다.

"네가 엑시구나. 좀 더 빨리 만나 봤어야 하는데. 내가 바빴지."

김신영은 작고 음습한 남자였다. 검은 옷으로 몸을 감싸고 있어서 더욱 왜소해 보였다. 매 장식이 달린 지팡이를 들고 있는 것도 우스웠다. 무슨 코스튬 플레이도 아니고. 엑시는 속으로 비웃음을 감추며 이사장실 가운데 서 있었다. 그런 엑시에게 김신영은 쇼핑백 하나를 건넸다.

"이걸 교사 기숙사 N31 방에 가져다 둬. 그러면 폭행 건은 없던 일로 해 주마."

엑시는 별 의심 없이 쇼핑백을 받아 들고 이사장실을 나왔다. 쇼핑백 안을 보니 붉은 리본이 달린 상자가 들어 있었다. 운동화 한 켤레가 들어갈 크기의 상자였다. 엑시는 쇼핑백을 덜렁덜렁 들고 교사 기숙사로 향했다. 기숙사 문은 열려 있었다. 주저 없이 계단을 올라 N31 팻말이 붙은 방문을 열었다.

방에는 아무도 없었다. 엑시는 방 침대 위에 쇼핑백을 올려놓았다.

"임무 완수. 이 정도 심부름으로 벌점 안 받으면 완전 이득이지."

엑시가 방을 나가려고 뒤돌아서는데 벌컥 문이 열렸다.

"누구야, 너. 내 방에서 뭐 해."

젊은 여자가 방으로 들어왔다. 여자는 침대 위에서 쇼핑백을 집어 들고 상자를 열었다. 여자가 상자 안에 든 것을 꺼낸 순간, 엑시는 짧게 비명을 삼켰다. 상자에서 나온 것은 죽은 고양이였다. 여자는 비명을 삼키지 않았다. 꺄아아아아악, 그야말로 목청이 터져라 고함을 질렀다. 경비원이 달려왔다. 방문 앞에 사람들이 웅성웅성 모여들었다.

"누가 계속 저한테 이상한 걸 보냈어요. 얘예요. 얘가 범인이라고요!"

"아녜요! 전 그냥 심부름 온 거예요!"

"누구 심부름을 왔다는 거야. 현관 비밀번호는 어떻게 알고 들어왔는지 말해!"

"문이 열려 있었어요. 저 진짜 심부름 온 거예요. 이사장님이……."

엑시는 설명하려 했다. 하지만 엑시의 말을 듣는 사람은 아무도 없었다. 모여든 사람들 가운데 건장한 남자가 엑시의 팔을 붙잡았다.

"일단 규율부로 가자."

남자가 엑시를 끌고 간 곳은 창고처럼 작은 방이었다. 불빛이 어두웠고 창이 작았다. 퀴퀴한 냄새에 엑시는 더욱 불안해졌다. 남자는 탁자를 사이에 두고 엑시를 의자에 팽개치듯 앉혔다.

"무아교에는 원칙적으로 퇴학이 없지만 이건 예외가 될 수도 있겠어. 스토킹에 동물 학대라니. 사이코패스를 학교에 뒀다가 다른 학생들도 위험해지면 안 되지."

퇴학이라니. 엑시는 발밑이 푹 꺼지는 듯했다. 무아교에서 쫓겨나기까지 하면……. 부모는 엑시에게 '쓸모없음' 도장을 찍을 것이다. 어떻게든, 뭐든 해서 퇴학만은 당하고 싶지 않았다. 하지만 어떻게? 1년 동안 친구조차 한 명 사귀지 못했다. 아무리 팔을 휘저어도 가느다란 낚싯줄 하나 손끝에 잡히지 않았다.

그런 엑시의 손을 낚아챈 것은 매였다. 창고 안으로 들어오는 김신영을 엑시는 탁한 눈으로 바라보았다. 김신영이 들어오자 남자는 꾸벅 고개를 숙인 다음 밖으로 나갔다. 김신영은 탁자 너머에 앉아 엑시를 마주 보았다.

"제안을 하지."

엑시는 눈만 껌뻑거렸다. 지금 일어나고 있는 일이 아무래도 현실 같지 않았다. 눈앞에 앉아 있는 것은 사실 악마가 아닐까 싶었다. 네 영혼을 팔지 않겠느냐고 속삭이러 온, 옛날이야기 속 악마 말이다.

"앞으로 내 말을 잘 듣겠다고 하면 내가 도와줄 수도 있어. 그뿐이 아냐. 계급 평가가 잘 안 나와서 고민이지? 부모님이 기부금까지 내서 공부 열심히 하라고 학교에 보냈는데, 계속 안 좋은 성적표만 가면 슬프지. 다 이해한다. 그렇다고 네 성적을 내가 어떻게 해 줄 순 없어. 그렇지만 약간 좋게 기록한 버전을 부모님께 보내 드릴 수는 있지."

"정말요?"

"그래. 그리고 엑시. 네겐 거절이라는 선택지가 없어. 네가 죽은 고양이를 교사 방에 놓고 나왔다는 걸 부모님이 알면 심정이 어떨까 생각해 봐."

엑시는 그제야 자신이 김신영의 덫에 걸렸음을 알았다. 김신영이 시킨 심부름, 한 번도 본 적 없던 교사들, 텅 비어 있던 복도에 너무나도 타이밍 좋게 몰려나오던 사람들까지. 그 모든 것이 너무나 작위적이었다.

"저한테 뭘 원하시는 거예요?"

그러나 그 사실을 알았을 때 엑시는, 이미 자신을 낚아챈 매의 부리 앞에 자발적으로 이마를 가져다 대고 있었다. 쿡. 쿡. 그 부리가 엑시의 이마를 쪼아 자국을 새기고 있음을 알아도 피할 수가 없었다.

"나도 보라매 좀 길러 보려고."

김신영은 히죽, 이를 드러내며 웃었다.

*

김신영의 수족, 그따위 것이 되고 싶었던 적은 한 번도 없다. 그러나 실망으로 가득 찬 아버지의 이메일을 다시는 보고 싶지 않았다.

김신영이 엑시에게 시키는 일들. 폭행과 협박과 미행. 김신영은 자신의 반대편에 선 사람들을 가차 없이 궁지로 몰아갔다. 선샤인을 주축으로 한 반대파 교사들만이 아닌, 김신영의 정책에 반감을 드러내는 학생 역시 용서하지 않았다. 그런데도 김신영이 정작 선샤인은 건드리지 않는 것이 엑시에겐 제일 큰 의문이었다. 선샤인 덕분에 고등부는 초등부나 중등부에 비해 큰 변화를 겪지 않았다. 그러나 그만큼 엑시가 뒤에서 움직여야 할 일들이 늘어났다.

그리고 그날이 찾아왔다. 8월 1일. 엑시는 샤인에게서 메시지를 받았다.

'선샤인이 왜 내게.'

고민하던 엑시는 정해진 시간에 온실로 갔다. 호기심을 억누를 수 없었다. 무아교의 최고 포식자가 건드리지 않는 유일한 존재, 선샤인이 왜 자신을 불렀을까. 선샤인은 김신영의 무엇을 쥐고 있을까. 무아교 학생들은 선샤인을 여신 혹은 마녀라고 불렀다. 왜 그렇게 부르는지 엑시는 이해할 수 없었다. 엑시가 보기에 선샤인은 그저 평범한 열여덟 살일 뿐이었다.

고무나무 아래에서 엑시와 마주 선 선샤인은 뜻밖의 말을 꺼냈다.

"이민아 사건에 대해 증언해 줘."

"이민아?"

"미나 말이야. 1년 전에 자퇴한 애. 섬을 떠난 뒤에 무아교 진실 규명 운동을 벌이고 있어. 학교 안에서는 외부 인터넷 접속이 제한되니까 넌 몰랐겠지만."

미나. 어렴풋이 그 이름이 기억났다. 중등부 여자애였다. 맞는 내내 아득바득 대들던 아이. 김신영이 중등부의 본보기로 삼았던 아이였다. 설마 선샤인의 입에서 그 이름이 나올 줄은 몰랐다. 지난 3년간 선샤인은 고등부의 수호신이었다. 그것은 곧 고등부를 벗어난 곳의 일에는 관여하지 않았다는 뜻이기도 했다.

"결정적인 증거가 있어. 그러니까 네 증언만 있으면 모든 게 완벽해져."

"모든 것?"

"김신영을 끌어내리고 무아를 원래대로 되돌릴 수 있어. 아니, 어쩌면 무아가 완전히 파괴될지도 모르지. 하지만 적어도, 썩지는 않을 거야. 나를 도와줄래?"

선샤인이 엑시를 향해 손을 내밀었다. 엑시는 그 순간 선샤인이 왜 여신이라 불리는지 어렴풋이 알 것 같았다. 자기보다 약해 보이는 여자아이. 하지만 선샤인은 자신의 두 발로 서서 싸우고 있었다. 엑시는 선샤인의 손을 잡고 싶은 충동을 느꼈다. 이 손을 잡으면, 단지 그것만으로 김신영의 손에서 벗어날 수 있다면……. 엑시는 마른침을 삼켰다.

하지만 엑시는 쉽사리 선샤인의 손을 잡을 수 없었다. 선샤인의 팔은 너무나 얇고 연약해 보였다. 저 팔로, 저 손으로 김신영을 이길 수 있을 것 같지 않았다. 엑시는 딱 한 번, 김신영에게 사소한 말대꾸를 했다가 얻어터진 적이 있었다. 그때 알았다. 김신영은 마음만 먹으면 사람 한 명쯤은 아무렇지 않게 죽일 수 있는 인물이었다. 힘의 문제가 아니었다. 김신영의 눈빛과 몸놀림에 살기가 묻어 있었다.

게다가 무아제를 앞둔 상황이었다. 엑시는 김신영에게 요구를 했다. 무아제 때 자신이 원하는 대학에 들어갈 수 있게 손을 써 달라고. 이대로 블랙 계급으로 무아교를 졸업할 수는 없었다. 꾸며 낸 성적표 대신 지속적으로 부모를 실망시키지 않을 확실한 뭔가가 필요했다. 좋은 대학과 좋은 직장. 김신영은 엑시에게 그것을 줄 수 있을 터였다.

"잠깐 생각할 시간을 줘."

엑시는 샤인에게서 몸을 돌려 온실을 걸어 나왔다. 출입문 앞에 섰을 때 디바이스가 울렸다. 김신영의 지령이 액정에 떠올랐다.

선샤인을 죽여. 선수 치기 전에. 이번 일을 해내.

그러면 널 풀어 주지.

누가 선수를 친다는 건지, 그런 의문이 떠오를 틈도 없었다. 엑시는 닫힌 온실 문을 빤히 바라보았다. 저 온실 문을 다시 열고 들어가는 것으로 자유로워질 수 있다. 선샤인의 약속과 달리, 김신영의 메시지는 확실한 결과를 보장해 줄 터였다.

'그렇지만. 그렇다면.'

엑시는 온실 문 손잡이를 꽉 움켜잡았다.

*

선샤인이 죽었다. 선샤인의 장례식 날, 김신영이 엑시를 불렀다.

"앞으로 한 번이다. 쓸모를 증명하는 게 좋을 거야. 무능력한 보라매는 그 목이 잘릴 뿐이지. 풀어 주는 게 아니라 처단되는 거야."

김신영이 의자에 앉아 느긋하게 말했다. 엑시는 눈을 부릅뜨고 김신영을 노려봤다.

"처단이라고? 무슨 속셈인지 모르겠지만 내가 순순히 당할 것 같아?"

"말이 짧구나. 교육을 받을 때가 됐나."

탕. 김신영이 지팡이를 바닥에 내리쳤다. 엑시의 몸이 움찔

떨렸다. 애당초 날아 본 적 없는 어린 매는, 주인의 채찍질에 길든 후에는 작은 손짓에도 날개를 꺾고 주저앉게 되어 있는 법이다. 그러나 이번에는 쉽게 물러설 수 없었다. 엑시는 발바닥에 힘을 주고 버텼다.

"내가 요구했던 것들, 들어주지 않으면 폭로하겠어. 당신이 내게 시킨 일들. 당신이 무아교를 어떻게 망쳐 왔는지."

"망쳤다고, 내가?"

"선샤인이 그러던데. 당신보다는 선샤인의 말이 진실하게 들려."

김신영은 피식 웃었다.

"이래서 애들이란. 잘 들어, 엑시."

김신영은 자리에서 일어났다.

"낙원이 망가지면 지옥이 될 것 같지? 아니야. 또 다른 낙원이 되는 거야. 신은 말이야. 유일신이 아닌 보통의 속 좁은 신 말이야. 그들은 아담과 이브 같은 자신의 창조물을 내쫓는 관용을 베풀지 않아."

김신영이 엑시에게 한 발짝씩 다가올 때마다 지팡이 끝이 바닥을 긁었다.

"두들겨 패서, 새로운 낙원에 맞는 모습으로 바꿔 놓을 뿐이야."

김신영의 지팡이 끝이 꾹, 엑시의 명치를 눌렀다. 엑시는 더 버티지 못했다. 엑시는 그 자리에 무너지듯 주저앉았다. 김신영의 끈적끈적한 목소리가 엑시의 뒤통수를 향해 흘러 떨어졌다.

"한 번이다. 쓸모 있는 보라매에게 어떤 상을 내릴지는, 주인인 내가 잘 고려할 테니."

엑시는 직감했다. 이 이상의 실패는 용서받지 못할 것임을.

*

엑시의 시선이 한곳에 고정되었다. 멍하던 눈빛이 한순간 매서워졌다. 베개 옆에 놓아 둔 디바이스가 울리며 엑시를 현실로 데려다 놓았다. 김신영의 지령일 터였다. 바로 확인해야 했다. 엑시는 디바이스를 집어 들었다. 메시지를 확인한 엑시의 얼굴에 의아한 표정이 떠올랐다.

"왜 얘를?"

하지만 곧, 엑시는 고개를 가로저었다.

'생각하지 말자.'

앞으로 여섯 달이다. 여섯 달만 견디면 무아도를 나갈 수 있다. 그 전에 처분당하지 않으려면, 상을 받으려면 발버둥 쳐야만 했다. 기회는 한 번뿐이니까.

엑시는 계속 악몽을 꾸더라도 저주에서 벗어날 방법을 알지 못했다. 못하는 게 없는 완벽한 우리 아들. 가장 강력하고도 두려운 그 저주에서.

괴물의 심부름을
하는 자

딱정벌레가 버둥거리고 있다.

김신영이 트럭 운전대에서 내렸다. 가드레일에 처박힌 비틀 (Beetle)의 검은 바퀴가 허공에서 헛돌고 있었다. 뒤집힌 차체에서 회색 연기가 피어올랐다. 일그러진 차체 안에서 퉁, 철을 치는 소리가 새어 나왔다. 힘없는, 그러나 필사적으로 두드리는 소리였다. 김신영은 비틀 앞에 쪼그리고 앉아 차 아래를 들여다보았다. 금이 간 유리문 틈으로 손가락이 기어 나오고 있었다. 김신영은 꿈틀거리는 손가락을 보며 혀를 찼다.

"참 끈질기네. 끈질겨."

김신영은 CF 로고 송에 맞춰 콧노래를 흥얼거리며 다시 트럭 쪽으로 걸어갔다. 끈질기네, 끈질겨. 손이 가게 끈질겨요……. 김신영은 트럭에 올라타 시동을 걸었다. 트럭은 곧 사고 현장을 벗어나 한참을 달렸다. 200여 미터를 달려가던 트럭이 유턴을 했고 속도를 높였다. 가속된 트럭은 그대로 왔던 길을 되돌아갔다. 뒤집혀 있는 비틀을 들이받았다. 쾅. 강한 충돌음과 함께 날카로운 파열음이 공기를 찢었다. 가드레일과 트럭 사이에 낀 비틀은 종잇장처럼 우그러졌다.

"보닛 찌그러졌잖아. 멋있는 녀석인데 다치게 해 버렸네. 어차피 폐기해야 하지만. 죽으러 가는 길에 예쁜 모습으로 못 보내 줘서 미안하다. 이 녀석아."

김신영은 트럭에서 내려 찌그러진 보닛을 살펴보며 미간을 찌푸렸다. 안타까움이 가득한 목소리였다. 보닛을 쓰다듬는 김신영의 손에는 수술용 장갑이 끼워져 있었다. 방진복으로 머리부터 발끝까지 가린 차림새는 고속 도로 한복판에는 어울리지 않았다. 그러나 곧게 뻗은 절벽을 따라 이어진 해안가 고속 도로는 지나가는 차 한 대 없이 한적했고 김신영의 모습을 의아하게 여기는 이는 아무도 없었다.

김신영은 찌그러진 비틀 근처로 다가가 쪼그려 앉아 안쪽을 바라보았다. 완전히 떨어져 나간 문짝 안으로 정신을 잃은 두 남녀가 보였다. 운전석에 앉은 남자, 권의 얼굴은 운전대에 짓눌려 형체를 알아보기 힘들었다. 확장된 동공만이 이미 남자가 숨을 거두었음을 알려 주었다.

"그러게, 돈도 많으면서 왜 경차를 빌려. 경차를. 경호원도 없이 다니고."

김신영은 무덤덤하게 중얼거리며 옆자리에 앉은 여자, 선 교수를 살폈다. 선 교수는 문에 달라붙어 있었다. 피로 물든 손이 깨진 창문 밖으로 뻗어 나와 마네킹처럼 흔들렸다. 김신영은 선 교수의 얼굴을 한참이나 지긋이 바라보았다.

　"교수님. 대체 무슨 짓을 했길래 내 주인이 당신을 그렇게나 싫어할까."

　선 교수가 입술을 달싹였다. 김신영은 휘파람을 불듯 입술을 오므리고 오호, 작게 감탄했다. 눈앞의 여자는 김신영이 해치웠던 어떤 사람보다도 생명력이 질긴 듯 보였다. 김신영은 좀 더 몸을 낮춰 미약한 선 교수의 목소리에 귀를 기울였다.

　"아가."

　단지 그 한마디를 마지막으로, 버티듯 부릅뜨고 있던 선 교수의 눈에서 생명의 마지막 조각이 빠져나갔다.

　"뭐야. 시시하게."

　김신영은 실망했다. 그의 주인 최창식은 사람에 집착하는 성격이 아니었다. 그런 그가 선 교수에게만은 몇 년에 걸쳐 집착을 보여 왔다.

　'벌써 10년 넘은 것 같은데. 그때, 대학에서 돌아오자마자 선 교수에 대해 알아보라고 지시를 내렸으니까.'

*

10여 년 전 서른두 살 최창식은 대학교 명사 특강에 참가했다. '세상을 뒤흔든 한국인' 특강에 최창식이 강사로 초대받은 것은 대학이 J기업의 후원을 기대했기 때문이다.

해외 명문대 영문학 석사 학위를 2년 만에 끝마쳤다고 내세워 왔던 최창식은 제출했던 논문이 표절임이 밝혀져 대학 측에서 제기한 학위 반환 소송에 휘말려 있었다. 최창식은 논문 표절 논란을 몹시 분하게 여겼다. 얼마를 주고 산 논문인데, 표절이라니. 김신영은 논문을 대필했던 대학원생에게 응당한 처분을 내리기 위해 한 달간 영국에서 지내야 했다. J그룹에서 재빠르게 손을 쓴 덕에 최창식이 학위 소송에 휘말린 사실이 국내에는 많이 알려지지 않았다. 김신영은 무사히 임무를 완수하고 한국으로 돌아왔고 명사 특강에 동행했다. 강사 자리에 앉은 최창식은 기분이 무척 좋아 보였다.

김신영이 이해하지 못하는 최창식의 또 다른 면모. 그것은 '천재'를 향한 최창식의 집착이었다. 김신영이 보기에 최창식은 이미 천재였다. 그는 흐름을 조작하고 사람을 조종하여 사건과 사건을 자유자재로 꼬아 엮을 줄 알았다. 보통 사람이라면 상식과 양심 때문에 생각해 내지 못할 방법으로 타인을 부술 줄 알았고 망설이지 않고 거침없이 실행했다. 그러나 그 천재성은 세간에 내세울 수 없는 것이었고, 최창식은 세상 전면에 펼쳐 보일 천재의 타이틀을 원했다. 그 불일치가 문제였다.

"저 여자."

앉아 있던 최창식의 몸이 앞으로 기울었다. 김신영은 반사적으로 최창식의 시선을 따라갔다. 중년 여자가 나와서 강연을 하고 있었다.

"아깝네요. 얼굴의 저 반점. 저것만 아니면 엄청난 미인이었을 텐데 말입니다."

"그게 중요한 게 아니야."

최창식의 눈빛은 먹이를 노리는 맹수처럼 날카롭게 번들거리고 있었다.

"내가 저 얼굴을 안다는 게 문제지. 저 얼굴은 무한 복제라도 되나. 분명히 죽었는데 왜 또 저기 있어. 거슬려. 아주 거슬렸단 말이지. 팔려 온 주제에 똑똑한 척, 입바른 소리만 늘어놓는 게 아주 거슬렸어. 그 딸이야 딸이니까 얼굴이 닮았다고 쳐도, 저건 또 뭐야."

행사가 끝나고 최창식은 김신영에게 지시를 내렸다. 그 여자, 선 교수에 대해 알아보라고. 한 달 후, 김신영은 새로운 과제를 받았다. 특히나 까다로웠던 그 과제. 결국 절반은 실패로 끝났다. '미학적으로' 해치우지 못했으니까.

'악하고 아름답게.' 최창식이 김신영에게 과제를 내릴 때마다 가장 강조하는 것이었다. 그러나 김신영은 한 번도 그 '미학'의 구현에 성공한 적이 없었다. 열일곱 살 때부터 30년 가까이 최창식의 '보라매'로 온갖 과제를 수행했지만 김신영은 최창식의 미학을 도통 이해할 수 없었다. 주차장에서 사람을 찔러 죽이는데 대체 무슨 연출이 필요하고 아름다움을 구현해야 한단 말인가.

그때 최창식은 김신영에게 '어머니가 자신이 살기 위해 아기를 버리는' 장면이 연출되도록 지시했다. 그러나 김신영이 여자를 찔렀을 때, 여자는 필사적으로 딸을 감쌌다. 김신영이 아무리 애를 써도 여자의 품 안에 있는 아기는 찌를 수 없을 정도였다. 그래도 여자는 죽었으니 성공이라고 김신영은 자신했다.

그러나 최창식은 길길이 날뛰었다.

"죽이는 게 중요한 게 아냐. 그딴 식으로 아기를 구하고 죽으면 그 죽음이 어떻게 되겠어. 선한 죽음으로 미화되어 맺힌단 말이야. 주변 사람들은 살아남은 아기를 볼 때마다 그 여자를 떠올리겠지. 아기를 구하고 죽은 그 숭고한 모성! 이딴 소리를 지껄일 거라고. 신영아. 내가 몇 번을 말했어. 사람들 머릿속에서 싹 지워질 정도로, 아니면 온통 오물 덩어리로 남을 정도로 추악해져야 사람은 죽는 거야. 그런 죽음이야말로 진짜 죽음이라고. 네가 한 건 그냥, 몸뚱이에서 숨이 끊기게 한 것뿐이야. 진짜 살인이 아니라고. 똑같은 얼굴이 나다니는 게 싫어서 완벽한 죽음을 선사하려 했던 건데. 저래서야 쓸모가 없다고. 신영아, 신영아! 언제쯤 완벽한 보라매가 될 거니."

김신영은 그 일로 세 달 넘게 최창식에게 시달렸다. 선 교수가 무아 재단을 창설하면서 잔소리는 겨우 멈췄다. 최창식의 관심이 온통 그리로 쏠렸다. 최창식은 저곳을 내 왕국을 위한 초석으로 삼겠노라고 선언했다. 김신영은 납득한 척했지만 실은 의아했다. 최창식은 사립 학교 재단쯤 만들려면 혼자서 얼마든지 만들 수 있었다. 그런 그가 굳이 타인이 만든 재단에, 그것도 불청객 취급을 받아 가며 참여하다니. 그래서 김신영은 눈치챘다.

최창식이 원하는 것은 '선 교수의 것을 빼앗아' 세운 왕국임을.

*

"원망하지 마세요. 교수님. 그러니까 싸울 상대를 잘 골랐어야지."

김신영은 몸을 일으켰다. 이제 뒤처리를 해야 했다. 현지 경찰을 이미 매수해 놓았으니 큰 문제는 없었지만, 선 교수를 인터뷰하기로 되어 있던 잡지에서 사건을 파고들 수도 있었다. 선 교수가 던져 줄 특종을 기대하고 있던 기자들이 바짝 약이 올라 뭐라도 하나 건지려고 달려들 터였다. 그들을 정신없게 만들려면 뭘 던져 주면 좋을까. 이번에는 쓸 카드가 많았다. '미학'을 구현하지 않아도 된다는 점도 김신영의 마음을 편하게 했다.

김신영은 트럭에 올라타 메시지를 보냈다.

완료.

사과는?

없었습니다. 호텔에도, 차에도.

차와 시신, 한꺼번에 태우고 바다로 밀어.

자연스러운 교통사고로 위장하기에는 위험도가 큽니다만.

차나 시신에서 사과가 발견될 수 있잖아. 한국으로 와서 선 교수 집 수색하는 것도 잊지 마.

알았습니다.

김신영의 미간에 주름이 잡혔다. 뒤처리가 네 배쯤 귀찮아지게 생겼다.

'사과. 사과가 뭐길래. 대체.'

사과를 찾아올 것. 최창식이 선 교수를 처리하라고 명령하며 최우선으로 지시한 일이었다. 선 교수는 '사과'라는 작전명으로 최창식의 뒤를 쫓았다. 그리고 뭔가 결정적인 약점을 찾아냈다. 최창식이 자신의 미학을 포기하면서까지 공개되기를 원하지 않는 '약점'. 선 교수가 대체 뭘 밝히려 했을까. 김신영은 찌그러진 비틀을 잠시 노려보았다.

'내 주인이 두려워하는 거라면 내게도 이로울 건 없지.'

미학을 이해할 수 없다 해도 어쨌든 최창식은 그의 주인이었다. 길거리에서 헤매던 자신을 주워 와 일자리와 돈과 삶을 주었다. 어디 가서 굶어 죽지 않을 기술도 배우게 해 주었다. 사람을 납치하고 죽이는 기술. 그건 세상 어디에서든 수요가 있는 그야말로 알짜배기 기술이었다. 그런데도 김신영이 최창식을 떠나지 않은 것은 최창식이 했던 약속 때문이다. 이대로 보라매로서 사명을 다하고 은퇴하면 그땐 김신영에게 왕국의 통치를 맡기겠다는 약속. 김신영을 왕국의 섭정으로 만들어 주겠다는 약속은 너무나 달콤했다.

왕국. 그것을 최창식이 아닌 다른 자가 말했다면 허무맹랑하게 들렸을 것이다. 그러나 최창식에게는 그 단어가 너무 잘 어울렸다. 게다가 최창식은 이미 왕국의 주인이기도 했다. J그룹이라는, 절대 무너지지 않을 대기업이 그의 것이었으니까. 대를 이어 내려온 J그룹의 왕좌는 더없이 단단했다.

'사과'가 뭔지는 중요하지 않았다. 그 안에 담긴 정보가 세상을 멸망시킬 수도 있는 핵폭탄 제조법이든, 세계적인 모델이 코를 파는 사진이든 상관없다. 중요한 것은 '사과'를 가진 자가 있고, 그것이 세상 밖으로 나오는 것을 두려워하는 자가 있으며, 그 두려워하는 자가 상대를 짓뭉갤 힘이 있다는 것이다. 사람을 죽음으로 몰아넣을 수도 있는 비밀이란 때로, 그렇게나 간단히 만들어진다. 10여 년간 보라매라 불리며 사역되면 사람이라도 보라매처럼 주인을 따를 수밖에 없게 되는 것과 마찬가지라고, 김신영은 자조적으로 웃었다.

트럭에 시동이 걸렸다.

*

　무아도는 육지에서 가장 먼 곳에 있었고, 그 거리만큼이나 비현실적인 아름다움을 간직한 곳이었다. 무아교는 그 섬의 중심에 자리 잡았다. 섬을 둘러싼 무아산 기슭부터 중턱까지 광활한 대지는 모두 학교 부지로 꾸며졌다.

　'완벽해. 완벽한 왕국이야.'

　김신영은 팔짱을 끼고 서서 이사장실 창밖으로 보이는 무아교의 풍경을 바라보았다. 무아교 임시 이사장으로 부임한 지 3년이 지났다. 날이 갈수록 김신영은 자신의 왕국을 가진다는 것이 어떤 의미인지를 실감하고 있었다. 무아교에서 김신영은 절대 권력을 지닌 존재로 군림할 수 있었다. 심부름꾼으로만 살아오다가 인생에서 처음으로 타인을 지배해 보는 쾌감을 느끼자 김신영의 욕망은 점점 비대해졌다.

　'좀 더 완벽해질 수 있어. 좀 더.'

　그것은 자신이 원하는 모습으로 무아교를 바꾸고 싶다는 욕망이었다. 김신영은 선 교수와 선임 이사장의 흔적을 싹 쓸어 내고 싶었다. 그들이 만든 낙원을 흔적도 없이 부숴 버리고, 새로운 낙원의 신이 되고 싶다는 충동. 그 충동은 이제껏 겪었던 어떤 감정보다도 강렬했다.

　'그 어린 것이 뒤통수를 칠 줄이야.'

　김신영은 창가를 떠나 컴퓨터 앞에 앉았다. 모니터에는 한 달 전, 최창식과 주고받았던 메시지가 떠 있었다.

> 선샤인이 '사과'를 가지고 있을지도 모릅니다.
> 상관없어. 어차피 밖으로 못 나가니까.
> 그렇다고 해도 위험 요소는 제거하는 편이 좋지 않을까요.
> 일단 놔둬. 한 번쯤은 어리석은 딸에게도 기회를 줘야지.

김신영의 입가가 옅게 뒤틀렸다.

'괴물도 아버지인 척은 한다, 이거지.'

자신의 왕국에서 자신 아닌 다른 누군가가 무대의 주인공이 되는 것이 이토록 불쾌할 줄 김신영은 미처 몰랐다. "내가 선샤인을 죽였습니다."라는 메모가 처음 붙었을 때만 해도 그냥 무시했다. 설마 그것이 무아교에서 선샤인을 계속 회자시킬 줄은 몰랐다.

대결에서는 졌다. 진 셈이다. 이 한 번의 승패로 최창식이 자신을 무아교에서 내칠지, 아니면 또 다른 기회를 줄지는 알 수 없었다. 주인의 손아귀에 목이 잡힌 불안함은 선샤인에 대한 분노로 이어졌다. 죽어서도 이야기의 주인공이 되다니. 분명 무아교는 김신영의 손아귀에 있었는데, 무대 위 주인공은 언제나 다른 사람 차지였다. 선샤인을 주인공으로 꾸며 낸 수

많은 이야기들이 귀에 들어올 때마다, 누군가가 김신영에게 속삭이는 듯했다. 너는 어차피 섭정일 뿐이야. 무아교는 영영 완전히 네 것이 될 수 없어.

이대로 왕국을 빼앗길 수는 없었다. 물러나야 한다고 해도 주인공 자리에 다른 사람을 올려놓은 채 무력하게 물러나는 것은 자존심이 허락하지 않았다.

"완벽한 죽음을 선고하는 거야. 선샤인에게."

김신영의 입가에 비틀린 미소가 떠올랐다. 사람들 머릿속에서 싹 지워질 정도로, 아니면 온통 오물 덩어리로 남을 정도로 추악하게 만들어 버릴 것이다. 그것은 그 건방진 어린 것에게 훌륭한 복수가 되어 줄 터였다.

'이번에는 누구를 보라매로 삼아 볼까.'

김신영은 지난 3년간 자기 나름대로 보라매를 기르는 훈련을 해 왔다. 스스로 최창식의 보라매였기에 사람을 길들이는 데 가장 좋은 먹이가 뭔지 누구보다 잘 알았다. 이 폐쇄적인 섬에서는 더욱더 쉬웠다. 성공과 권력, 그리고 돈. 셋 중 하나를 먹이로 삼아 때로는 살살 흔들고 때로는 겁박했다.

'이제 곧 무아제가 열리는군. 그러고 보니 미디어부에 자기 딸을 넣어 달라는 청탁을 받은 적이 있지. 아나운서가 되고 싶어 한다고. 보자, 그럼 원래 아나운서를 하던 애는……'

김신영의 머릿속에 계단 아래서 마주치곤 했던 여자아이가 떠올랐다. 자신과 눈도 마주치지 못하고 도망치던 아이. 그 아이의 목소리를 모든 무아교 사람이 알았다.

이레이. 성실한 아이. 김신영에게 반대하는 교사도, 찬성하는 교사도 그 아이에 대해서만은 비슷한 평가를 내놓았다. 어느 쪽에 치우치지 않았다는 것은 겁이 많다는 의미일 수도 있었다. 김신영은 학교 웹에 접속해 레이의 파일을 봤다. 레이의 가정 환경을 체크한 김신영의 입꼬리가 위로 올라갔다.

그야말로 적임자였다.

"그런 죽음이야말로 진짜 죽음이지. 암."

김신영은 예전에 들었던 말을 되새기듯 중얼거렸다.

인터뷰 : 타이탄

붉은 벨벳 커튼이 드리워진 통창은 반이 넘게 가려 있다. 창 앞에는 일인용 가죽 소파와 나무로 만든 작은 탁자가 놓여 있고, 그 옆으로 커다란 이젤과 그림 도구들이 어지럽게 놓여 있다. 한쪽 벽에는 그림이 그려진 캔버스가 가득하지만, 이젤 위 캔버스는 새하얗다.

탄, 일인용 소파에 기대 앉아 있다. 앉아 있는 모습조차 어딘가 과장된, 광대 같은 인상이다.

탄   아침부터 웬 인터뷰. 천재 예술가인 나를 인터뷰하고 싶은 마음이야 이해하지만.

레이 선샤인에 대한 인터뷰를 하러 왔다고 말했잖아.

탄   알아, 안다고. 딱딱하기는. 선샤인보다는 나에 대한 다큐

를 만드는 게 더 재미있지 않겠어? 가만…….. 누군가 했
네. 펄이잖아.

탄, 몸을 앞으로 내밀며 카메라를 향해 손을 뻗는다.
카메라 화면이 위아래로 크게 흔들리며 탄에게서 한 발 멀어진다.

레이 선샤인을 어떻게 생각했어?

탄, 다시 소파에 기대 앉아 턱을 손에 괸 채 중얼거린다.
카메라를 보지 않겠다는 듯 고개를 옆으로 돌리는 탄.
그러나 곁눈질로 카메라 쪽을 흘끔거린다.

탄 그런데 말이야. 아무래도 난 인터뷰 대상자에서 탈락인
것 같은데. 샤인이 죽던 날, 평범한 학생들은 뭘 하고 있
었는가. 이게 다큐 내용이라면서. 난 평범하지가 않잖아.
하긴 뭐, 이해는 해. 나처럼 핫한 인터뷰어가 들어가야
작품이 살지.

탄, 갑자기 몸을 앞으로 내민다. 높아지는 목소리 톤.

탄 여러분, 안녕하세요! 타이탄입니다. (손을 흔들며) 여러
분 모두가 알게 될, 어릿광대 예술가입니다. 그림을 그리

지요. 이 타이탄 님과 함께 썩어 빠진 예술계를 뒤집어 봅시다. (협탁을 내리치며) Art should be something that liberates your soul!^× 망할 키스 해링이 될 순 없어도, 타이탄은 될 수 있단 말이죠.

탄, 고개를 뒤로 젖히며 크게 웃는다.

레이 선샤인을 어떻게 생각했는지 말해 줘.

탄   별생각 없어. 내가 신경 써야 할 인간 따위는 어디에도 없지. 타인을 의식하는 순간, 예술은 권력을 위한 도구가 되어 버린다고. 게다가 선샤인은 예술 평론가잖아. 예술가와 평론가는 가까워져서 좋을 게 없어. 평론가와 유착 관계인 멍청한 예술가는 썩어. 평론가는 그럴싸한 언어로 예술가를 추켜올리고 대중을 현혹해. (탁자 위에 놓인 태블릿을 툭툭 두드리며) 지금은 말이지. 예술의 대중화 시대야. 대중은 원본을 소비하지 않아. 원본을 재해석한, 그럴싸한 말로 포장된 한 줄 텍스트를 소비하지. 예술가의 작품보다 중요한 건 그 예술가가 어떤 유명인의 추천을 받았는가, 어떤 상을 받았는가, 예술가의 작품과 함께 인증

×   키스 해링이 남긴 말로, "예술은 당신의 영혼을 해방하는 무언가여야 한다."라는 뜻이다.

숏을 찍었을 때 SNS에서 '좋아요'를 얼마나 많이 받을
수 있는가 하는 것뿐이지.

탄, 자리에서 일어나 벽을 따라 걸으며 캔버스들을 가리킨다.
카메라는 탄의 손끝이 아닌 탄이 걸치고 있는 앞치마를 집중해서
비춘다.
앞치마에는 물감이 한 점도 묻어 있지 않다.

탄 모두 알겠지만 내 작품이 바로 그런 유명세를 가진 작품
이야. 젊은 학생 예술가. 섬 속 천재들이 모여 있다는 고
등학교에 불쑥 입학한 괴짜. 내 전시는 톡톡 튀는 감성
으로 무장했다는 평을 듣고 있어. 전시회 주 고객층은
20~30대 카페인 중독자들이고. 난 그들을 사랑해. 그들
은 내 전시가 유치하다거나 그럴싸한 감성으로 무장했을
뿐이라는 꼰대들의 평가에 굴하지 않아. 그들이야말로
예술을 예술 그 자체로 즐길 줄 아는 파티 피플이라고.
(걸음이 점점 빨라진다.) 그런데 선샤인은 말이야. 이 파티
피플이 동경하는 대상이야. 무아교 애들은 SNS를 전혀
안 하니까 모르더라고. 선샤인이 얼마나 핫한지. 그따위
《아트 인 월드》에 논문이 실리고 학회에서 발표하는 게
문제가 아냐. 물론 그건 권위를 가져다주지. 하지만 선샤
인이 핫한 건 권위 때문이 아니야. 그 외모, 미스터리한

146

분위기의 천재, 거기에 고교생 평론가라는 타이틀. 이 조합보다 미디어가 달려들기에 좋은 먹잇감이 있을 것 같아? 일반적인 예술 평론가의 글을 미국 10대가 소비하는 건 흔한 일이 아니야. 게다가 미국 유명 밴드 2VSIX가 선샤인의 글을 가사에 인용하기까지 했지. 뭐야, 2VSIX도 몰라?

탄, 멈춰 서서 고개를 절레절레 흔든다.

탄 아, 진짜……. 무아교 애들은 정신 좀 차려야 해. 너네, 이대로 사회 나가면 원시인 취급 받아. SNS도 안 해. 예능 프로그램도 안 봐. 영화도 따분하기 그지없는 예술 영화밖에 안 보고. 두고 봐. 여기선 너희가 엘리트 같지? 사회 나가면 절반은 사회 부적응자 될걸. 그 절반의 90퍼센트는 블루와 블랙일 테고. 옐로나 레드는 그대로 상류 사회로 편입될 확률이나 높지, 블루나 블랙은…….

탄, 말을 멈추고 검지로 카메라를 가리킨다.
카메라가 탄의 가슴에 달린 블루 명찰을 비추고 잠시 뒤 탄이 그 사실을 눈치챈다.
탄이 몸을 돌려 소파로 되돌아간다.

탄 뭐, 나처럼 계급 따윈 상관없는 천재도 있지만. (소파에 앉으며) 어쨌든, 핫하고 영한 예술가와 평론가의 결탁? 엄청 잘 팔리겠지. 그래서 난 더욱더 선샤인과 친해지지 않겠다고 결심했어. (카메라를 응시한다.) 필, 표정이 왜 그래. 뭐할 말 있어? 없지? (히죽 웃는다.) 필은 얌전해서 귀엽다니까. 그래도 선샤인의 능력은 존중해. 매력적인 스쿨 메이트였지. 그런 미인을 꼬셔 볼 자유도 없다니. 이래서 예술가는 안 좋다니까.

레이 그날, 사고가 일어났던 날 말이야. 뭘 하고 있었어?

탄, 과장되게 한숨을 내쉬며 방 안을 둘러본다.

탄 요즘 난 동굴 박쥐 모드야. 무아제에, 전시회 준비까지 겹쳐서 매일 작업실에 틀어박혀 작업만 하거든.

레이 온실 주변에 가거나 하진 않았어? 가깝잖아. 작업실이랑 온실.

탄 아, 갔어. 기분 전환하러. 점심 먹고 돌아오는 길이었으니까, 한…… 오후 1시쯤?

레이 거기서 선샤인을 봤어?

탄 아니. 난 온실에 가도, 그 고무나무 근처까진 안 가. 입구만 좀 서성이지. 식물을 썩 좋아하지 않거든. 그래서 온실에 자주 가지도 않아. 그날은 워낙 유화 물감 냄새가 코끝에 계속 남아 있어서, 풀 냄새라도 좀 맡으면 환기가 될까 해서 갔어. 기름 냄새가 얼마나 독하다고. 이렇게 계속 작업을 할 때면 작업실이 거의 주유소야. 주유소.

탄, 카메라를 향해 손목에 찬 시계를 보여 주며 툭툭 친다.

탄 이 정도면 오케이? 에이전시에서 연락이 오기 전에 작품 하나를 더 마무리해야 해. 그러니 레이디. 자비 없는 시 곗바늘을 원망하며 나를 놓아주시게나.

윙크를 하는 탄.

포장되고 포장하는 자

별것도 아닌 버러지들이 속을 긁어 놓았다.

타이탄은 작업실 문을 쾅 소리 나게 닫았다. 애당초 레이가 작업실 문을 두드렸을 때 열어 주는 게 아니었다. 레이 혼자 왔다면 당연히 그렇게 했을 거다. 하지만 펄이 함께였다. 이유 없이 인터뷰를 거절하는 것이 탄의 이미지와 어울리지 않기도 했다.

펄. 그 뚱뚱하고 멍한 여자애를 신경 써야 하다니. 탄은 신경질적으로 이젤 앞에 앉았다. 탄은 인터뷰하는 내내 펄의 낌새를 살폈다. 그러나 캠코더를 든 펄은 딱딱하게 굳은 표정만 짓고 있었을 뿐이다.

'선샤인 옆에서는 실실 쪼개고 있었던 주제에. 전부터 마음에 안 들었어.'

펄. 그 애가 알고 있을까. 아니다. 레이도 수상하다. 선샤인의 다큐멘터리를 만든다는 건 핑계고, 사실은 다른 걸 노리고 있을 수도 있다. 이미 죽어 자빠진 선샤인에 대한 이야기보다 더 자극적인, 사람들의 흥미를 끌 만한 것 말이다. 예를 들면…… 젊은 예술가의 비밀 같은 것. 그렇다면 펄이 함께 온 이유도 납득이 되었다.

'역시 그날, 온실에 펄이 있었던 거야. 개가 아니면 그 음침한 곳에 누가 오겠어. 봤을까. 내가 선샤인에게 말하는 걸. 봤겠지. 봤으니까 그렇게 사람을 우습게 여기는 눈빛으로……'

타이탄은 손톱 끝을 잘근잘근 씹었다. 매끈하게 잘 다듬은 손톱이 순식간에 너덜너덜해졌다.

'이게 다 선샤인 때문이야. 선샤인. 그게 순순히 말을 들어줬다면……'

그랬다면 그날 온실까지 쫓아갈 일도 없었다. 타이탄은 오랫동안 자신의 작품을 좋게 평가하는 글을 써 달라고 선샤인을 찾아가곤 했었다. 어려운 부탁도 아니었다. 핫한 예술 평론가와의 결탁. 그거야말로 타이탄이 바라는 바였다. 그래서 3년 전 무아교에 입학하고 선샤인을 보자마자 탄은 마음속으로 외쳤다.

데스티니, 이게 웬 떡이야.

*

무아교 입학은 탄이 원한 일이 아니었다. 우연과 우연이 겹친 필연 같은 결과였을 뿐이다. 탄은 지원했던 예술 고등학교에 모두 떨어졌다. 일반 고등학교는 죽어도 가고 싶지 않았다. 그럴 바엔 기부금을 좀 내고 외국계 고등학교에 들어가는 편이 나았다.

탄은 느긋했다. 탄의 부모에게 기부금쯤 푼돈이었고 아들의 미래를 위해 부모가 그 정도 돈을 쓰는 건 당연하다고 생각했다. 국회 의원 아들로 태어난 이상, 그 어떤 일에도 느긋하지 않을 이유 따윈 없다는 게 탄의 지론이었다. 탄의 아버지는 5선 국회 의원이자 당내 유망 정치인으로, 한국에서 정치란 선거 제도를 앞세운 귀족 만들기라고 단언하는 인물이었다.

탄의 부모는 탄보다 덜 느긋했다. '무아교'가 기부금 입학 제도를 발표했기 때문이다. 탄의 부모는 누구보다도 기민하게 움직였다.

무아교. 무아 재단에서 만든 에스컬레이터식 학교. 타이탄의 아버지는 무아교를 열렬히 선망했다. 탄의 아버지는 선거 때마다 학력으로 공격을 당했다. 그는 40대에 명문대 석사 학위를 취득했는데, 누가 봐도 학벌 세탁용이었다. 타이탄의 아버지는 늘 강조했다. 좋은 학벌과 적당한 이력. 번듯한 외모와 유려한 말솜씨. 한국에서 정치인으로 살아남으려면 이 네 가지가 필수 요소라고. 그중 '좋은 학벌'을 가지지 못한 것이 그의 유일한 콤플렉스였다.

"한국에서는 뭘 하더라도 껍데기가 중요해. 한국뿐만이 아니지. 인간은 모두 예쁜 포장지를 좋아하는 법이야. 물론 내용물도 완벽하면 좋지. 하지만 완벽하면서도 특이한 내용물은 존재할 수 없어. 그게 현실이야."

그런 탄의 아버지에게 수많은 명사가 대거 참여해 설립한 무아교는 그야말로 '비밀의 화원'이었다. 들어가고 싶지만 열쇠를 찾지 못해 들어가지 못하는, 그래서 더 욕심나는 존재. 탄의 아버지는 몇 번이나 무아교 입학을 알아보곤 했다.

자녀들을 무아교에 입학시키지 못해 안타까워하는 건 탄의 부모만이 아니었다. 사회 지도층을 길러 내는 엘리트 학교. 온갖 국제 대회에서 성과를 올리는 명문고. 처음에는 무아 재단을 의심스럽게 바라보던 사람들도 성과 앞에서 의심을 거뒀다. 성과를 바라는 열망은 곧 선망으로 바뀌었다. 교육열에 들끓는 대치동 부모들과 아이를 통해 사업적 연줄을 가지고 싶어 하는 신도시 부모들, 유일하게 사회적 명성이 아쉬운 테헤란로 북쪽 땅 부자 부모들까지. 모두 무아교를 원했다. 무아교는 입소문을 타고 더욱더 완벽하고 아름다운 '낙원'이 되어 갔다.

그런 무아교가 소수의 기부금 입학생을 받겠다고 발표했을 때, 사람들은 열광했다. 드디어 낙원으로 가는 길을 찾은 망자들처럼 기부금을 들고 우르르 몰려갔다.

탄의 아버지는 좀 더 우아한 방법을 택했다. 그는 무아교 이사장 자리에 최창식의 측근이 갈 것이라는 사실, 그가 '김신영'이라는 것, '김신영'에게 기부금 입학생 선발권이 있음을 알아냈다. 탄의 아버지는 김신영을 일식집으로 초대해 넌지시 탄의 이야기를 흘렸다. 처음에는 큰 흥미를 보이지 않던 김신영은 탄의 전시회 기사를 몇 개 보고 나서 고개를 끄덕였다.

"아드님이 아버지를 닮아서 정치에 강하군요."

"그렇고말고요. 우리 애가 얼굴은 그만하면 됐고. 말 잘하고. 말씀하신 대로 사람 움직이는 재주도 있습니다. 그러니 부모 된 입장에서 학벌도 갖춰 주고 싶지 않겠습니까."

김신영은 탄의 지원서를 가져갔다. 그리고 탄은 당당히 무아교 합격자 명단에 이름을 올렸다.

"기부금 그거, 고만고만한 거. J그룹이 최대 주주인 재단에 돈이 없겠어? 그 사람들도 바보가 아닌 이상에야, 이번 기회에 정치 연줄 하나 더 늘리는 게 낫다는 것쯤 잘 알겠지."

탄의 아버지는 흐뭇하게 웃으며 친구들과 파티라도 하라고 탄에게 카드를 던져 주었다. 처음에는 별생각 없던 탄도 그쯤 되자 꽤 괜찮네 싶었다. SNS에 무아교 합격증을 찍어 올리자마자 팔로어가 2만 명이나 늘었다. "학생 예술가의 독보적인 행보"라는 기사도 났다. 물론 기부금을 내고 들어갔다는 내용은 기사에서 빠졌다. 어디까지나 예술적 능력을 인정받아 무아교에 스카우트된 것처럼 보이게 기사를 잘 써 달라고, 아버지가 미리 손을 써 두었다. 예고에 합격했다고 으쓱거리던 친구들의 코를 납작 눌러 버린 것이 탄은 가장 통쾌했다. 탄의 전시회를 어린애 장난이라고, 부모님 돈지랄이라고 비웃던 친구들이었다.

하지만 무아도에 도착한 순간, 탄은 급격히 기분이 가라앉았다. 클럽 하나 없는 섬에서 3년을 갇혀 지내야 한다는 현실이 몰아닥친 거였다. 게다가 섬 안에서는 개인 SNS도 마음대로 할 수 없다고 했다. 미친 건가 싶었다. SNS를 하지 않는 10대가 있다니, 믿을 수 없었다. 그런데 진짜였다. 탄의 눈에 비친 무아교는 그야말로 선사 시대 그 자체였다.

"낙원은 개뿔. 수용소나 다름없지."

배정받은 작업실에서 손톱을 물어뜯던 탄은 보았다. 창밖을 지나가는 선샤인을. 그토록 친해지고 싶었지만 SNS도 하지 않아 접근할 방법이 영 요원했던, 비평계의 공주님. 선샤인이 작품에 비평을 써 주기만 하면 탄이 기성 미술계에서 인정받는 것도 불가능하지는 않았다.

그때부터 3년 동안 탄은 선샤인에게 거듭 은밀하게 부탁했다. 비평을 써 달라고. 그러나 선샤인은 들은 척도 하지 않았다. 그럴수록 탄은 점점 더 은밀하고 집요하게 샤인을 뒤쫓아다녔다. 하지만 절대 누군가에게 들켜서는 안 됐다. 권위에 저항하는 예술가. 그게 탄이어야 했다.

온실은 역시, 너무 열린 공간이었다.

*

8월 1일. 탄은 온실로 선샤인을 찾아갔다. 마음이 급했다. 전시회가 열흘 앞으로 다가왔다. 탄의 열두 번째 개인전. 이번에는 반드시 기성 미술계의 인정을 받아야 했다. 고등학교 졸업이 다가오자 탄은 압박감을 느끼고 있었다. 탄이 '학생 예술가'로 팔릴 수 있는 날이 몇 달 남지 않았다는 뜻이기 때문이다. 기성 미술계에 뛰어들려면 권위 있는 다른 타이틀이 필요했다.

"비평이 안 되면 추천사라도 써 줘. 그건 시간도 얼마 안 걸리잖아."

샤인은 탄의 말을 듣기나 했는지, 나무에 물만 줄 뿐이었다. 이미 말라 버린 나무에 물이라니. 완벽한 무시로 느껴졌다. 탄은 속이 뒤틀렸다.

"이번 부탁은 들어주는 게 좋을 거야."

탄의 말에 협박조가 섞이자 샤인은 물뿌리개를 손에 든 채 숙인 몸을 일으켜 탄을 지긋이 바라보았다.

"……지혜, 자비, 공포보다 자신의 소망을 더 위에 둘 거야. 너희 모두가 알다시피 과신은 인류 최대의 적이니라."

연극 대사처럼 읊조리는 말이, 탄에게는 주문처럼 들렸다. 마녀. 그때 선샤인은 그 단어에 걸맞은 귀기를 띠고 있었다.

마녀라면 없애야 마땅하지 않은가.

탄의 앞치마 주머니에는 유화 나이프가 들어 있었다. 늘 가지고 다니지만 쓴 적은 없어서 반들반들 빛나는 새것이었다.

탄은 주머니에 손을 넣었다. 선샤인을 향해 한 발짝 다가섰다. 탄이 주머니에서 손을 꺼냈을 때 덜커덩, 온실 문이 흔들렸다. 탄은 뒷걸음질 쳤다. 누구에게도 샤인과 있는 자신을 들켜서는 안 됐다. 탄은 온실 밖으로 정신없이 도망쳤다.

*

그때 누군가가 온실에 들어왔다면, 역시 펄일 것이다. 샤인의 옆에 늘 껌딱지처럼 붙어 다니는 볼품없는 계집아이. 펄이라면…… 탄은 이젤 앞에서 일어났다. 캔버스에는 붓 터치만 몇 번 되어 있었다.

'글렀어. 이번에도 글렀다고.'

탄은 소파에 드러누워 태블릿 PC를 켰다. '숨김' 폴더를 열었다. 사진 수백 장이 주르륵 나타났다. 모두 샤인의 사진이었다. 수업을 듣는 모습, 체육 시간에 농구를 하는 모습, 기숙사 창가에 서 있는 모습, 수영장에서 수영하는 모습 등이 다양한 앵글로 찍혀 있었다. 탄은 수영복 입은 사진을 두 손가락으로 크게 확대했다.

"아깝네. 이 좋은 몸 써 보지도 못하고. 아니야. 썼으려나. 그렇게 될 줄 알았으면 나도……"

탄은 입맛을 다셨다. 인터넷 창을 켜고 채팅방으로 들어갔다. 채팅 창에 글을 몇 개 올렸다. 무아교 안에서 유일하게 검열받지 않는 인터넷 공간 '쥐구멍'. 그 채팅방을 운영하는 것이 탄의 주요 일과 중 하나였다. 탄은 한 달에 대여섯 번씩 무아도 밖으로 외출을 했고, 돌아올 때면 이 채팅방을 위해 외장하드 하나를 꽉 채워서 왔다.

무아교에 입학하고 얼마 지나지 않아서였다. '쥐구멍'이 나타난 것은.

*

3년 전 무아교에 들어온 후, 탄은 수업에 거의 나가지 않고 작업실에 틀어박혀 지냈다. 무아교에는 진짜 천재들이 있었다. 해외 대회에 작품을 내고 에이전시에서 먼저 접촉해 오는 진짜 예술가들. 그들이 탄에게 뭐라고 말하지는 않았지만, 탄은 그들이 싫었다. 혹시라도 자신의 정체를 알아차리지 않을까 신경 쓰였다. 그들의 가슴에는 옐로 명찰이, 자신의 가슴에는 블루 명찰이 달려 있는 것도 마음에 들지 않았다.

'계급 좋아하네. 소꿉놀이도 아니고.'

어차피 학교를 졸업하면 자신은 예정대로 상류 사회로 진입할 터였다. 그래도 종종, 탄은 그 모든 색을 커다란 페인트통에 집어넣고 거무죽죽하게 섞어 버리고 싶다는 욕구를 느꼈다. 고고한 척하는 무아교 학생들 얼굴에 커다란 붓으로 검은 줄을 그어 버리면 얼마나 통쾌할까 싶었다.

그런 상상을 하며 작업실 소파에 드러누워 있을 때였다. 개인 디바이스에 메시지가 도착했다. '학생 번호 뒤에 G를 붙여 볼 것.' 발신인은 표시되어 있지 않았다. 모든 것이 철저히 검열되는 무아교에서 발신인 표시를 숨긴 채 메시지를 보낼 수 있는 사람이라. 탄은 도리어 흥미를 느꼈고, 부여받은 인터넷 접속 번호 뒤에 G를 붙여 입력했다.

그러자 채팅방이 나타났다. 채팅 리스트에는 G 한 명만이 떠 있었다.

당신 누구야?

그건 알려고 하지 않는 게 좋아. 탄. 난 거래를 하려고 너를 불렀다.

무슨 거래?

이곳을 너에게 넘겨주지. 여기에는 뭘 올려도 검열받지 않을 거야. 만약 네가 이 채팅방을 잘 운영한다면 한 달에 열 번, 무아도를 마음대로 드나들 수 있는 패스권을 주겠어. 물론 헬기 이용권 포함이야.

구미가 당기는 제안이었다. 이 꽉 막힌 곳을 나갈 수 있다니. 외박 허가는 가장 길게는 일주일까지 주어졌다. 한 달에 열 번이라면, 사실상 무아도를 떠나 육지에서만 생활할 수도 있다는 이야기였다. 물론 부모 눈치가 보여 그렇게까지는 학교를 떠나 있을 수 없겠지만, 확연히 숨통이 트일 터였다.

당신한테 그럴 힘이 있어?
너도 발신인 표시 제한이 무슨 의미인지 아니까
접속한 거 아냐?

탄은 재빨리 머리를 굴렸다. 아무래도 상대는 학교 관계자일 터였다. 그것도 꽤 힘 있는. 이사장 측근이거나, 재단 지분 소유자이거나, 이사장 본인이거나. 셋 중 뭐든 상관없었다. 정치에서 중요한 건 진실이 아닌, 상대가 가진 파이의 크기였으니까.

그 대신 원하는 게 뭔데?
가끔 관리자 모드에 업로드되어 있는 파일을 채
팅방에 풀어 주기만 하면 돼.

탄은 여기가 딜 포인트임을 직감했다.

한 스텝 더 나아가서 내가 미꾸라지 역할도 해 줄
수 있어. 타이틀 하나만 달아 주면. 재단에서 국
제 대회를 개최하는 것도 나쁘지 않잖아? 거기 입

상자가 무아교 학생인 건 전혀 이상해 보이지 않
을 테지. 무아교는 워낙 뛰어난 학생들이 모여 있
으니까. 예술적으로도.

채팅이 종료되었다. 두 주일 후, '무아 재단 국제 예술 대회'
개최를 알리는 공고문이 전 세계로 발송되었다. 70 대 1의 경
쟁률을 뚫고 최우수상을 거머쥔 사람은 탄이었다.

그때부터 탄은 쥐구멍을 운영해 왔다. 전교생에게 탄에게
온 것과 같은 내용의 메시지를 전달했고, 호기심에 접속한 아
이들은 쥐구멍에 빠져 버렸다.

G가 올려 달라고 한 자료들은 대부분 이사장 반대파를 음
해하는 내용이었다. 탄은 포토샵 실력을 활용해 그 자료들을
시각적으로 꾸미는 것도 잊지 않았다. 영어 교사의 성인 비디
오 출현 의혹을 올리고 나서 성인 비디오 커버에 성심성의껏
교사의 얼굴을 합성했다. 효과는 압도적이었다. 자극적인 이미
지에 면역력이 없는 무아교 학생들은 유독 그런 자료들에 열
광적으로 호응했다. 탄은 채팅방에 연예인 스캔들, 증권가 찌
라시, 각종 19금 자료를 뿌렸다. 탄은 자신이 뿌린 자료에 벌
떼처럼 달려드는 무아교 아이들을 보며 희열을 느꼈다. 자료
다운로드 수가 증가할 때마다 좍, 좍, 커다란 붓을 휘두르는
자신의 밑에서 오물을 묻히고 뒹구는 아이들이 상상되었다.

*

"이걸 어떻게 잘 좀 써먹을 방법은 없으려나……."

탄은 선샤인의 사진을 들여다보며 입맛을 다셨다. 노트북 화면에 메일 도착 알림이 떴다. 발신인은 '고스트'. 탄의 유령 작가였다.

> 추가금 입금 바람. 협상 안 되면 약 세 번의 전시 회가 모두 내 작품으로 이루어졌음을 언론에 밝 히겠음. 또한 이전 전시회도 모두 대리 작가의 작 품으로 개최했을 가능성이 있다는 의혹도 제기 하겠음.

"아, 이…… 남한테 빌붙어서 한몫 벌려는 버러지 같은 새 끼가!"

탄은 고함을 지르며 태블릿을 소파 위에 던져 버렸다. 이번 유령 작가는 잘못 골랐다. 얌전하니 말도 잘 듣고 작품이 괜찮 아서 세 번이나 쓴 게 문제였다. 이번 전시회를 준비할 때부터 돈을 좀 더 달라고 징징거리더니 이젠 노골적으로 협박을 해 왔다.

"그까짓 유치하기 짝이 없는 그림. 나도 그리려면 얼마든지 그릴 수 있어. 그런 그림 스무 점에 2000만 원이면 감지덕지지.

5000을 달라고? 고작 미대생 주제에!"

탄이 처음 유령 작가를 산 건 6년 전이었다. 부모의 입김이
닿은 대회에서 금상을 받아 예술 중학교에 입학한 것까지는
좋았는데, 1년이 지나도록 다른 대회에서 전혀 입상하지 못했
다. 부모 백으로 들어온 주제에. 그런 비웃음을 당하지 않으려
면 뭐든 해야만 했다.

탄은 꽤 괜찮은 아이디어를 떠올렸다. 탄은 수입 도매업을
하는 고모부에게 '전국 중학교 영재 전시회'를 열어 달라고 했
다. 탄은 그 전시회에 작품 두 점을 냈다. 그 대회를 통해 SNS
에서 이미 팬층을 형성하고 있던 10~20대 예술가들과 친분을
맺었다. 그리고 그들을 불러 모아 단체전을 열었다. 전시회 비
용은 모두 탄이 부담했다. 그 대신 탄은 다른 참가 작가들에
게 한 가지를 요구했다. 탄이 요청해서 전시회에 참가하는 게
아닌, 그들이 탄의 작품에 반해서 참가 요청을 했다고 글을 써
줄 것. 그 전시회가 끝나고 탄은 SNS에서 '작가님'이라 불리게
되었다. 좋은 학벌과 적당한 이력. 번듯한 외모와 유려한 말솜
씨. 탄은 생각했다. 아버지의 가르침은 역시 옳구나.

그다음 단계는 당연히 개인전이어야 했다. 하지만 혼자 스
무 점 가까운 작품을 그려 내기엔 탄의 실력이 부족했다. 그래
서 유령 작가를 섭외했다. 미대생 중에 돈이 급한 사람은 얼마
든지 있었다. 비밀 유지를 조건으로 한 점에 50만 원, 총 열 점
을 샀다. 그렇게 해서 열린 탄의 첫 개인전은 성공적이었다. 성

공할 수밖에 없게 세팅을 했다. 하이라이트는 10대 인기 모델 D의 방문이었다. 탄의 부모가 D를 고용했다. D는 탄의 전시회에 왔다. 그날, D의 SNS에 이런 글이 올라왔다. "우연히 들어간 전시회. 진짜 환상적이고 키치함. 오랜만에 영혼이 울렸다. 그런데 작가님이 나보다 동생. 겨우 열다섯 살이라기에 깜짝. 처음엔 농담인 줄. 진짜 영 앤 핸섬 아트임."

다음 전시회도, 그다음 전시회도 유령 작가를 샀다.

"이 망할 새끼. 미대 다니는 게 벼슬인 줄 알아. 좋아. 까불어라. 아주 앞으로 미술계에 발도 못 붙이게 해 줄 테니까. 내가 꼰대들한테도 인정을 받았으면 이따위 꼴 안 당하는 건데."

탄은 손톱을 입으로 가져갔다. 하지만 이미 너덜너덜해진 손톱에는 더 물어뜯을 곳이 남아 있지 않았다.

'이게 다 선샤인 때문이야.'

선샤인이 평론 한 편만 써 줬어도 이런 취급은 당하지 않았을 텐데. 탄은 손가락 끝을 지그시 깨물며 노트북 모니터에 띄워 놓은 선샤인의 사진을 노려보았다. 쥐구멍과 선샤인의 사진을 번갈아 바라보던 탄에게 관리자 모드로 채팅 메시지가 왔다. G였다.

선샤인의 이름을 최대한 더럽혀. 학생들이 지어
내는 이야기의 주인공이 되는 일이 없도록.

탄이 눈을 가늘게 떴다.

왜?
완전히 죽어야만 하니까. 이야기로 변한 죽음은
생명력이 끈질긴 법이야.
좋네. 예술적인 발상이야. 내가 얻는 건?
널 귀찮게 만드는 사람의 소멸.

탄은 히죽 웃었다. G가 자신의 메일도 검열하고 있다는 것
이 그다지 기분 나쁘지 않았다. 오히려 그것은 G가 조건을 실
행할 수 있는 권력자라는 증거였다. 새로운 유령을 알아봐야
겠군. 탄은 흡족하게 키보드를 눌렀다.

오케이.

그렇지 않아도 선샤인에 대한 분을 풀고 싶던 터였다. 탄은
샤인의 수영복 사진을 몇 장 골라 포토샵으로 수정하기 시작
했다. 수영복 끈을 지우고 피부 톤을 맞추고 알몸처럼 보이게
만드는 것쯤 식은 죽 먹기였다.

"선샤인을 어지간히 싫어하는 모양이야. 하긴. 죽여 달라
는 부탁을 했을 정도니까. 보자. 이 명작은 언제쯤 디스플레이
할까."

결국 중요한 건 포장지다. 그리고 소문은 포장지를 알록달록하게 만들 수도, 검게 칠해 버릴 수도 있다. 내용물이 뭔지, 진짜가 뭔지는 아무도 궁금해하지 않는다.

여신이든 마녀든.

사과의 속을
열어 버린 자

"거짓말이야."

타이탄의 작업실을 나오자마자 펄은 레이의 팔목을 붙잡았다. 레이는 흠칫 놀랐다. 팔을 잡혀서는 아니었다. 펄의 얼굴이 이제껏 본 적 없이 새빨갛게 달아올라 있었다. 레이와 함께 다니는 내내 펄은 해맑기만 했다. 레이가 샤인에 대한 부정적인 이야기를 이끌어 내려 해도, 언제나 헤실거리며 웃기만 했다. 하지만 지금 펄은 얼굴 전체로 울고 있는 듯 보였다.

"타이탄 쟤, 지금 인터뷰한 거 다 거짓말이야. 샤인과 가까워지지 않으려 했다고? 쟤, 툭하면 샤인을 쫓아다녔어. 다른 애들이 안 볼 때만 따라붙었어. 거의 스토커 수준이었다고!"

펄의 말이 점점 빨라졌다. 꼭 어린애가 분에 못 이겨 울음이 터지려는 걸 간신히 참는 듯 보였다. 펄이 어깨로 가쁘게 숨을 내쉬었다. 조금씩 더 가빠지는 숨소리에 레이는 당황했다.

'이걸 어쩌지. 동생이 울 때…… 어떻게 했더라.'

무아에는 펄처럼 다른 사람 앞에서 감정을 터뜨리는 사람이 아무도 없었다. 그건 '아름다운' 행동이 아니니까. 레이는 망설이다가 펄의 손을 슬며시 잡았다. 펄은 레이의 손을 생명줄처럼 꽉 움켜잡았다. 따뜻한 체온이 레이의 손바닥을 타고 올라왔다. 타인의 체온에 자신의 체온이 섞이는 감각은 무척 오랜만이었다. 레이는 무아교에서 특별히 친한 사람을 만들지 않았다. 친구란 같은 계급 안에서 적당한 대화를 나누는 상대, 그 이상도 이하도 아니었다. 예의 바르게 인사를 나누는 친구들과는 손 잡을 일도 없었다.

'이상한 애야.'

펄은 샤인처럼 '이질적인' 존재였다. 샤인과 비슷한, 그러나 극과 극에 위치한 이질성. 겉으로 드러내지 않는 견제와 경쟁을 계속해 온 아이들 사이에서 경쟁하지 않는 펄은, 내내 블랙에 머물러 있는 펄은, 위로 올라갈 노력조차 하지 않는 듯 보이는 펄은 있어서는 안 되는 존재였다. 그래서 모두가 입을 모아 말했다. 펄은 괜찮지 않을 거라고. 노력하지 않는 것이 아니라 노력해도 안 되는 아이라고. 그렇게 해서 이질성을 지워 버렸다. 무아교 아이들이 인정할 수 있는 이질성은 자신들보다 뛰어난 경우뿐이었다.

그렇지만 레이가 보기에 펄은 역시 이상했다. 이렇게 상대의 손을 의심 없이 붙잡을 수 있는 사람은 어린아이뿐인 줄 알았다. 레이는 들썩이던 펄의 어깨가 조금씩 가라앉는 것을 지켜보았다.

크게 숨을 들이마신 펄이 레이의 손을 자신의 몸 쪽으로 잡아당겼다. 펄의 숨결이 레이의 목덜미를 간지럽혔다. 펄이 낮은 목소리로 레이에게 속삭였다.

"……진짜, 샤인이 사고로 죽었다고 생각해?"

"뭐?"

"그 쪽지. 너도 봤지. 사고가 아니야. 분명 누군가, 샤인을 지치게 했던 누군가."

레이는 펄의 손을 뿌리쳤다. 레이의 손을 움켜잡고 있던 펄의 몸이 반동으로 휘청거렸다. 레이는 펄과 눈을 마주치지 않은 채 뒤돌아섰다.

"의심하는 건 좋지 않아."

종이 울렸다. 수업 시작을 알리는 종을 핑계 삼아 자리를 떠났다. 레이는 운동장을 가로질러 걸었다. 뒤돌아보지 않고 잰걸음으로 걸었다. 운동장 끝에 도착해 뒤돌아보니 펄이 운동장 한가운데 그대로 서 있었다. 하얗고 동그란 펄이 금방이라도 데굴데굴 굴러올 것만 같았다. 레이는 못 본 척 학습관 안으로 들어가 버렸다. 그때까지도 펄에게 잡혔던 손에 온기가 남아 있었다. 그 온기에 얼음처럼 단단했던 각오에 미세한 금이 생겼음을, 레이는 그때 미처 알지 못했다.

자살이거나 사고사여야만 하는, 타살이어서는 안 되는 죽음.
애당초 균열은 예정되어 있었는지도 모른다.

*

수업이 끝날 무렵, 학교 홈페이지 게시판에 새 공지가 올라
왔다. 무아제 준비로 바삐 움직이던 학생들이 일순 걸음을 멈
추고 디바이스를 들여다보았다. 그들의 얼굴에는 너 나 할 것
없이 당혹스러움이 떠올라 있었다.
레이도 그 글자들을 잠시 바라보고 서 있었다.

  사흘 후부터 수업 시작 전과 종료 후 '무아 교육 헌장'
  낭송을 고등부에도 전면 확대 실시함. 또한 '리마인드 수
  업'은 고등부 3학년 제외 전 학년으로 확대 실시함. 9월
  3일, 행정부 알림.

무아 교육 헌장. 김신영이 부임하면서 제정한 헌장이었다.
흡사 사관 학교 교훈 같은 내용이었다. '국가'가 '사회'와 '기업'
으로 교묘히 바뀌어 있는 점을 빼면. 레이는 게시판에 뜬 '무
아 교육 헌장'을 중얼거리며 식당으로 향했다.
  "무아의 정신으로 학문을 익히고 저마다 소질을 계발하여
기업과 사회 발전에 참여하고 봉사한다. 내가 몸담고 있는 기

업의 발전이 곧 나의 발전의 근본임을 깨닫고 한 발 더 나아가 사회가 원하는 인재가 되도록 학교의 가르침을 따른다……."

레이는 식당으로 들어섰다. 넓은 식당 안에 보이지 않는 선이라도 있는 듯, 같은 색 명찰을 단 아이들끼리 비슷한 구역에 모여 앉아 있었다. 레이도 음식을 주문해 받아 들고 같은 반 아이들이 앉은 탁자 한쪽에 자리 잡고 앉았다. 식당 한쪽에 혼자 앉아 밥을 먹고 있는 펄이 보였다. 레이와 펄의 시선이 잠시 마주쳤다. 둘 다 서로 아는 척하지 않았다.

"공지 봤어? 그럼 사흘 후까지 헌장을 다 암기해야 한다는 거네."

"교육 헌장 암송이랑 리마인드 수업. 둘 다 선샤인이 김신영한테 하지 말라고 요구했던 거잖아. 그리고 또 뭐가 있었지. 철학 수업 유지랑…… 계급 간 호칭 차별 금지랑……. 아, 머리 아파. 이젠 그것들, 다 고등부에 적용되는 거야?"

"우린 어차피 여섯 달 정도만 있으면 졸업인데, 뭐. 리마인드도 우리는 제외잖아. 그런 거 보면, 선샤인이 막아 놨던 거 실행해도 우리한테는 별로 영향이 없지 않을까."

화젯거리는 단연 방금 발표한 공지였다. 고등부 3학년 학생들은 아래 학년 아이들이 들을세라 목소리를 낮춰 수군거렸다. 당장 사흘 후부터 '리마인드 수업'이라는 생소한 수업을 듣게 된 고등부 1학년과 2학년은 상당히 심하게 동요하고 있다고, 복도에서 우는 애도 봤다고, 정보를 주고받았다.

"불쌍하다. 후배들."

반갑지 않은 변화가 닥쳐왔지만 자신들을 교묘하게 피해가서 다행이라는 우월감이 뒤섞인 동정이었다. 레이는 묵묵히 밥만 먹었다. 펼이 했던 말과 손에 남은 온기가 계속 맴돌아 레이의 머릿속에서 '무아 교육 헌장'을 몰아내고 있었다.

"중등부는 바뀐 교칙, 이미 다 실행 중이지."

"발표하자마자 실행했지. 어쩌겠어. 걔네한테는 선샤인이 없는걸."

"선샤인이 정말 대단하긴 해. 김신영한테 맞서서 이긴 거잖아. 선샤인이 김신영과 독대하고 나서 교칙을 유예한다고 발표했으니까. 역시 무아교 여신."

"1~2학년 애들 사이에서 선샤인을 주인공으로 한 소설 쓰는 게 유행인 거 알아?"

"걔네는 선샤인을 직접 만날 기회가 거의 없었으니까 더 동경하는 거겠지. 근데 그거…… 진짜일까? 쥐구멍에 돌았던 소문."

"선샤인이 여신이 아니라 마녀라는 거?"

레이는 젓가락질을 멈췄다. 쥐구멍. 어느 날 무아교에 생겨난 검열 없는 채팅방. 그곳에 온갖 소문이 올라온다는 것은 이미 알고 있었다. 그러나 레이는 한 번도 쥐구멍에 접속한 적이 없었다. 많은 아이들과 달리 레이는 소문이 주는 자극을 원하지 않았다.

"뻥이겠지. 증거도 없고. 말이 되니. 선샤인이……"

아이들의 목소리는 점점 더 은밀하고 작아져 쥐 울음소리처럼 들렸다.

"선샤인이 김신영 애인이라니."

"아예 헛소문이라고 하기엔 김신영이 선샤인한테 유독 약하게 군 건 맞잖아."

"그거야, 선샤인이 국제적인 권위가 있었으니까.《아트 인 월드》가 사랑한 비평가잖아. 선샤인이 뭔가 폭로하는 글이라도 쓸까 봐 무서웠겠지. 그렇다고 선샤인의 외부 활동을 막을 수도 없고. 선샤인 한 명만으로도 얼마나 학교 홍보가 됐겠어. 쥐구멍에 올라온 기사 중에도 있었잖아. '예술의 신이 사랑하는 10대 비평가.' 그런 선샤인이 고작 이사장 대리랑?"

"내 생각에도 그건 헛소문이야. 그것보다는 김신영이 선샤인을……"

쨍그랑. 숟가락 떨어지는 소리가 식당 안에 경고음처럼 울렸다. 목소리를 낮춰 이야기하고 있던 아이들의 시선이 일제히 소리가 난 곳으로 향했다. 펄이었다. 펄이 무릎을 굽혀 떨어뜨린 숟가락을 줍고 있었다.

"쟤, 블랙에도 못 끼고 혼자 밥 먹네."

화제가 펄로 바뀌었다. 아이들의 목소리가 커지고 거침없어졌다.

"펄? 선샤인이 없어지니까 완전 따 됐지. 쟤 좀 이상하잖아.

맨날 멍하니 있고. 블루에서 레드 올라오는 건 힘들어도, 블랙이랑 블루는 계급 막 바뀌고 그러잖아. 12년 동안 블랙이라니. 그게 더 힘들겠다."

"선샤인은 저런 애가 뭐가 좋다고, 맨날 같이 다녔는지. 온실에 마음대로 드나든 것도 쟤 하나뿐일걸. 다른 애들은 선샤인이 쉬는 거 방해될까 봐 일부러 안 갔는데."

"오라가 있잖아. 그 나무. 선샤인의 둥지니까. 근데 거길 저런 애가."

아이들이 펄을 험담하는 말들을 툭툭 식탁 위로 내던졌다. 레이의 입안에서 그 말들이 모래처럼 까끌까끌하게 걸렸다. 밥을 씹어 삼키기가 점점 어려워졌다.

"그러고 보니, 레이. 요즘 펄이랑 같이 다니는 것 같던데. 무슨 일이야?"

모두의 시선이 이번에는 레이에게 쏠렸다. 레이는 젓가락을 내려놓고 휴지로 입을 닦았다. 휴지로 가린 입꼬리를 재빨리 살짝 들어 올려 가짜 미소를 만들었다.

"무아제에 낼 포트폴리오로 도움을 받고 있어."

"아……. 맞다. 레이 아직 준비 못 했다고 했지. 왜 하필 펄이야. 쟤가 도움이 되긴 해?"

"다들 바쁘잖아. 펄은 자기 포트폴리오 준비 안 한다기에. 도와 달라고 했어."

"포트폴리오도 준비 안 한다고?"

반문하는 말끝이 날카로웠다. 무아제에 출품하는 포트폴리오는 계급에 따라 제출할 수 있는 개수가 달랐다. 옐로는 최대 네 개까지 가능했으나 블랙은 단 하나만 가능했다. 그래서 블랙 명찰을 단 아이들일수록 포트폴리오 준비에 혈안이 되어 있었다. 그런 와중에 포트폴리오를 아예 준비하지 않는다는 것은, 경쟁에 뛰어들지 않는 사람이 있다는 것은, 용서받을 수 없는 일이었다. "펄 걔는." 또다시 말들이 터져 나오려는 순간, 레이는 그릇을 챙겨 자리에서 일어났다.

"난 먼저 가 볼게."

식당을 나오며 레이는 쥐구멍에 떠돌고 있다는 선샤인의 소문에 대해 생각했다. 머릿속을 휘젓는 것들이 너무 많았다. 피곤할 정도로. 기숙사 방으로 향하면서 레이는 이 이상 뭔가 생각하지 말자고 다짐했다. 생각해서는 안 될 것 같았다. 김신영의 지시를 따르고 그 대가를 받으면 될 일이다. 단지 그뿐이라고, 결심에 생긴 균열을 못 본 척 피해 걸었다.

그러나 한 가지 생각이 자꾸만 레이의 머릿속을 떠나지 않고 빙빙 돌았다.

'선샤인은 여신이었을까, 마녀였을까.'

*

레이는 기숙사 방 안에 들어서자마자 침대 위에 쓰러지듯 누웠다. 몸이 물에 젖은 솜뭉치처럼 무거웠다. 레이는 디바이스를 꺼내 켰다. 메일이 오기로 되어 있는 날이었다. 한 달에 한 번, 레이는 부모에게서 메일을 받았다.

'이번에도 자기들까지 찍어서 보내겠지. 사진.'

동생들만 찍어서 보내 달라고 아무리 말해도, 그들은 매번 온 가족이 함께 찍힌 사진을 보냈다. 동생들과 메일을 주고받고 싶다는 부탁도 들어주지 않았다. 동생들에게 메일 주소를 알려 줄 방법은 없을까 하고 레이는 메일을 받을 때마다 고민했다. 하지만 아무리 생각해도 외부 인터넷 접속이 막혀 있는 무아교에서 손쓸 수 있는 방법이 떠오르지 않았다.

레이는 몸을 뒤척여 옆으로 돌아누우며 저장된 사진 파일을 열었다. 이제까지 받은 사진은 디바이스에 모두 저장해 두었다. 처음으로 받았던 사진 속 동생들은 어렸다. 레이가 여섯 살, 바로 아래 남동생이 다섯 살, 막내가 두 살. 12년 전 사진이었다.

*

레이는 여섯 살 때 무아교의 스카우트 제안을 받았다. 무아 재단은 해마다 전국의 여섯 살 이하 영재를 발굴해 스카우트를 했다. 기본적으로는 각 도의 영재 센터와 협약해 자료를 제공받았고, 센터의 손길이 미치지 않는 지역의 경우에는 여섯 살 이하 어린이가 있는 가구를 파악해 직접 찾아가 테스트를 하기도 했다. 레이는 그 테스트를 통해 자신이 영재임을 처음 알았다. 언어 습득 및 기억 능력이 매우 우수함. 결과지에는 그렇게 쓰여 있었다. 무아 관계자는 레이의 부모와 레이에게 입학 우선권이 있다고 알려 주었다. 가정 환경이 어려운 아이를 우선 스카우트한다는 거였다.

무아의 스카우트 조건을 듣고 레이의 부모는 군침을 삼켰다. 스무 살이 될 때까지 학비 일체 지원, 기숙사 및 의식주 완전 제공, 매달 학업 성취금 제공. 성취금은 미성년자인 당사자의 법적 대리인에게 지급함을 원칙으로 함. 단, 스카우트 대상자는 스무 살이 될 때까지 허락 없이 무아도를 떠날 수 없으며, 이하의 양육에 대해 법적 대리인은 그 권한을 무아에 일임함. 그게 대략적인 내용이었다.

레이의 어머니는 말했다. "네가 하고 싶은 대로 해." 여섯 살에게 결정을 미루다니 이거야말로 아동 학대 아닌가 싶었다. 동시에 레이는 자신이 뭘 선택하든 결론은 정해져 있다는 것도 알았다. 레이의 의지와는 무관하게 부모는 레이를 무아교에 보낼 터였다. 레이를 보내고 받을 수 있는 돈을 그들이 포기할 리 없었다.

레이의 아버지는 늘 포부가 큰 사람이었다. 문제는 포부를 실현할 능력이 없다는 것이었다. 자신의 능력으로 감당할 수 없는 사업을 몇 개나 벌였고 모두 망했다. 사업이 망하고 나면 한동안은 술을 마시며 지냈다. 레이의 어머니는 식당 주방에서 일했는데, 사업으로 진 빚을 갚느라 월급이 늘 부족했다. 여섯 살이 될 때까지 레이가 본 부모의 모습은 돈 때문에 싸우거나, 화를 내거나, 폭력을 휘두르거나, 언제나 셋 중 하나였다.

고민하던 레이는 결국 가겠다고 했다. 그 대신 조건을 내세웠다. 무아에서 레이 앞으로 나오는 돈은 전부 동생들을 위해 써 달라고, 매달 사용 내역을 메일로 보내 달라고. 레이의 아버지는 그 말을 듣고 역정을 냈다.

"딸이라고 있는 게, 부모 생각은 하나도 안 하고 말이야. 원래 첫딸은 집안 재산이라고, 집안 일으켜 세우는 역할이라고 했어. 당연한 일 하는 걸, 뭐 대단한 일처럼 유세야, 유세는."

레이는 그때 결심했다. 아이는 부모를 선택할 수 없다. 그러나 부모와 관계를 유지할 것인가 말 것인가, 그 선택권만은 가지겠노라. 자신의 동생들도 그 선택만은 할 수 있게 해 주겠노라. 단순히 혈연에서 우러난 책임감이 아니었다. 귀를 막아 주었던 따뜻한 손. 추운 겨울날 서로 끌어안고 버텼던 등의 온기. 그것은 남매애가 아니라 동지애에 가까웠다.

선택권을 가지기 위해 필요한 것. 그게 뭔지는 이미 잘 알고 있었다.

성인이 되는 것. 그리고 경제력.

레이가 무아교에 입학한 후, 부모가 보낸 첫 메일에는 딱 두 마디가 적혀 있었다.

밥 잘 먹고 있니? 돈은 언제 준다니?

레이의 답장은 건조했다.

> 밥 잘 먹고 있습니다. 그리고 여기선 다른 이름을
> 씁니다. 빨리 적응해야 하니 원래 이름으로 부르
> 지 마세요. 동생들에게 제 이메일 주소 알려 주시
> 고, 오기 전 약속대로 다음에 메일 보내실 때는
> 돈을 어디에 썼는지 알려 주세요.
>
> 우리 딸, 부모 자식 사이에 무슨 내역서를 보내
> 니. 동생들 잘 기르고 싶은 마음은 우리도 마찬가
> 지야. 그러니 걱정하지 마. 이메일은 아직 애들이
> 어려서 못 알려 주겠구나.

레이는 그들이 약속을 지키지 않을 것임을 알았다.

그 이메일을 받고 레이는 행정관 건물 꼭대기까지 벽을 타
고 올라갔다. 행정관 뒤쪽 한가운데에는 엑스 자로 교차되어
굴뚝까지 이어진 철제 구조물이 있었다. 학교 건물 가운데 가
장 높고 올라가기 힘들었다. 레이는 정말 외로울 때면 그곳에
올라갔다. 올라가고 있으면 힘들어서 외로움을 잊을 수 있었다.

레이는 한참이나 행정관 지붕 꼭대기에 앉아 멀고 먼 수평
선을 바라보았다. 지켜야 할 것을 지킬 방법을 떠올려야 했다.

또 다른 안전장치가 필요했다. 레이의 작은 머릿속이 핑핑 돌았다.

다음 날, 레이는 메일을 보냈다.

> 한 달에 한 번씩, 애들이 잘 있나 사진 찍어서 보내 주세요. 그러지 않으면 여기서 엄청나게 말썽 부릴 거예요. 쫓겨날 정도로. 아빠랑 엄마도 더 이상 내 돈을 못 받겠죠.
>
> 딸. 왜 그러니. 동생들은 당연히 잘 지낼 거야. 네가 왜 그걸 확인하려고 해.
>
> 아빠랑 엄마가 내 동생들도 다른 데 팔아넘기지 않을 거라는 보장이 어디 있죠?

레이의 메일에 어머니는 A4 두 장은 넘을 만한 장문의 답장을 보냈다. 구구절절한 하소연과 우리는 널 팔지 않았다는 주장이 주된 내용이었다. 레이는 딱 한 줄로 답했다.

> 사진요.

그때부터 한 달에 한 번씩 꼬박꼬박 새로 찍은 가족사진이 메일로 도착했다.

*

사진 속 동생들의 얼굴은 어릴 때와는 다르다. 남동생은 이제 레이보다 키가 컸다. 볼살이 통통하던 막내는 점점 말라 갔다. 그래도 웃을 때 푹 파이는 보조개는 그대로였다.

'내 얼굴, 고작 3년 사이에 잊어버린 건 아니겠지?'

레이는 디바이스로 셀카를 찍어 살펴보았다. 3년 전 얼굴과 그다지 달라 보이지 않았다. 자신의 얼굴은 매일 보는 만큼 변화를 찾아내기가 쉽지 않다. 하지만 한 달마다 보는 사진 속 동생들의 변화는 놀라울 정도로 눈에 잘 들어왔다. 동생들도 그럴 터였다. 레이는 자신의 사진을 들여다보며 달라진 점을 찾아내는 동생들의 모습을 상상해 보았다. 당장이라도 사진을 보내고 싶었다.

무아교에서 파일을 첨부한 메일을 밖으로 보내려면 검열부 허가를 받아야만 했다. 무아교의 일상을 언론에 공개하지 않는다는 원칙 때문이었다. 3년 전까지만 해도 괜찮았다. 발신인이 언론사 메일 주소인 경우에만 검열이 이루어졌고 그 외의 검열은 형식적이었다. 레이도 매달 동생들에게 자신의 사진을 보낼 수 있었다.

하지만 3년 전부터 검열이 엄격해졌다. 모든 메일을 일단 검열부 서버로 보내야 했다. 검열부는 모든 메일을 검토한 뒤 통과한 것만 골라 일괄 발송했다. 지나치게 텍스트가 긴 메일,

첨부 파일이 있는 메일은 거의 검열을 통과하지 못했다. 반려된 메일을 검열부에 제출한 학생은 벌점을 받았다. 레이도 사진을 첨부한 메일 세 통을 반려당했다. 그때부터 레이는 사진 보내기를 포기했다. 벌점이 쌓이면 계급이 내려갈 것 같아 두려웠다.

레이는 잠시 디바이스를 침대 위에 내려놓았다. 몸을 뒤척이는데 교복 주머니에서 뭔가 툭 굴러 나왔다. 달빛이 준 귀걸이였다.

인터뷰를 한 날, 레이는 깜박하고 달빛의 방에 파일을 두고 나왔다. 도로 가지러 갔더니 달빛이 귀걸이를 내밀었다. "샤인의 다큐를 만드는 데 도움이 될지도 몰라." 거절할 수 없어서 받긴 했지만, 그 후 주머니에 넣어 놓은 채 잊어버리고 있었다. 레이는 귀걸이를 집어 들고 이리저리 살펴보았다.

'다큐에 도움이 될지도 모른다고 했으니까⋯⋯ 샤인의 물건이었겠지, 이건.'

빨간 사과에 초록 잎사귀가 달린 모양이었다. 귀걸이를 어루만지던 레이는 벌떡 몸을 일으켜 앉았다. 잎사귀 부분에 작은 버튼이 있었다. 버튼을 누르자 사과가 회전하며 반으로 갈라졌다.

"⋯⋯USB?"

씨앗이 있는 한가운데에 초소형 USB가 나타났다. 레이는 디바이스에 USB를 꽂았다. 모니터에 폴더 두 개가 떴다. 각각

'보라매'와 '사과'라고 적혀 있었다. 두 폴더 옆에는 별다른 이름 없는 동영상 파일이 하나 떨어져 나와 있었다. 레이는 무심코 동영상 파일을 클릭했다.

디바이스로 촬영한 듯, 흔들리는 영상이 화면에 떴다. 체육관이었다. 누군가가 끌려가고 있었다. 꼭 도축장에 끌려가는 가축처럼 목에 뭔가가 휘감겨 있었다. 여자아이였다. 자그마한 여자아이는 발버둥을 치고 있었다. 그런 아이의 옆으로 수많은 사람들이 무심히 스쳐 지나갔다. 다들 그 여자아이가 그곳에 존재하지 않는 듯 행동하고 있었다. 화면이 좀 더 위로 올라갔다. 여자아이를 끌고 가는 사람의 뒷모습이 영상에 나타났다. 검은 슈트를 입은 뒷모습. 김신영이었다. 여자아이 목에 걸린 것은 김신영의 지팡이였다. "중등부는 바뀐 교칙, 다 실행하고 있지 않아?" 식당에서 들었던 말이 레이의 머릿속에서 되살아났다.

영상이 끝났다. 짧은 영상이었다. 레이는 파일을 종료한 후, 잠시 망설이다 '보라매'와 '사과'라고 적힌 폴더를 클릭했다. '사과'에는 비밀번호가 걸려 있어 열리지 않았다. '보라매'는 쉽게 열렸다. '보라매' 폴더에는 스크롤을 한참이나 내려야 할 정도로 많은 자료들이 저장되어 있었다. 레이는 빠르게 자료들을 훑어보았다. 김신영이 무아 재단 지분을 손에 넣기 위해 벌인 불법적인 행동들에 대한 기록, 그에 대한 증거, 그 외에 증거 부족으로 구속 영장이 기각되었던 범죄들에 대한 추적 기록, 범인이 특정되지 않은 사건들에 대한 기사와 자료가 줄줄이 이어졌다. 그것은 '김신영 전용 판도라의 상자'였다.

레이는 폴더를 닫았다. 영상 속 장면을, 작은 아이의 몸부림을 눈꺼풀 아래 있는 힘껏 밀어 넣었다. 판도라의 상자를 열면 뭐가 튀어나올지 레이는 알고 있었다. 괴로움과 슬픔, 그 모든 재앙과 바닥에 남을 단 하나의 희망. 그러나 그 희망이 레이를 위한 것이라는 보장은 없었다.

'상관없어. 나와는 상관없는 일이야.'

띠링. 메시지 알림이 울렸다. 새로운 메일이 도착했다는 문구가 모니터에 떠올랐다. 레이는 확인 버튼을 눌렀다.

우리 딸. 자랑스러운 첫째 딸. 잘 지내니? 이번에 새로 찍은 가족사진을 보낸다. 이번엔 좋은 소식이 있어. 무아에서 막내도 입학시키지 않겠느냐는 제안을 해 왔어. 막내가 올해 벌써 열네 살이잖니. 무아는 유치원 때 들어가지 않으면 입학 못 하는 게 원칙이잖아. 그렇다고 우리가 기부금을 낼수 있는 것도 아니고. 그런데 막내의 재능이 너무 뛰어나서 꼭 스카우트하고 싶다고 하지 뭐니. 그래서 내년 학기부터 중등부에 보내기로 했단다. 집에 있어 봤자 막내가 좋아하는 그림 공부도 못시키잖아. 그러니 무아교에 가는 편이 막내에게도 좋을 거야. 너도 그렇게 생각할 거라 믿는다.

메일을 읽은 레이의 손에서 툭, 디바이스가 떨어졌다.

"……안 돼. 안 돼!"

레이는 황급히 손으로 입을 틀어막았다. 그러지 않으면 입 밖으로 끊임없이 비명이 터져 나올 것만 같았다. 레이는 부들부들 떨리는 손으로 방금 본 영상을 재생했다. 여자아이는 분명 중등부 교복을 입고 있었다. 막내가 무아교에 입학한다면…….

영상 속 작은 아이의 몸부림은, 더 이상 상관없는 일이 아니었다.

무아도의 행동 평가 강령 '선의 실천'

(1) 행운이 왔다고 너무 기뻐하지 않고,

　　불운이 닥쳤다고 지나치게 괴로워하지 않는다.

(2) 바라지 않고 기꺼이 돕는다.

(3) '대단한 일' 앞에서 대개 굼뜨고 느리다.

(4) 쉽게 감탄하지 않는다.

(5) 좋은 말은 남발하지 않으며,

　　적에 대해서도 나쁜 말을 하지 않는다.

(6) 쉽게 슬퍼하거나 부탁하지 않는다.

(7) 걸음걸이와 목소리가 차분하며, 말에 고저가 없다.

(8) 화는 적당히 낸다.

(9) ~~진실도 '작게' 말한다.~~

(9) '진실을 말한다. 소리 내어. 외친다.'

인터뷰 : 버드

텅 빈 교실 안. 버드는 교탁 옆에 놓인 의자에 앉아 있다.
고개 숙인 버드.

버드 선샤인 선배요. 중등부에서도 유명하죠. 대단하잖아요.
유치부 때부터 계속 옐로였고. 유명한 외국 잡지에도 막
실리고. 당당하고. 여신이라기보다는 전사 같잖아요. 악
에 맞서 싸우는, 뭔지 모르겠지만 엄청 강한 초능력을 갖
고 있을 것 같고. 다들 부러워했을걸요. 선샤인 선배처럼
되고 싶다고. 그렇지만, 그럴 수가⋯⋯.

버드, 고개를 들고 말없이 운동장 창문 쪽을 바라본다.
버드의 시선을 따라가는 카메라.

버드, 다시 교실 바닥을 내려다본다.

버드 그렇지만 그런 능력은 아무나 가질 수 있는 게 아니니까.
그런 능력을 가진다고 해도 말이에요. 선샤인 선배처럼
다른 사람을 지키기 위해 그 힘을 쓰는 사람이 몇이나 될
까요. 고등부 선배들은······.

버드, 호흡을 참는 듯 숨을 몰아쉰다.

버드 ······아니다. 아니에요. 쓸데없는 말은 안 할 거예요.
레이 선샤인을 직접 본 적 있니?
버드 없어요.
레이 중등부 애들은 온실에 잘 안 가지?
버드 아예 안 가요. 체육관 뒤에 있으니까 온실 앞을 왔다 갔
다 하긴 해도 그 안에는 안 들어가요.
레이 왜? 공사 중이라?
버드 아뇨. 그것도 있지만 거긴 선샤인 선배 아지트라고 소문
이 나 있었으니까. 거기 들어갔다는 걸 들키면······. 아니
에요. 그냥, 그냥 안 가는 거죠.
레이 8월 1일에는 어땠니? 네가 최초 발견자라고 알고 있는데.

버드, 번쩍 고개를 들고 카메라를 정면으로 응시한다.

버드 그래요. 저예요. 제가 죽은 선샤인 선배를 처음 발견했어요. 기록이 있으니 거짓말은 할 수 없죠. 누워 있는 샤인 선배를 발견하자마자 외쳤어요. 선샤인이 죽었다고. 너무 놀라서, 외칠 수밖에 없었어요.

레이 그날 온실에는 왜 간 거야?

버드 …….

레이 자체 조사부가 물었을 때 대답 안 했다고 알고 있어. 네가 원하면 이 부분은 다른 사람들에게 공개하지 않을게. 대답할 마음이 들면 천천히 말해 줘.

버드, 고통스러운 표정으로 카메라를 노려보다 말한다.

버드 ……말할게요. 어차피, 한 번은 말해야 할 테니. 오후 5시쯤 체육관 청소를 끝내고 나왔는데, 반 애들이 저를 잡으려고 했어요. '한 명'의 임무를 하라는 거였겠죠. 그래서 도망가려고 온실 안에 들어갔어요. 정말로, 그것뿐이에요.

레이 '한 명'이라니?

버드 (입술 끝을 일그러트리며) 선배들은 정말 아무것도 모르는군요. 아무것도. 좋겠네요. 그곳은 여전히 낙원이라서. 전 이젠 그만할래요. 더 할 말도 없어요.

버드, 의자에서 일어나 교실 문 쪽으로 걸어간다.

문 앞에서 멈춘 버드. 뒤돌아보지 않고 말한다.

버드 ……왜 하필, 저였을까요?

버드, 그대로 교실을 나간다.

카메라는 아무도 서 있지 않은 교실 문을 한참이나 비춘다.

CHAPTER 버드

'한 명'이 된 자

왜 하필 나였을까. 왜 하필, 우리였을까.

버드는 과학실 문을 열었다. 고등부 선배들이 버드를 찾아왔을 때부터 반 애들은 눈빛으로 묻고 있었다. '뭔데?' 분명 의심하고 있을 거다. 버드가 뭔가 말하지는 않을까 하고. 이대로 교실로 돌아가면 무슨 일을 당할지 모른다. 버드는 과학실 뒤에 놓인 커다란 캐비닛 안으로 들어가, 쪼그려 앉아 문을 닫았다.

숨어 있기에는 과학실 캐비닛이 최고다.

과학실 캐비닛에는 귀신이 나온대. 3년 전부터 퍼진 괴담이다. 캐비닛을 열면 팔다리가 마구 뒤틀린 여자애가 물구나무를 선 채 엄청 빠른 속도로 뛰어나온다. 그러고 나서 문을 연 사람의 입을 꽉 물어뜯어 버린다. 과학실에서 괴롭힘을 당하던 아이가 캐비닛으로 숨었는데 안에서 열리지 않아서 그대로 굶어 죽은 다음 귀신이 되었다. 모두가 그 괴담을 믿지는 않았다. 그러나 인체 모형이 서 있고 퀴퀴한 약물 냄새가 가득한 과학실의 분위기에 괴담이 더해지자, 과학실은 순식간에 '가능한 출입하지 않고 싶은 곳'이 되었다.

괴담을 꾸며 낸 건 미나였다.

버드는 캐비닛 안쪽에 쪼그려 앉았다. 좁고 어두운 곳에 들어오니 안정이 되었다. 예전에는 상상도 못 했다. 밝고 떠들썩한 바깥보다 이런 어두컴컴한 안에 있는 게 마음 편할 줄은. 버드는 무릎을 끌어안았다.

'안? 아니야. 여기가 밖이야. 안. 안은…… 노랑과 빨강으로 칠해진, 오직 그 세계만이 안.'

버드는 옆에 내려놓은 가방에 달린 토끼 인형을 만지작거렸다. 부직포로 만든 귀가 짧은 토끼다. 세상에서 딱 하나뿐인 인형. 미나가 만들어 준 인형이다. 머리를 토끼처럼 양 갈래로 높이 묶고 다니던 아이. 인형을 나눠 가지며 약속했다.

우리는 영원히 친구야.

버드는 토끼 인형을 꽉 움켜쥐었다.

'온실에서 일어난 일을 들키면…… 난 어떻게 되는 걸까.'

*

202

초등부 때까지 무아교에서 보낸 매일은 평온했다. '선하고 아름답게'라는 규칙을 지키지 않으면 품행 점수가 깎였고, 그 규칙에 맞춰 생활하다 보면 평온할 수밖에 없었다.

아이들은 자신의 가슴에 좀 더 높은 계급의 색을 달고 싶어 했다. 계급은 서로를 이끌어 주기 위한 상징일 뿐 차별을 위한 도구가 아니라고 배웠다. 그러나 가슴에 달린 명찰이 너무나 분명하게 눈에 보였다. '옐로와 레드는 블루와 블랙이 더 성장할 수 있도록 도와준다'는 학교의 가르침은, 예민해지기 시작한 아이들에게 다른 의미로 해석되었다. '블루와 블랙은 옐로와 레드가 도와줘야만 한다. 즉 블루와 블랙은 더 못난 아이들이다.' 대놓고 그렇게 말하진 않았지만 초등부 고학년이 될수록 아이들 사이에 은연중 그런 분위기가 생겨났다.

그래도 평온했다. 적어도 겉으로는.

무아교 아이들은 모두 뛰어났다. 그래서 국제 대회에서 한두 번 수상하는 정도로는 옐로나 레드 계급을 보장받을 수 없었다. 자연히 품행 점수에도 주의를 기울이게 되었다. 국제 대회 이력은 거의 없으나 고만고만하게 성적이 좋은 블루 계급은 위로 올라가기 위해 혹은 아래로 떨어지지 않기 위해 품행 점수에 신경을 썼다. 블랙 계급은 모든 부분에서 절실했기에 모든 면에서 노력했다. 결국 모두가 화를 내지 않게 노력하고, 목소리를 크게 내지 않고, 사뿐사뿐 걷게 되었다.

"꼭 우리에 갇힌 양 같아. 우리."

미나는 그런 평온함을 불만스럽게 여기는 아이였다.

"마음껏 웃고 화내고 소리치는 게 왜 나빠?"

"감정을 조절할 줄 알아야 다른 사람들을 이끌어 줄 수 있잖아."

"교과서냐. 하긴, 다른 사람에게 막 욕하거나 소리 지르는 그런 사람들도 있으니까. 그런 사람들이 법 만들고 하는 것보다는 낫겠다."

버드는 미나가 좋았다. 미나는 다른 아이들에 비해 직설적이고 거칠었다. 복도를 뛰어다녔고, 수업을 듣던 반 아이들을 꾀어내서 급식실을 습격했다. 커다란 양푼에 밥을 비벼 나눠 먹는 즐거움이나, 수업 시간에 쪽지를 주고받는 스릴은 미나가 아니었다면 내내 몰랐을 것이다. 버드뿐만이 아니었다. 미나와 같은 반이 된 아이들 대부분이 미나를 좋아했다. 미나는 주로 블루를 받았지만 다들 미나의 명찰 색을 신경 쓰지 않았다.

학년마다 미나 같은 아이들이 서너 명씩 있었고 그들은 댐 같은 역할을 했다. 그들은 아이들 사이에서 계급에 집착하는 마음이 넘쳐흐르는 것을 막아 주는 존재였다. 명찰 색과 무관하게 모두가 매력적일 수 있음을 증명하는 존재. 미나 같은 아이들이 있었기에 무아교의 계급제는 얄팍하게 버석거리는 포장지로 추락하지 않을 수 있었다.

그러나 갑자기 평온이 끝났다.

3년 전, 초등부 마지막 학년이었다. 중등부 진학을 앞둔 겨울 학기가 끝난 시점이었다. 무아교는 한 학기가 끝나고 다음 학기가 시작될 때까지 한 달 반을 '준비 기간'으로 지정해 놓았다. 준비 기간 동안 학생들은 부족한 개인 공부를 하거나, 국제 대회 준비를 하거나, 친구들끼리 섬 어딘가로 캠핑을 떠나기도 했다. 품행 점수를 매기지 않는 기간인 만큼 사고도 많이 일어났다. 그래도 모두가 '준비 기간'을 손꼽아 기다렸다.

그런데 그 '준비 기간'에 김신영이 부임했다. 검고 작고 날카로워 보이는 남자. 외부인이 느닷없이 이사장 대리가 된 것에 모두가 술렁거렸다.

갑자기 교칙이 바뀌었다. 명찰 색에 따라 기숙사 구역이 나뉘었고 식당에도 지정 구역이 생겼다. 교실 자리도 나뉘었다. 하위 계급은 상위 계급에게 존댓말을 써야 한다고 했다. 모두에게 평등하게 지급되던 일상 용품도 계급별 차등 지급으로 바뀌었다.

무엇보다 동아리 활동이 크게 달라졌다. 김신영은 자율 개설된 수많은 동아리를 모두 없애고, 학교 업무를 보조하는 동아리들을 만들었다. 수업 자료 준비부, 단순 자료 입력부, 급식 배식부, 교실 청소부, 쓰레기 처리부 등이었다. 학교는 새로 생긴 동아리들을 블루와 블랙 계급에 일괄 배분했다. 그중 노동 강도가 강한 것은 주로 블랙의 몫이 되었다. 기존 동아리 가운데 남은 것은 학생 자치회에 소속된 곳들뿐이었다. 규율부, 행정부, 총괄부, 미디어부까지 총 네 곳은 옐로와 레드로 가입이

제한되었다.

학생들은 어리둥절했다. 교내 업무는 본래 로테이션으로 모든 학생이 돌아가며 맡았다. 정신노동부터 육체노동까지 다양한 업무를 경험해 본다는 취지였다. 그것을 왜 굳이 동아리까지 따로 만들어서 담당하게 한단 말인가. 그러나 한 달여가 지나고 모두 그 이유를 알았다. 예전에는 아무렇지 않게 하던 화장실 청소를 '블랙 계급이나 하는 건데.'라고 생각하게 되었으니까. 등급으로 나뉜 노동이 아이들 인식 속으로 파고들었고 곧 공포가 되었다. 사회에 나가서 블랙이 하는 일을 하며 살면 어쩌지 하는 공포. 그 공포는 학생들을 순응하게 만들었다.

'준비 기간' 동안 몇몇 교사가 바뀐 교칙에 반대하는 성명을 냈다. 새 학기가 되기 전, 그 교사들은 모두 학교를 떠났다. 고등부에서는 선샤인을 주축으로 한 반대파 때문에 교칙 변경이 일부 제한되었다는 소문이 돌았다. 그러나 초등부와 중등부에는 바뀐 교칙이 지체 없이 새 학기부터 시행되었다.

중등부에 진학하고 새 학기가 시작되자 또 다른 변화가 일어났다.

기부금 입학생의 유입.

모든 것을 공평하게 집안 배경이 개입되지 않는 교육을 하며, 그러기 위해 원래 이름조차 부르지 않는 곳이 무아교였다. 기부금 입학생들이 들어오면서 그 법칙이 단번에 깨졌다. 기부금 입학생들이 무아교에 들어오기 위해 낸 돈이 얼마라는 소문이 퍼졌다. 보통 가정집에서는 선뜻 낼 수 없는 금액이었다. 기부금 입학생들은 분명 상류층 애들일 거라는 추측이 떠돌았다. 그 추측을 뒷받침이라도 하듯 기부금 입학생들에게는 온갖 특혜가 주어졌다. 기본 품행 점수와 대외 활동 점수를 받고 들어온 그들은 쉽게 옐로와 레드 계급을 차지했다.

기부금 입학이 허가되면서 동시에 외부 물건 반입 금지도 느슨해졌다. 이전에는 학교가 지급한 물품만 가지고 다니던 아이들의 소지품이 확연히 달라졌다. 태블릿 PC를 가진 사람과 그렇지 못한 사람. 명품 로고가 박힌 양말을 신은 사람과 그렇지 않은 사람. 그 사소한 차이가 쌓이고 쌓여 사소하지 않은 것이 되었다. 내 옆에 앉은 애는 아마 꽤 사는 집 애, 내 뒤에 앉은 애는 명품이 하나도 없으니 아마도 못사는 애. 아이들 사이의 편 가르기는 무척 빠르게 진행되었다. 불문율이 무너진 좁은 교실에서는 새로운 규칙이 만들어졌다.

일주일에 두 번, 체육관에서 이루어지는 '리마인드 교육'은 아이들의 변화를 더욱 촉진했다. 초등부와 중등부 학생들은 의무적으로 체육관에 모여 김신영의 연설을 듣고 영상을 봐야 했다. 영상은 자본주의 사회에서 계급 격차는 정당하다는 내용이 대부분이었다. 혁명은 실패하기 마련이며 절대 미덕은 복종이라는 영상을 반복해서 보다 보면, 아이들의 눈은 최면에라도 걸린 듯 몽롱해졌다.

중등부에 진학하고 처음으로 진행된 계급 평가 날. 모두 알았다. 이 결과가 불공정하다는 것을. 그러나 모두 입을 다물었다.

미나만이 항의했다.

"쌤. 왜 제가 블랙이에요? 닉이 레드인데? 제가 닉보다 학점이 12점이나 높았어요. 대외 활동도요. 닉은 아무 데서도 상을 못 받았잖아요. 전 한미 언어 교류전에서 장려상 받았어요. 큰 대회는 아니어도 분명 가산점 들어가는 대회였다고요."

교실 앞에서 담임에게 따지는 미나를 보며 버드는 자신의 평가표를 확인했다. 옐로였다. 버드는 평가표를 슬그머니 반으로 접어 가방에 넣었다.

"여길 봐. 품행 점수. 미나. 품행 점수가 겨우 5점이 뭐니."

"오히려 제가 묻고 싶어요! 제가 뭘 어쨌는데요? 지각도, 결석도 안 했어요. 이번 학기에는 규율부에서 경고 한 번도 안 받았다고요."

담임이 한숨을 푹 쉬며 미나의 이마를 손가락 끝으로 툭 밀었다.

"진정해. 지금 너 하는 걸 봐. 선생님을 쌤이라고 격조 없이 부르고 난폭한 행동까지. 무엇보다 미나, 너 지난주 '리마인드' 시간에 세 번이나 졸았어. 이사장님을 보고 인사를 안 한 것도 두 번이나 적발되었고. 네 품행 점수가 낮은 게 전혀 이상하지 않잖아. 계급 평가는 정정되지 않을 거야."

담임은 교실을 한 바퀴 둘러보았다.

"계급 평가는 어디까지나 자료를 근거로 객관적이고 공평하게 이루어져. 너희도 무아에서 이 정도 있었으면 알 거 아냐. 무아가 얼마나 완벽한 시스템을 갖추고 있는지. 무아교 정책에 이의를 제기하는 사람은 그만큼 각오를 해야 할 거다. 새로 오신 이사장님은 예전 이사장님과는 달라. 너희도 슬슬 그걸 알아 가고 있을 거라 믿는다. 너희가 고등부 선샤인만큼 능력이 있으면 모를까."

비아냥거림이 섞인 말을 정통으로 맞은 미나는 교탁 앞에 이를 악물고 서 있었다. 담임이 밖으로 나가자마자 누군가가 들으란 듯이 말했다.

"미나, 또 오버하네. 스카우트해 온 애들은 저래서 안 돼. 쟤네, 사실 집에서 무아에 팔아먹은 거잖아. 팔려 왔으면 얌전히 있어야지."

스카우트해 온 아이들.

기부금 입학생이 들어오면서 아이들은 '스카우트한 아이들'을 찾아내기 시작했다. 이미 분류 기준이 생겼기에 수사는 매우 신속하게 이루어졌다. 명품을 가지지 못한, 외부에서 지원이 조금도 들어오지 않는 아이들. 그들이 '스카우트한 아이들'일 확률이 높았다. 기업가나 정치가, 사회 유명 인사의 자녀로, 무아 재단 기여도를 인정받아 입학 자격을 부여받은 아이들은 그들을 멸시하기 시작했다. "쟤들이 한 게 뭐 있다고, 장학금까지 받으면서 학교에 있어야 해." "쟤들 먹여 살리는 게 바로 우리 부모님들이잖아." 새로운 교칙이 시행된 후 이루어진 계급 평가에서 '스카우트한 아이들'은 대부분 블랙 계급 판정을 받았다. 학생들은 그것이 공평하다고 여겼다.

"뭐? 야, 너네……!"

교실 안을 둘러보는 미나의 얼굴이 금방이라도 울 듯 새빨갰다. 반 아이들은 누구도 미나와 눈을 마주치지 않았다.

계급과 상관없이 사랑받던 아이.

그 존재는 이미 지워진 후였다.

"……다 미쳤어."

미나가 교실 밖으로 뛰어나갔다. 버드는 그 뒤를 쫓아갔다. 미나가 갈 곳을 알고 있었다. 과학실이었다. 버드가 과학실 캐비닛을 열었을 때, 미나는 그 안에 몸을 웅크리고 앉아 있었다. 버드도 캐비닛 안에 들어가 미나와 마주 앉았다.

"애들이 다 미친 것 같아."

미나는 울분을 터뜨렸다. 괴담을 퍼뜨려서 낮에도 애들이 과학실에 못 오게 하자. 그 아이디어를 낸 건 미나였다. 새로운 이사장 김신영이 온 후부터 어디서든 마음 놓고 이야기를 할 수가 없었다. 혹시나 규율부 귀에 들어갈까 봐 늘 신경 써야 했다. 규율부는 무아교의 현재 규칙을 비판하거나 김신영을 욕하는 말이 조금이라도 섞이면 곧바로 벌점을 부여했다. 예전 이사장 때는 농담처럼 주고받던 말들도 단속 대상이 되었다. "우리 이사장님은 맨날 똑같은 옷만 입어." 하는 정도의 말도 '복종하지 않는 태도' 취급을 받았다.

마음대로 이야기할 수 있는 공간. 버드와 미나에게 그런 공간은 괴담으로 만들어 낸 좁은 캐비닛 안뿐이었다.

"어떻게 애들이 저렇게 이상해지지? 다 미친 것 같아. 우리가 배운 것들은 다 어디로 날아가 버린 거야? 선하고 아름답게, 그 말은? 스카우트 출신이니 뭐니. 부모님이 나를 무아에 팔았다니, 기가 막혀. 애들, 같은 명찰 색끼리 모여 앉는 것도 역겨워."

"교칙이 그렇게 바뀌었으니까……. 애들도 좋아서 저러는 건 아닐 거야. 명찰 색대로 안 앉으면 담임이 혼내잖아. 낙오자하고 놀아 봤자 낙오자만 된다고. 새 이사장님 오기 전까지는 그런 말도 다 금지였잖아. 차별하는 말들. 근데 지금은 그때 금지였던 나쁜 말들을 선생님들이 하고 있어."

"선생님들이 제일 미쳤어."

미나는 무릎 사이에 고개를 파묻었다. 버드는 미나의 어깨를 끌어안았다. 버드의 품 안에서 깊게 숨을 내쉰 미나가 속삭였다.

"버드. 옐로지."

"응."

"너도 나를 낙오자라고 생각해? 블랙인 나랑 친구면 너도 낙오자가 된다고."

"무슨 소리야. 미나. 우린 여섯 살 때부터 함께였어. 난 네가 만들어 준 인형이 제일 좋고 미나가 내 친구인 게 제일 좋아. 미나 넌, 내가 블랙 되면 나랑 친구 안 할 거야?"

"미쳤니. 아니지. 미쳐도 안 그럴 거야."

"나도. 약속이야. 애들이, 선생님이, 학교가 다 미쳐도 우린 미치지 말자."

버드는 미나의 새끼손가락에 자신의 손가락을 걸었다. 약속하고 도장 찍기. 배반하면. 배반하면……?

"다음 생에 귀 짧은 토끼로 태어나기."

웃었다. 좁은 캐비닛 안이라도 둘이 있으면 즐거웠다. 버드는 미나에게 이야기하지 않았다. 버드의 시험 성적도 옐로가 될 정도는 아니었다는 것을. 품행 점수가 높아서 블루가 아닌 옐로가 되었다는 것을. 그 평가지가 부끄러워서 미나에게 보여 주지 않았다는 것을.

그래도 약속은 지킬 자신이 있었다.

'한 명'이 시작되기 전까지만 해도 그랬다.

*

중등부 2학년으로 올라가고 새 학기가 시작되던 3월이었다. 미나는 버드와 다시 같은 반이 되었다. 그것만으로 둘은 만족했다. 더 이상 나빠질 건 없겠지 싶었다.

개학식이 진행되던 중에 김신영이 반에 들어왔다. 김신영은 천천히 교실을 한 바퀴 돌았다. 그러곤 미나의 머리에 손을 얹고 정수리부터 뒤통수까지 쓰다듬었다.

"뭐야. 이사장 왜 저래. 소름 돋게."

김신영이 나가고 미나는 송충이라도 붙어 있었던 듯 머리를 털었다. 설마 그게 신호였음을, 그때는 몰랐다.

다음 날부터 시작이었다.

수업 시간 사이에 이동하고 있는데 누군가가 미나를 계단에서 밀었다. 미나는 한 층을 굴러 떨어졌다. 버드는 손을 뻗을 수도 없었다. 몇몇 아이들이 버드가 미나를 돕지 못하게 앞을 가로막고 섰다. 버드는 미나를 양호실로 데려가 눕혔다.

"버드. 잠깐 우리 좀 봐."

같은 반 옐로 계급 아이들이 양호실을 나오는 버드를 불렀다.

"너, 미나랑 친하게 지내지 마. 너희 둘이 오랫동안 절친인 건 아는데…… 그러다 너까지 위험해져."

"위험? 무슨 위험?"

"한 명. 이제부터 한 명을 정한다고 했어."

"……한 명?"

김신영의 지시라고 했다. 블랙 계급 가운데 '한 명'을 정해서 학년 전체의 감정 쓰레기통으로 삼는다는 거였다. '한 명'에게는 무슨 짓을 해도 처벌을 받지 않는다. 20분 전에 그런 내용이 공지되었다고 했다.

"거짓말."

"거짓말 아냐. 디바이스 확인해 봐."

버드는 서둘러 디바이스를 꺼내 메시지를 확인했다.

> 학생 전체의 단합과 정신 건강 증진을 위해, 여섯
> 달에 한 번씩 담당관 제도를 실시한다. 담당관은
> 블랙 계급 가운데 한 명을 무작위로 선발한다. 이
> 는 블랙 계급 학생에게 임무 성취를 경험하게 하
> 여, 동기를 부여하고 더 나은 사람이 될 수 있도
> 록 하기 위해서이다.

발신된 공문 어디에도 '감정 쓰레기통'이라든가 '무슨 짓을 해도 된다'는 말은 적혀 있지 않았다.

'그래. 그런 일을 허락할 리가 없잖아. 일단 선생님에게 말하자.'

누군가가 난폭한 장난을 친 것뿐이다. 그 장난에 대해 이야기해야 했다. 버드는 교무실로 담임을 찾아갔다. 하지만 담임은 버드의 말을 듣더니 아주 온화하게 말했다.

"미나는 담당관이잖니."

복도에서 아이들이 미나를 둘러싸고 쓰레기를 던졌다. 운동장 한가운데서 물벼락을 맞았다. 청소를 하다가 화장실 칸에 갇혔다. 식당에서 밥을 먹을 때 바닥에 음식을 쏟아 놓고 핥아 먹으라는 애들도 있었다. 미나는 버텼다. 소리 지르고 발버둥 치고 물어뜯었다. 버드도 버텼다. 미나의 얼굴을 닦아 주고 창고에서 꺼내 주고 양호실에 데려다주고 복도 바닥을 닦았다. 한 달, 두 달이 지났다. 그날도 버드는 미나를 기숙사에 데려다주었다. 그러곤 혼자 복도로 나와 섰다.

'피곤하다······.'

복도에 길게 드리운 자신의 그림자를 보다가 버드는 흠칫 놀랐다.

"고등부 선샤인 선배를 찾아가려고 해."

한 달쯤 지났을 때, 미나는 버드에게 잔뜩 긴장한 표정으로 그렇게 말했다.

"선생님들이 툭하면 그러잖아. 네가 선샤인인 줄 아느냐고. 고등부는 선샤인 선배 덕분에 예전이랑 거의 달라진 게 없다잖아. 뭔가 도움을 받을 수 있을 거야."

"고등부 가는 거 금지잖아."

"선샤인 선배는 매일 온실에 있다고 하더라. 온실에 메모를 남기고 올 거야. 직접 만나면 너무 눈에 띌 수도 있으니까."

미나는 손안에 쥐고 있던 쪽지를 보여 주었다. 네모반듯하게 접힌 쪽지가 한없이 초라해 보였다.

"버드. 함께 가 줄 수 있어?"

버드는 차마 싫다고 말할 수 없었다.

두 사람은 '리마인드 수업'이 끝나고 온실에 가기로 했다.

체육관 뒤쪽에 위치한 온실은 김신영이 부임한 후 사실상 출입 금지 구역이 되었다. 초등부와 중등부 학생이 온실로 들어가는 것을 들키면 바로 벌점을 받았다.

"리마인드 수업 끝나고 체육관 뒤쪽에 숨어 있다가 온실로 가는 거야. 온실 안에 안 들어가고 문에 끼워 놓기만 해도 성공이니까."

'리마인드 수업'이 진행되는 동안 버드는 아랫입술을 잘근잘근 깨물었다. 무섭고 두려웠다. 온실로 가는 걸 들켰다가 적발되면, 벌점이 쌓이면, 교사들이나 김신영의 눈 밖에 나면, 계급이 떨어지면…… 수업이 끝나고 체육관 문이 열렸다. 버드는 머뭇머뭇 미나의 옆으로 다가갔다. 무거운 발걸음으로 느릿하게 걸었다. 하지만 버드가 미나에게 다가가기 전에 대여섯 명이 버드를 둘러싸고 섰다. 그들은 미나를 붙잡더니 치마를 벗기려 들었다. 미나는 발버둥 쳤다. 소란이 일어나는 동안 수십 명이 무심히 미나를 둘러싼 원을 스쳐 지나갔다.

"한 명이면, 한 명답게 얌전히 좀 굴어!"

"애는 진짜 답이 없다니까."

미나의 주머니에서 쪽지가 떨어졌다. 아이들 가운데 하나가 쪽지를 집어 들었다. 쪽지를 펴 본 아이가 눈을 가늘게 떴다. 아이는 주변에 서 있던 교사를 향해 달려갔다. 쪽지를 받아 든 교사의 표정이 심각해졌다. 교사는 체육관을 나가고 있던 김신영에게 다가갔다. 김신영은 쪽지를 받아 읽고는, 무덤덤하고도 빠른 걸음으로 미나에게 다가갔다. 미나를 둘러싸고 있던 아이들이 홍해처럼 갈라졌다. 김신영은 미나의 앞에 서서 지팡이 끝을 미나의 목에 걸었다. 컥. 목이 졸린 짐승의 신음 소리가 미나의 입 밖으로 튀어나왔다. 김신영은 그대로 미나를 끌고 걸었다. 미나가 끌려가지 않으려 버텼지만 소용없었다. 아무리 김신영이 왜소해도, 열네 살 여자아이가 성인 남자의 힘을 이길 수는 없었다.

버드는 미나가 끌려가는 것을 멍하니 봤다. 친구가 도축장에 끌려가는 짐승처럼, 바닥에 등과 다리가 쓸리며 끌려가는 장면은 너무 비현실적이었다. 버드는 디바이스를 꺼냈다. 촬영 버튼을 눌렀다. 주변 누군가에게 들킬 수도 있다는 걱정조차 떠오르지 않았다. 미나와 김신영이 체육관 밖으로 사라지고 나서야, 버드는 디바이스를 든 자신의 손이 덜덜 떨리고 있음을 알았다.

버드는 체육관을 나왔다. 도망쳤다. 기숙사로 뛰어 들어가 이불을 뒤집어썼다. 이제까지 또래 아이들이 미나를 괴롭히는 것을 지켜봐야 했던 때와는 또 다른 무력감이 버드의 몸을 짓눌렀다. 어떻게 해도 이 폭력에서는 벗어날 수 없음을 인정할 수밖에 없는 무력감이었다.

그날 내내 돌아오지 않던 미나는 다음 날, 팔에 깁스를 하고 나타났다.

"나, 학교를 빠져나갈 거야. 치안 센터에 가서 도와 달라고 할 거야. 거긴 인터넷도 쓸 수 있으니까. 학교가 내게 한 일을 전부 바깥에 알릴 거야."

미나는 비장했다. 버드는 미나의 비장함에 동조할 수 없었다. 오히려 미나를 이해할 수 없었다. 그 괴롭힘을 온몸으로 직접 받아들인 사람은 미나였다. 그런데 왜 미나는 여전히 포기하려 하지 않을까. 소리치고 물어뜯으려 할까.

"나는…… 내가 뭘 도와줄 수 있을까."

"너까지 휘말리게 할 순 없어. 둘이 같이 나가면 들키기만 쉬워질 거고. 나 혼자 갈게."

"있잖아. 나 어제."

어제 그 장면, 찍었어. 그게 있으면 도움이 될지도 몰라. 버드는 그렇게 말하려고 했다. 그렇지만 불현듯…….

……피곤해졌다.

"괜찮아. 김신영이 직접 나섰는데 네가 어떻게 말려. 괜히 너까지 찍히지. 안 나서길 잘한 거야. 버드. 난 네가 날 도와줘서 정말 고마워. 그렇지만 너까지, 나와 같은 일을 당하는 건 싫어. 그러니까…… 앞으로도 그런 일이 절대 일어나지 않게, 나 꼭 성공할게."

버드는 턱, 숨이 막혔다. 뭐라 말할 수 없는 슬픔이 목구멍 아래까지 치달아 올랐다.

"갔다 올게."

미나는 캐비닛을 나갔다. 그게 버드가 본 미나의 마지막 모습이었다. 미나는 무사히 치안 센터까지 갔다. 인터넷에 무아교를 폭로하는 글도 썼다. 거기까지가 '쥐구멍'에 올라온 소식이었다. 학교는 침묵했다. 적어도 겉으로는 그랬다. 아이들은 하루에도 몇 번씩 '쥐구멍'에 들어갔다. 뭔가 올라오지 않을까. 미나는 제정신이 아냐. 미나 때문에, 무아교를 다니는 우리가 다 이상한 애들이 되어 버렸잖아. 교사들도, 학생들도 미나가 무아교 이미지를 떨어뜨렸다고 화를 냈다. 미나가 폭로한 사실을 사실이라고 인정하지 않았다.

사흘이 지났을 때, 이사장실에서 버드를 불렀다.

"이민아 학생이, 버드 학생이 증언해 줄 거라고 하던데. 자기가 고발한 일이 사실이라는 걸."

"증언요?"

이사장과 경찰, 교사가 모여 앉아 있었다. 그 자리에선 아무것도 증언할 수 없었다. 버드가 할 수 있는 대답은 오직 하나였다.

"전 몰라요. 할 말 없어요."

"보세요. 이민아 학생이 지명한 학생조차 이렇게 말하지 않습니까. 이민아 학생은 본래 정서가 불안정했습니다. 이 무아교에 스카우트되어 왔을 때부터요. 이민아 학생 부모님을 만나 보시면 알 겁니다. 아버지는 알코올 중독, 어머니는 지적 장애 2급입니다. 이민아 학생이 다른 학생에 비해 아주 뛰어나진 않았지만 스카우트 대상이 된 건 그런 가정 환경을 고려해서

였습니다. 약자를 우선 배려하는 것도 교육이 해야 할 일 아닌가 하고 생각했거든요. 일종의 사회 공헌이지요. 그 결과가 이런 중상모략이라니. 저희로서는 지극히 유감입니다."

"그렇군요. 지금 상태라면 증거 불충분으로 형사 고발까지는 안 갈 것 같습니다. 민사는 학교 측에서 이민아 학생 부모님을 만나 뵙고 상의하시겠다, 이거지요?"

"물론입니다. 저희가 이민아 학생을 더욱 세심하게 살피지 못했다는 점에서 교육자로서 책임감을 느낍니다. 이민아 학생 부모님을 만나 뵙고 원하시면 성의를 보일 생각입니다."

"무고로 맞고소를 하실 수도 있습니다만 그건 안 하시는 걸로……?"

"어떻게 교사가 학생을 고소합니까."

그렇게 말하는 김신영은 그저 사람 좋은 교육자로 보였다. 선하고 아름다운, 그런 듯한 교육자. 경찰은 김신영의 말을 들으며 연신 고개를 끄덕였다.

"그럼 저희 쪽에서는 그렇게 보고하겠습니다."

경찰은 대화를 마무리하고 자리에서 일어났다.

"저기, 미나는요. 돌아오나요?"

왜 물었을까. 버드는 그 후에 종종 생각했다. 미나가 돌아오길 바랐던 걸까, 돌아오지 않기를 바랐던 걸까. 미나의 얼굴을 다시 보면, 그때는 뭐라고 말했을까. 갖고 있던 영상 파일을 그때는 건넬 수 있었을까.

"아니. 무아교는 원칙상 학교를 무단이탈한 학생의 복귀를 허락하지 않아. 자퇴 신청으로 처리할 거다. 이민아는 집으로 돌아갈 거야."

그때부터 버드는 매일 똑같은 일상을 보냈다. 수업이 끝나면 과학실에 가서 캐비닛을 열고 안에 들어가 앉았다. 가방에 달린 토끼를 어루만졌다. 한참을 혼자 그렇게 앉아 있다가 나왔다.

그렇게 시간이 흘렀다. 해가 바뀌고 3학년이 되었다. 여름이 시작되던 6월 초, 버드는 아버지 사업이 어려워졌다는 연락을 받았다. 6월 말에 받아 든 계급 평가표에는 블랙이 쓰여 있었다.

처음으로 블랙 명찰을 달고 지낸 지 한 달쯤 되던 날이었다. 김신영이 교실에 왔다. 천천히, 교실을 돌았다. 그리고 버드의 머리를 쓰다듬었다.

그때까지 왜 몰랐을까.

자신도 '한 명'이 될 수 있다는 것을.

*

한 명. 그 한 명은, 왜 나인 걸까.

'한 명'에 지정된 날, 미친 듯이 운동장을 달렸다. 온실까지 정신없이 달려갔다. 누구에게든 도와 달라고 하고 싶었다. 하지만 곁에는 미나가 없었다. 버드는 온실 앞에서 멈춰 섰다. 차마 안으로 들어갈 용기는 없었다.

온실 문이 열렸다.

선샤인이 버드 앞에 서 있었다. 버드는 주머니 안에 든 디바이스를 움켜잡았다. 디바이스에 저장되어 있는 영상 파일. 이 영상을 보여 주면 선샤인은 자신을 믿어 줄 것이다. 덜덜 떨리는 손으로 영상을 재생해 샤인에게 내밀었다. 디바이스 속 영상을 본 샤인이 손을 내밀었다. 버드를 꽉 끌어안았다.

그 생생했던 온기.

영상 파일을 선샤인에게 넘기고 기숙사로 돌아올 때만 해도 갈등은 없었다. 선샤인 선배가 어떻게든 해 줄 거라고 믿었으니까.

하지만 기숙사에 도착한 순간, 디바이스에 떠오른 메시지.

선샤인을 없애라.

그러면 '한 명'에서 해방해 주겠다.

발신인은 표시되어 있지 않았다. 그러나 메시지를 보낸 사람이 누구인지는 명백했다. '한 명'을 지정할 수 있는 것도, 취소할 수 있는 것도 한 명뿐이었으니까. 버드는 이불을 뒤집어쓰고 디바이스를 움켜쥔 채 밤을 샜다. 선샤인을 믿을지, 김신영의 편에 설지, 선택해야 했다.

아니, 애당초 선택할 자유 따위 없었던 것 아닐까.

*

'……벌을 받은 건지도 몰라.'

버드는 토끼 인형의 짧은 귀를 어루만졌다. 벌. 미나에게
파일을 주지 않은 벌. 증언을 하지 않은 벌. 친구라고 해 놓고
그 친구를 배신한 벌. 자신을 안아 주었던 선샤인의 온기. 그
온기를 믿지 않은 벌.

피곤했다. 그때처럼. 갑자기 모든 것이 피곤해졌다. 이대로
캐비닛 안에서, 누구에게도 방해받지 않고 잠들고 싶었다.

'벌 받는 거라고? 누가? 누가 나를 벌하는데? 내게 벌을 준
다면, 그럴 자격이 있는 건…… 미나밖에 없어.'

김신영도, '한 명'에 동참한 아이들도, 방관하는 교사들도
모두 가해자일 뿐이다. 그들에게 벌을 줄 자격 따위 없었다. 버
드는 토끼 인형을 꼭 끌어안고 중얼거렸다. 미나가 만든 괴담
에는 끝이 없었다. 캐비닛을 나온 귀신이 어떻게 되었는지, 끝
도 없는 이야기를 버드는 도돌이표처럼 외우고 또 외웠다.

"과학실 캐비닛에는 귀신이 살아. 팔다리가 뒤틀린 여자아
이. 밖으로 나오기를 기다리면서 앉아 있는 거야. 문을 연 사
람은 입을 물어뜯길 거야. 그리고 알게 될 거야. 뒤틀린 건 여
자아이가 아니라 자신의 눈이라는 걸. 과학실 캐비닛에는 귀

신이 살아. 언젠가 귀 짧은 토끼로 다시 태어나기를 바라는 여
자아이가 살아⋯⋯."

고함을 지른 자

레이와 펄은 반쯤 열린 교실 문을 한참이나 바라보았다. 왜 하필 저였을까요. 버드의 목소리가 공기에 남아 단둘이 남은 교실 안을 떠돌았다.

"가자."

레이는 자리에서 일어났다. 복도를 나와 계단을 내려가는 내내, 레이는 자신의 발끝만 보고 걸었다. 펄은 캠코더를 만지 작거리며 레이의 뒤를 따라왔다. 1층에 도착했을 때, 펄이 레이의 등을 찔렀다.

"레이. 무슨 일 있어? 괜찮아?"

레이는 뒤돌아보지 않았다. 펄의 목소리가 너무 상냥했다. 눈이라도 마주치면 당장 펄에게 털어놓을 것만 같았다. '괜찮지 않아.'라고. 하나도 괜찮지 않았다. 어제저녁에 본 영상 속 장면과 부모가 보낸 메일 마지막 부분이 계속 머릿속을 헤집고 있었다.

차라리 말해 버릴까. 레이는 불쑥 그런 충동을 느꼈다. 필이라면 괜찮을 것 같았다. 손을 내밀었을 때 맞잡아 주었으니까. 이번에도 손을 내밀면 뿌리치지 않을 것 같았다.

"아무 일도 없어."

하지만 털어놓을 순 없었다. 누군가에게 말했다간 더 이상 상관없다고 눈을 감아 버릴 수 없을 것 같았다. 레이는 걸음을 빨리했다.

'중등부에 있으니까 더 떠오르는 거야. 여기를 벗어나면 괜찮아질 거야.'

영상 속 몸부림치던 여자아이. 펄럭이던 교복 치마. 그와 똑같은 교복을 입은 아이들이 레이의 옆을 지나갔다. 아무렇지 않게 활기찬 모습으로. 레이는 그 아이들처럼 무아교 복도를 걷는 막내를 떠올려 보려고 했다. 그러나 어쩐지 그들의 얼굴에 좀처럼 막내를 대입할 수가 없었다.

"레이. 너 거짓말 진짜 못한다."

레이의 뒤를 따라오며 필이 말했다.

"거짓말한 적 없어."

"그것도 거짓말."

레이는 펄의 말을 못 들은 척 걸었다. 중등부 건물 앞을 지나 디귿 자로 이어진 초등부 뒤뜰로 향했다. 고등부로 이어지는 터널 정원으로 가는 지름길이었다.

"야, 너 제대로 안 해?"

왁자지껄한 말소리에 레이는 무심코 고개를 돌렸다. 초등부 화단 한쪽에 보라색 꽃이 가득 피어 있었다. 그 꽃 앞에 대여섯 명이 모여 서 있었다.

"샌드백 역할도 제대로 못하냐. 이 떨거지야."

레이에게 등을 보이고 선 아이가 앞에 선 다른 아이를 걷어찼다. 걷어차인 몸이 비틀거리다가 화단 속 꽃 무더기 위로 쓰러지듯 파묻혔다. "맷집도 없어." "재미없게." 모여 선 아이들 가운데 누구도 말리지 않았다.

"너희들, 뭐 하는 거야!"

레이는 반사적으로 달려 나갔다. 화단에 쓰러진 아이를 부축해 일으키려 했다. 하지만 아이는 레이의 손을 뿌리쳤다.

"뭐예요. 어, 이 누나. 고등부인가 봐."

"가자. 선생님들이 선배들이랑 트러블 일으키지 말라고 했잖아. 게다가 이 선배, 레드야."

두어 명이 발길질을 한 아이의 손을 잡아끌었다. 발길질을 한 아이는 꼿꼿이 서서 레이를 노려보았다.

"난 옐로인데, 뭐. 선배, 상관하지 말고 가세요. 전 제 권리를 행사하고 있는 것뿐이에요."

"권리라니? 남을 때리는 게?"

"쟤는 '한 명'이라고요."

한 명. 인터뷰 중에 버드도 그 단어를 말했다. '한 명'이라
는 말을 내뱉는 아이들의 표정과 말투에서 레이는 알았다. 그
것이 아이들 사이에서 장난감 취급 받는 존재라는 것을.

"한 명이……."

"블랙 계급에서 선발되는 애요. 감정 쓰레기통. 선배는 그
것도 몰라요?"

"야. 고등부에는 없잖아. 한 명."

"잠깐만. 너희 그게 말이 된다고 생각해? 사람을 감정 쓰레
기통으로 쓰다니."

레이의 입안이 까끌까끌하게 타올랐다.

"전 옐로. 쟤는 블랙. 계급 아래에 있는 못난 사람은 잘난
사람의 거름이 되어야 해요. 재능 있는 사람이 더 활짝 피어날
수 있게. 그러니까 이런 가벼운 장난으로 내 스트레스가 풀린
다면 그걸 돕는 것도 블랙의 의무, 옐로의 권리라고요."

"잠깐. 그게 무슨 궤변이야. 애당초 무아의 이념은 반대잖
아. 재능 있는 자가 대중을 위한 거름이 되는 거라고."

모여 선 아이들이 와락 웃었다.

"우와. 구닥다리 이론."

"우리 유치부 때나 저렇게 배웠는데. 선배. 지금은 아니에
요. 그거, 바뀌었다고요. 선생님들이 다 그래요. 너희는 고등
부 선배들처럼 안이한 온건주의에 빠지지 말라고."

아이들의 궤변은 순수하리만큼 굳건했다. 레이와 마주치

는 아이들의 눈이 말하고 있었다. 이건 진심이라고. 주저앉아 있던 아이가 몸을 일으켰다.

"그만하세요, 선배."

아이가 작은 목소리로 말했다.

"어쩔 수 없어요. 선배가 어떻게 해 줄 수 있는 것도 아니고. 상관 마세요."

쓰러져 있던 아이는 무리를 헤치고 화단 끝으로 걸어갔다. 발차기를 한 아이가 어깨를 으쓱였다. 아이들은 무리 지어 건물 안으로 들어갔다. 꽃 무더기 앞에 멍하니 선 레이의 뒤에서 펄이 작게 말했다.

"레이. 가자."

걸음을 옮기는 레이의 눈에 꽃대가 부러진 꽃들이 보였다. 쓰러진 아이의 흔적이었다. 꽃 위에 쓰러져 있던 아이의 얼굴은 곧 막내의 것이 되었다. 햇살 드리운 복도를 경쾌하게 걷던 아이들의 얼굴에는 좀처럼 대입할 수 없던 동생의 얼굴이, 쓰러진 아이의 흔적에서는 너무나 쉽게 떠오르는 이유는 명백했다.

'무아교에 오면…… 결코 옐로나 레드가 되지 못하겠지, 동생은. 블루, 아니야. 아마도 블랙. 바뀐 교칙이 적용된 무아교라면 분명히 블랙일 거야. 그러면 동생은…….'

'한 명'. 언어맞던 그 아이처럼 될 터였다. 김신영이 동생의 목을 잡아끌고 가도, 아무도 도와주지 않을 것이다. 이미 졸업한 레이는 동생을 도와줄 수도 없다. 의지할 곳 하나 없는 섬에서 동생은 견뎌야 하는 것이다.

낙원이 아닌, 지옥을.

레이는 자리에 주저앉았다. 레이가 아무리 반대해도 부모는 막내를 무아에 보낼 터였다.

'방법을, 방법을…… 뭐든 생각해 내야 해.'

지켜야 할 것을 지키기 위해 뭐든 생각해야 했다. 그러나 타들어 가던 입안의 열이 머릿속까지 옮겨 붙은 듯 아무 생각도 떠오르지 않았다. 머릿속은 뜨거운데 몸은 감기라도 걸린 듯 사무치게 추웠다.

"레이. 괜찮아?"

펄의 목소리가 레이의 머리 위로 내려앉았다.

"……토할 것 같아."

펄의 두 팔이 레이의 어깨를 감싸 안았다.

"너 엄청 떨고 있어. 식은땀도 나고 얼굴도 새파래. 일어설 수 있겠어?"

"……귀걸이."

레이는 자신의 어깨를 안은 펄의 손을 매달리듯 힘주어 잡았다. 토해 내고 싶었다. 김신영이 낸 과제나 포상은 더 이상 중요하지 않았다. 지켜야 했던 존재가 지옥으로 떨어진다. 그것이 자신의 탓 같았다. 무아교가 지옥이 될 때까지 아무것도 하지 않았으니까. 무엇도 할 힘이 없었으니까.

"……선샤인의 귀걸이를 받았어. 달빛이 줬어. 그 안에 파

232

일이 있었고. 그걸 봤는데."

"잠깐만. 레이."

펄이 손수건을 꺼내 레이의 이마를 닦아 줬다. 펄의 손수건
에서 베이비파우더 냄새가 났다. 그 냄새가 레이의 속을 가라
앉혀 주었다. 펄이 레이를 부축해 일으켜 세웠다.

"레이. 가자."

"어디를?"

펄은 대답 없이 레이의 손을 잡았다. 레이는 펄이 이끄는
대로 움직였다. 당장 어디로든 도망치고 싶었다. 무아지만 무
아가 아닌 어딘가로. 펄이라면 그런 곳으로 데려가 줄 것만 같
았다.

레이는 운동장을 날듯이 뛰었다.

*

펄은 온실 앞에 멈췄다.

"여기 폐쇄됐잖아. 선샤인……."

선샤인이 죽은 그날 이후로. 레이는 뒷말을 삼켰다. 펄이
주머니에서 열쇠를 꺼냈다. 모든 출입문이 전자화된 무아교에
서는 보기 드문 철제 열쇠였다. 펄은 열쇠를 도어 록 아래에 끼
워 넣었다. 철컥. 온실 문이 열렸다.

"마스터키. 샤인이 워낙 온실을 좋아하니까 이사장님이 샤

인에게 줬어."

"이사장님? 김신영이?"

"아니. 그럴 리가. 예전 이사장님. 온실 공사 시작되고 나서 도어 록 잠겨 있을 때가 많았잖아. 샤인이 매번 행정실에 가서 문 열어 달라고 하니까 이사장님이 아예 열쇠를 주더래. 네가 온실 관리인 해라, 이러면서."

레이는 펄을 따라 온실 안으로 들어갔다. 온실 안 공기는 기묘하게 느껴질 정도로 상쾌했다. 키 작은 나무의 이파리가 레이의 어깨를 스쳤다.

"온실 안쪽까지는 애들이 잘 안 오지?"

"응. 샤인이 농담처럼 그랬어. '애들 눈에는 고무나무가 성벽처럼 보이나 보다.'라고."

펄이 고무나무 앞에서 멈췄다.

"이렇게 뿌리가 다른 두 나무가 얽혀서 한 나무처럼 자라는 걸 연리지라고 부른대. 떨어질 수 없는 인연을 가진 사람 둘이 나무로 다시 태어나면 이렇게 된다는 거야. 낭만적이지."

나무는 이미 죽어 버렸지만 그래도 굳건해 보였다. 고목 두 그루를 양쪽에서 받치고 있는 철제 구조물 맨 끝에 사다리가 설치되어 있었다. 사다리는 구조물의 칸마다 연결되어 있었는데, 그 끝이 어디인지는 고개를 들어 올려다봐도 잘 보이지 않을 정도로 높았다. 돔 천장을 뚫고 나간 나무의 꼭대기, 그곳일 수도 있었다.

"올라가자."

펄이 먼저 사다리를 올랐다. 레이도 두말없이 펄의 뒤를 따라 사다리에 발을 디뎠다.

"높은 데 괜찮아?"

"좋아하는 편이야."

"다행이다. 난 처음엔 사다리 오르는 게 너무 무서웠어. 초등부 때 있잖아. 샤인을 만나고는 싶고, 근데 올라가긴 무섭고. 그래서 아래에서 운 적도 있어. 샤인은 상냥해서, 그러면 꼭 내려와서 나를 함께 데리고 올라가 줬어."

한 층, 또 한 층을 올랐다. 위로, 좀 더 위로. 발아래가 멀어지는 것이 레이는 기분 좋았다. 김신영이 온 뒤로는 한 번도 높은 곳에 오르지 못했던 터였다.

"너는 선샤인하고 여기서 처음 만난 거야? 아니면 같은 반이었어?"

레이는 앞서 가는 펄에게 소리쳐 물었다. 위로 올라갈수록 뚫린 돔으로 바람이 들어와 귓가에서 윙윙거렸다. 바람 소리에 지지 않으려고 조금씩 목소리가 커졌다.

"같은 반이었던 적도 있긴 했는데…… 친해진 건 여기였어. 초등부 때까지 말이야. 꽤 있었잖아. 선생님이 아무리 집이나 부모님 이야기 하지 말라고 해도, 하는 애들. 일부러 하는 게 아니라…… 되게 일상적인 거에서 툭툭 튀어나오는 그런 거. 젓가락질하는 게 좀 이상하면 너희 엄마는 그거 안 가르쳐 줬어? 우리 엄마는 가르쳐 줬는데, 이런 말 하는 애들. 딱히 집안 정보가 드러나는 것도 아니니까 그 정도는 선생님들도 제재 안 했고."

그랬다. 레이도 초등부 저학년 때까지의, 그 어중간했던 분위기를 기억했다. 무아교에 들어오고 나서 1~2년이 지나서야 자신들이 이 섬에서 계속 지내야 한다는 것을, 부모와도 만날 수 없다는 것을 받아들인 애들이 많았다. 원래 이름이 아닌 무아의 이름으로 불리는 것에도 익숙해지고, 무아의 규칙에도 익숙해졌다. 그래도 단 하나, '부모를 비롯한 가족 이야기는 일절 금지'라는 규칙만은 좀처럼 엄격하게 지켜지지 않았다. 아이들은 무아의 안과 밖, 그 경계에 어정쩡하게 두 발을 걸치고 서서 매일 뭔가를 그리워했다.

"그런데 난, 그렇게라도 말할 뭔가가 없는 거야. 아빠, 엄마, 언니…… 뭐 그런 관계들 말이야. 그 사람들하고, 그렇게 무의식중에 말할 만한 추억이 하나도 없었어. 왜 나만 다른 애들이랑 다르지 싶었어."

펄은 어느새 나무 중간까지 올랐다. 사다리가 끝나는 층이었다. 레이는 펄의 뒤를 따라 마지막 사다리 칸을 밟았다.

"안 그래도 나, 계속 블랙이었거든. 아니, 계급 문제가 아니라…… 다 못했어. 지금도 못하지만. 내가 여기 있어도 되나 싶어서 불안했어. 그렇다고 집에 돌아가기는 죽어도 싫고……. 그래서 온실에 와서 울었어. 최대한 애들이 오지 않을 만한 곳에서 울려고. 그랬더니 샤인이 짠 하고 나타났어."

짠. 레이도 마지막 칸을 밟고 펄 옆에 섰다. 나무와 나무의 몸통이 얽혀 흡사 새 둥지 같은 모양으로 푹 파여 있었다. 철골 구조물이 베란다처럼 둥지 주변을 빙 둘러싸고 있어 발판이 되어 주었다. 둥지 안에는 담요와 디바이스, 컵과 찻주전자, 작은 LP 플레이어, 책과 DVD 등이 놓여 있었다. 둥그런 돔을 뚫고 나간 앙상한 나뭇가지와, 그 나뭇가지 사이로 보이는 푸른 하늘이 잎맥처럼 얽혀 보였다.

"우리 둥지야."

"둥지."

"여기서 소리 지르면 밖에선 안 들려. 하늘로 다 빠져나가. 아, 아, 아! 아아아아! 아우아우, 아우아아아!"

펄이 소리를 질렀다. 뚫린 돔을 향해 높이 고개를 들고 마음껏. 레이는 그런 펄을 옆에서 바라보았다. 꿈틀. 레이의 목울대가 울렸다. 어릴 적부터 단 한 번도 마음껏 말해 본 적도, 소리쳐 본 적도 없었다. 레이의 입술이 달싹였다. 아, 작은 신음을 끌어올리는 것까지가 힘들었다. 그러나 한번 소리를 밖으로 끄집어내자 참고 있던 뭔가가 치밀어 올랐다. 늑대 울음소리 같은 고함이 바람 소리와 뒤섞여 하늘로 빠져나갔다.

소리를 모두 토해 내고 주저앉은 레이의 어깨를 펄이 끌어안았다.

"나, 못 미덥지. 약해 보이고. 나도 알아. 샤인도 내게 모든 걸 이야기해 주려 하지 않았어. 혼자서 무아교를 지키려고 고군분투했어. 나한테 도와 달라고 했으면 얼마나 좋았을까."

펄의 목소리에서 금방이라도 눈물이 굴러떨어질 것 같았다. 따뜻하고, 약하면서도 강한 아이. 레이는 펄을 마주 끌어안았다.

"레이. 나에게 도와 달라고 해 줘. 부탁이야."

레이는 이야기했다. 펄에게, 모든 것을.

*

"······벌 받는 건지도 몰라. 김신영의 제안을 받아들이지 않았으면 귀걸이를 받을 일도 없었을 거야. 영상을 보지도 못했을 거고 중등부에 가지도 않았을 거고. 그럼 몰랐을 텐데. 동생을 무아교에 보내는 부모님에게 화는 났겠지만 이런 상황은······."

레이는 펄이 내민 컵을 움켜쥐었다.

"선샤인의 죽음을 더럽히려고 해서, 아무것도 아닌 걸로 만들려고 해서 벌 받는 거야. 선샤인이 무아교를, 우리를 지키려고 얼마나 고군분투했는지 다 알았으면서."

레이는 컵을 내려다보았다. 맑은 찻물 속에 보라색 꽃잎이 떠 있었다. 하도 소리를 질렀더니 목이 아팠다. 하지만 그만큼 머리가 맑고 선명해진 기분이었다.

"레이, 네 잘못이 아냐. 오히려 알게 된 게 다행이잖아. 동생을 지킬 수 있을 거야."

"알게 됐다고 해도 내가 할 수 있는 일이 없잖아."

레이와 마주 앉아 있던 펄이 갑자기 레이를 향해 바짝 몸을 내밀었다.

"아냐, 있어. 할 수 있는 일. 우리, 김신영을 무아교에서 몰아내자."

"……김신영을?"

레이는 흠칫 놀라 펄을 바라보았다.

"김신영이 없어지면 무아교는 예전으로 돌아갈 거야."

"예전으로."

"그래. 우리의 낙원이었던 그때로."

펄이 컵을 움켜쥔 레이의 손 위로 살며시 자신의 손을 겹쳤다. 레이에게 무아교가 낙원이었던 적은 없었다. 하지만 펄과 손을 맞잡고 있으니 마치 그랬던 것처럼 느껴졌다.

그 어떤 무모한 방법을 써서라도, 레이는 해야만 했다.

지켜야 할 것을 지키기 위해.

셀프 인터뷰 : 샤인

디바이스로 촬영한 영상은 스크래치가 심하고 화질이 좋지 않다. 어두운 방. 책상 위 스탠드 받침대 너머로 방 안이 보인다. 책상 앞을 서성이는 사람의 실루엣이 어른거리나 모습은 확실하지 않다. 샤인의 목소리가 재생된다.

샤인 이걸 네가 보는 일은 없겠지. 내 개인 디바이스를 어떻게 네가 보겠어. 이걸 다 찍고 나면 너에게 메일을 쓸 거야. 이 파일도 첨부해서. 하지만 분명 검열에 걸리겠지. 그러니까 네가 이걸 보는 건…… 내가 무아를 예전으로 되돌렸을 때뿐일 거야. 혹은 영영 볼 수 없거나. 그래서 말하는 거야. 당장 너에게 전할 수 없는 내 진심을.

말소리, 한동안 끊기다 더 작은 소리로 이어진다.

샤인 있잖아. 나, 무아를 떠나게 될 거야. 어디서부터 말해야 할까⋯⋯. (목소리, 다시 원래 음량으로 돌아오고) 내일 달빛을 만나서 내가 끼고 있는 귀걸이를 줄 거야. 그거, 귀걸이가 아니라 USB거든. 내가 어릴 때 달고 있던 귀걸이 있지? 그거랑 똑같이 생겨서 아무도 눈치 못 챘을 거야. 할머니가 일부러 USB를 그 모양으로 만든 것 같아. 그 안에는 폴더가 두 개 있어. '보라매'와 '사과'.

달칵. 스탠드 불빛이 켜진다.
샤인, 얼굴은 보이지 않고 디바이스를 고쳐 세우는 손만 화면에 보인다.
깊은 한숨 소리가 디바이스 덜컹이는 소리와 뒤섞인다.

샤인 ⋯⋯그런데 '사과' 폴더는 비밀번호를 못 풀었어. 할머니가 분명 힌트를 남겨 놨을 텐데 못 찾았어. 그래도 '보라매'는 열었어. 거기에는 말이야. 김신영이 저지른 범죄에 대한 것들, 그거에 대한 자료들이 있었어. 나도 알아. 그 정도로는 결정적인 변화를 가져올 수 없다는 걸. 김신영은 어디까지나 심부름을 하는 보라매일 뿐이니까. 그래도 난, 그 폴더 비밀번호를 풀었을 때 기뻤어. 김신영과 딜을 할 무기가 생겼다는 생각이 가장 먼저 들더라고. 그래. 딜.

꿀꺽 침을 삼키는 소리가 유독 크게 울린다.

샤인 ……나는 김신영과 딜을 했어. 실망스럽지. 김신영과 딜을 하다니. 하지만 궁지에 몰려 있었는걸. 김신영과 싸웠지. 싸웠지만……. 이젠 학교에 우리 편은 남아 있지 않아. 그래서 그 자료들을 본 순간에 아, 이거면 가장 급한 문제는 해결할 수 있을지도 몰라 하는 생각부터 들었어. 너를 지키는 것 말이야. 날 여신이라고 부르는 애들이 알면 기가 차겠지. 하지만 그걸 내가 알 게 뭐야. 난…… (말이 조금씩 빨라진다.) 내 눈앞에 있는 걸, 내가 지키고 싶은 걸 지키는 것도 힘들었는걸. 김신영이 아니라 악마가 내려와서 내 남은 수명과 바꾸자고 했어도 똑같이 했을 거야. 그런 것치고는 얻어 낸 것이 많지 않았지만. 김신영이 만든 규칙 가운데 일부가 고등부에는 적용되지 않도록 하는 것, 딱 그 정도였어. '보라매' 폴더 자료들은, 알고 있는 것만으로는 큰 의미가 없는 것들이니까. 그래도 그거면 됐다 싶었어. 지킬 수 있으면 된다고. 그래서 스스로에게 거짓말을 했어. 지독하리만치 자기 암시를 걸었지. 내 눈에 닿는 곳들이 변하지 않으면 무아교는 변하지 않은 거라고. 어른이 되면 분명 더 큰 힘이 생길 테고 맞서 싸울 수 있을 거라고. (숨이 찬 듯 말끝이 불분명해지고 말이 점차 다시 느려진다.) ……그렇게 내가 내 눈을 가렸어. 내 눈이 닿지 않는 곳에서 일어나는 일들을 무시했어. 유치부에서, 초등부에서, 중등부에서 무슨 일이 일어나고 있는지 예상할 수 있었는데도. 그래도 고등부는 지켜 냈잖아 하면서 애써 자위했어. 너와의 일상을 잃고 싶지 않아서. 싸우려면 무아를 떠나야 하는 것을 아니까. 너를 두고 무아를 떠나고 싶지 않아서……. 하지만 사실 알고 있었어. 이대로 계속 있을 수는 없다는 걸. 고등부를 졸업하고도 무아를 떠나지 않기 위해서는 무슨 수를 써야 한다는 걸.

화면이 다시 한번 흔들리고 귀걸이를 쥔 손이 보인다.

샤인   ……오늘 중등부 후배를 만났어. 우연히. 그 애가 파일 하나를 보여 줬어. 중등부에서 일어나고 있는 일을 찍은 영상. USB 안에 동영상도 있다고 했잖아. 그게 그거야. 나 말이야. 사실은 그 영상 처음 봤을 때 모른 척하고 싶었어. 하지만 봐 버렸는걸. 더 이상 눈을 가리고 있을 수가 없었어. 너무 미안해서. 내 일상을 지키기 위해, 내 욕심 때문에 그 애들을 모른 척한 게 너무 미안했어. 그 애들, 무아의 아이들은 할머니가 남긴 유산인데. 할머니가 내게 파일을 남긴 건 무아를 지키라는 뜻이었을 텐데. 나는 그걸로, 오직 나만…….

귀걸이를 만지작거리는 샤인의 손.
빨간 사과의 표면을 어루만지는 손가락 끝이 새하얗다.

샤인 버드에게 받은 영상을, 파일에 들어 있던 모든 문서를 공개할 계획이야. 일단 내가 달빛에게 귀걸이를 주면 달빛이 학교 밖으로 나가서 그걸 할머니가 알고 지내던 형사에게 보내 줄 거야. 달빛이 내 부탁을 들어줄지 불안하기도 하지만…… (잠시 말이 끊겼다가) ……아마 해 줄 거야. 달빛과 싸우기는 했어도…… 달빛은 내 동료니까. 나는 달빛을 믿어.

그 형사는 연락을 받으면 나를 데리러 올 거야. 밖에서 데리러 오지 않으면 난 무아도를 나가지 못할 테니까. 밖에 나가면 그때부터가 시작이야. 영상을 근거로, 유엔 인권 위원회에 무아 재단을 제소할 거야. 국가 인권 위원회도 믿을 수가 없어. 고작 열여덟 살짜리 여자애가 하는 말은 아무도 안 듣겠지. 하지만 미디어가 주목하는 '선샤인'이라는 브랜드가 나서면 어느 한곳이라도 달려들어 취재하겠지.

귀걸이를 만지던 손이 멈춘다.

샤인 ……나는, 나를 팔아 싸울 거야. J그룹 최창식에게서 재
단 운영권을 빼앗아 오기만 하면, 무아를 원래대로 되돌
릴 수 있어. 내가 걸 수 있는 모든 걸 다 걸 거야. 그래야
만 해. 그래야 네가…….

화면이 다시 흔들리고, 샤인이 손에 쥔 귀걸이를 비틀어 열어 보
인다.

샤인 계획대로 되면 나는 잠시 무아를 떠나게 되겠지. 계획이
실패하면, 김신영을 몰아내지 못하면 영영 돌아오지 못
할 수도 있어. 있잖아. 사실은 나 좀 두려워. 어쩐지 형체
가 없는 괴물을 상대하는 기분이 들어. 내가 무아에 오
기 전에 할머니가 그랬어. 할머니는 괴물을 쫓을 거라고.
괴물이 파묻어 놓은 비밀을 파헤치러 간다고. 그 비밀이
뭐였을까. (크게 한숨을 내쉬고) 폴더 말이야. 열지 못한 '사
과' 폴더. 어쩐지 그 안에, 더 중요한 뭔가가 들어 있는 것
같아. 그걸 손에 넣으면 괴물을 불러낼 수 있을지도 모르
는데. 답답해. 아무리 해도 비밀번호를 찾을 수가 없어.

다시 움직이는 화면. 화면에 샤인의 모습이 보인다.

뿌연 스탠드 불빛 아래 샤인은 알 수 없는 표정을 짓고 있다.
샤인이 귀걸이를 귀에 단다.

샤인 ……무아를 떠나서 내가 살아갈 수 있을까. 아니, 네가 없는 곳에서 내가 살 수 있을까. 또다시 혼자가 되어서……. 무아에 혼자 남을 너를 생각하면 가슴이 너무 아파. 이 아픔을 뭐라 정의해야 좋을지 알 수 없을 정도로 아파.

샤인의 얼굴이 점점 화면에 가까워지고 귀에 찬 귀걸이가 클로즈업된다.
숨소리 섞인 목소리가 속삭임처럼 재생된다.

샤인 펄. 애들이 나를 여신이라느니, 마녀라느니 그렇게 부르는 걸 나도 알아. 하지만 너만은 기억해 줄 거지. 여신도 마녀도 아닌, 오직 선샤인으로 나를 기억해 줄 사람은 너밖에 없어. 네가 이 영상을 보지 못한대도 그 사실에는 변함이 없지. 그걸로 됐어. 네가 기억하는 한, 나는 영원히 무아에 살아 있을 테니까. 그렇게 믿을래. 떨어져 있어도 나도 너도 혼자가 아니라고. 다시 만날 거라고. 그렇지 않으면 나는 용기를 낼 수가 없어.
……전하지 못할 영상을 찍는 건 이것 때문이야. 용기를

내기 위해. 너는 나의 용기야. 돌아올게, 꼭. 네게로.

탁. 스탠드가 꺼지고 방이 어두워진다.

어둠 안에 녹아든 실루엣은 다시 보이지 않는다.

여신도 마녀도 아닌 자

낙원을 만들기 위해 자라난 아이가 있었다.

어린 시절, 아이의 코끝을 맴돈 것은 달콤한 과자 냄새가 아니었다. 종이 냄새였다. 묵직하게 가라앉은, 잉크를 가둔 오래된 책 냄새. 나무로 만든 서까래와 보랏빛 꽃이 그려진 벽지. 방에는 천장 위까지 닿을 정도로 책이 높이 쌓여 있었다. 어떤 때는 책이 곧 벽과 천장처럼 보이기도 했다.

아이는 그곳에서 태어났다.

아이의 모든 기억이 그곳에서부터 시작되니, 거기서 태어난 셈이다. 아이의 기억은 다섯 살부터 시작되었다. 천장을 보고 누운 아이를 부르는 목소리가 그 시작이다. "아가."라고 부르는 목소리. 할머니다. 모두가 선 교수라고 불렀지만, 아이만은 할머니라고 불렀다. 할머니가 아이를 이름 없이 아이라 불렀듯이, 아이도 할머니를 그저 할머니라 불렀다.

아이는 자신의 이름을 몰랐다. 이름만이 아니라 서재에서 눈 뜨기 전의 모든 것을 기억하지 못했다. 누구도 아이에게 잃어버린 기억에 대해 말해 주지 않았다. 아이는 머리가 좋았기에 주변 어른들 이야기를 주워 모아 자신의 과거를 추측했다. 아이의 어머니는 뭔가 끔찍한 사고로 죽었다. 아이는 그 자리에 있었다. 어머니가 죽는 장면을 봤다. 육체와 정신 모두 충격을 받았고 한 달 동안 의식 불명에 빠졌다. 깨어난 후에도 두 달을 더 병원에 입원해 있어야 했고 신경성 일시 기억 장애라는 병을 얻었다. 퇴원한 아이를 맡은 것은 아이의 이모할머니였다.

"할머니. 내 이름은? 왜 계속 나를 아가라고만 불러요?"

할머니와 지내고 한 달이 지났을 때 아이는 할머니에게 요구했다. 이름을 돌려 달라고.

"곧 있으면 너 스스로 이름을 만들 수 있게 돼. 그 이름으로 충분하지 않겠니."

"무아에 가는 것 말이에요?"

무아. 새롭게 쌓아 올린 아이의 기억 대부분은 그것과 관련된 것이었다. 할머니는 눈을 뜬 아이에게 말했다. "아가, 너는 무아에 가게 될 거야. 그곳에서 너는 누구보다 안전할 거야." 할머니는 교육을 통해 사회를 다시 건설하겠다는 이상을 품고 있었다. 그 이상을 현실로 만들기 위한 첫걸음이 무아 재단, 무아교라고 했다.

"대중에게 영향을 끼치는 자리일수록 제대로 교육받은 사람들이 차지해야 해. 권력과 돈만 좇는 사람들이 그런 자리를 차지할수록 이 사회는 엉망진창이 된단다. 지금 한국 교육으로는 안 돼. 철학도 토론도 어떤 안전장치도 없이 경쟁만 부추기는 시스템으로는."

아이는 할머니의 말을 이해하고 할머니가 가르쳐 주는 지식을 습득해 나갔다. 할머니는 그런 이야기를 할 때는 아이를 손녀가 아닌 동료로 대했다. 아이는 어떤 형태로든 할머니가 자신을 필요로 하는 것이 기뻤기에 기꺼이 그 대화에 어울렸다.

"계급을 나눠 놓으면 어떤 형태로든 경쟁이 생길 거예요."

"그게 핵심이야. 그 계급은 사실상 의미가 없어. 내가 찾으려는 인재는, 그런 계급 체제에서도 선하고 아름다운 모습을 잃지 않는 사람이란다. 상위 계급을 부여받든, 하위 계급을 부여받든, 그런 것에 신경 쓰지 않고 자신의 선함을 유지하는 사람들. 교사들이 그런 사람들을 찾아내서 내게 알려 줄 거야. 샤인, 너도 잘 살펴보렴. 교사들은 아무리 노력해도 아이들과 같은 눈높이에서 학생들을 바라볼 수 없어. 네가 그 역할을 해 주렴."

"나 같은 어린애한테 바라는 게 너무 많네요. 할머니."

"어른보다 어린애가 나은 경우가 많거든. 게다가 넌 머리는 이미 어린애가 아니잖니."

머리는 어린애가 아니었다. 그러나 마음은 어디까지나 어린애임을, 아이는 할머니에게 말하지 못했다. 어른스럽게, 할머니의 모든 이상을 공유하는 동지로 있어야 할 것 같았다. 아무런 기억 없는 과거가 아이에게 속삭였다. 이곳에서 버림받으면 너는 이제 갈 곳이 없다고.

제대로 된 이름, 과거를 찾아올 수 있는 이름으로 불리고 싶어요. 집에서만 공부하는 거 지겨워요. 유치원에 가 보고 싶어요. 왜 나는 아빠에 대해서는 그리움조차 떠오르지 않는지 궁금해요. 엄마가 어떤 사람이었는지, 어떤 죽음을 맞이했는지 알고 싶어요. 엄마 사진이라도 보고 싶어요. 그리고 무엇보다, 친구가 있으면 좋겠어요.

그 말들을, 아이는 목 아래로 눌러 삼켰다. 그 대신 사진을 봤다. 할머니 서재에는 옛날 배우와 작가의 사진이 아주 많았다. 명암이 불분명한 흑과 백의 조화는 사진 속 사람의 얼굴을 모호하게 만들었다. 아이는 그 모호한 얼굴들 가운데 자신과 가장 많이 닮은 얼굴을 찾아냈다. 엘레오노라 두세라는 배우였다. 아이가 특히 좋아한 사진은 배우가 촛불을 들고 무대에 혼자 서 있는 〈맥베스〉의 한 장면이었다. 그 사진은 유독 질이 좋지 않았다. 그래서 사진 속 배우의 얼굴이 각도에 따라 여자로도, 남자로도 보였고, 오히려 상상하기에 좋았다. 엄마가 있다면 저런 얼굴이리라 하고.

"그 배우가 좋니?"

어느 날 할머니가 사진을 들여다보는 아이에게 물었다.

"엄마가 이런 얼굴이었으면 좋겠다 싶어서요."

그러자 할머니는 사진 뒷면에 날짜를 적어 주었다.

"생일."

"이 배우의?"

"다음에는 그 배우의 영상 자료를 가져다줄게. 많이 남아 있지는 않을 거야."

무아도로 떠나던 날, 아이는 그 사진을 챙겼다. 할머니는 짐을 챙기는 아이를 등 뒤에서 계속 바라보았다. 그날 저녁, 할머니는 아이의 귀를 뚫어 주었다.

"이걸 주마."

금방 뚫어서 화끈거리는 아이의 귓불에 사과 모양 귀걸이가 달렸다. 할머니가 늘 차고 있던 것이었다. 그 귀걸이가 할머니에게 특별한 물건이라는 것을 아이는 알고 있었다. 할머니는 가끔씩 귀걸이를 부드럽게 어루만졌고, 그럴 때면 이 세상에 없는 것을 찾아 헤매는 듯한 눈빛이 되었다. 할머니의 눈빛은 때로 말보다 많은 것을 아이에게 알려 주었다.

"할머니는 이제, 괴물이 묻어 놓은 진실을 파내려고 해."

"괴물."

"그래. 괴물이 쫓아올지도 모르니까 되도록 무아도에서 나오지 마."

"괴물이 누군데요?"

할머니는 아이의 물음에 답하지 않았다. 오히려 되물었다.

"사과의 속은, 무슨 색일까."

"……?"

아이는 귓불에 매달린 귀걸이를 더듬어 보았다. 빨간 사과. 그 사과의 속은…….

"아무 색도 아니겠죠."

"……빨간색이라고 대답하는 게 어린애다울 텐데."

"이럴 때만 어린애답게 행동하길 바라는 건 좀 그렇네요."

할머니는 아이를 꽉 끌어안았다.

"기억해 다오. 할머니가 제일 좋아했던 꽃을. 판도라의 사과를."

그것이 할머니의 작별 인사였다. 아이는 무아도로 떠났다. 무아교 유치부에 입학했고 무아에서 쓰는 이름을 만들었다. 선샤인. 수많은 사람들이 아이의 이름을 불렀다.

샤인은 누구보다 무아에 잘 적응했다. 다른 학생들이 원래 이름과 무아의 이름 사이에서 혼란스러워할 때 샤인만은 그렇지 않았다. 다른 학생들이 부모님이 보고 싶다고 울 때도 샤인만은 평온했다. 샤인은 온실에서 할머니 집 정원에 있던 것과 비슷한 나무를 찾아냈고 그곳을 둥지로 정했다. 샤인은 매일 그곳에 혼자 앉아 엘레오노라 두세의 사진을 봤다. 샤인의 주변에는 늘 사람들이 모여들었고 그중에는 동료도 있었다.

그러나 여전히 친구는 없었다.

*

"선하기에 아름다운 걸까. 아름답기에 선한 걸까. 조용한 행동과 말투를 유지하면서도 정작 마음이 들끓고 있으면 그건 선한 걸까?"

햇볕이 눈가로 내리쬐었다. 샤인은 달빛의 허벅지를 베고 누운 채 손을 들어 햇볕을 막았다. 벤치에 앉아 책을 읽던 달빛이 주머니에서 손수건을 꺼냈다.

"행동과 말투가 평온을 가져오고, 평온이 선함으로 이어지는 거 아닐까. 마음이 들끓어도, 표면적으로 평온을 유지한다면 선이 이어지는 것처럼 보이겠지."

"실제로는 평온하지 않아도?"

"외면과 달리 내면은 평가할 기준이 없잖아. 실제라는 단어 자체가, 모순이지."

달빛이 샤인의 얼굴에 살짝, 손수건을 덮어 주었다. 샤인은 입김으로 후, 손수건을 공중에 띄우다가 불쑥 말했다.

"좀처럼 친구가 안 생겨. 벌써 초등부인데. 나, 어딘가 좀 이상한가?"

"이상한 게 아니라 특별한 거지. 네가 하는 말 다 알아듣고 대답해 줄 수 있는 사람, 초등부에 나 정도밖에 없을걸. 샤인. 그리고 친구가 없다니. 내가 있잖아."

샤인은 얼굴을 덮은 손수건을 들어 햇빛에 비춰 보았다.

못 보던 것이다. 달빛은 종종 무아도 밖으로 나갔다. 때로는 부정한 방법을 사용하기도 한다는 걸 샤인도 알고 있었다. 그렇지만 모른 척했다. 샤인은 무아교에서 지내는 날들이 하루하루 지날수록 더욱 뼈저리게 깨닫고 있었다. 자신과 다른 아이들의 결정적인 차이점. 그것은 특출함 따위가 아니었다.

"넌 언제든 이곳을 떠날 생각을 하고 있잖아."

달빛은 보던 책을 덮고 샤인을 내려다보았다. 달빛은 언제나 샤인에게 친절했다. 밖에서부터 알고 지냈던 단 한 사람이기에 대화를 나누기에도 편했다. 그래도 샤인은 달빛에게 거리감을 느꼈다.

"졸업하면 떠나는 게 당연하지. 그 전에 떠날 수도 있겠지만. 내가 널 혼자 두고 먼저 졸업하거나 할까 봐 그래? 그런 일은 없어. 이 섬을 떠날 때는 우리 둘이 함께일 거야."

"……그러니까, 넌 동료는 될 수 있어도 친구는 될 수 없다는 거야."

그 거리감. 나이가 들면 무아도를 떠난다는 사실을 전제로 하고 있는 다른 아이들과 달리, 샤인은 그런 미래를 생각할 수 없었다.

처음 배를 타고 무아도로 들어오던 날, 샤인은 알았다. 물기를 잔뜩 머금은 바람과 파도 소리. 새하얀 낙원처럼 보이는 섬에 첫발을 디뎠을 때, 운명의 여신이 자신의 미래를 거울에 살짝 비추어 엿보게 해 준 듯했다.

'나는 아마, 이 섬을 나갈 수 없을 거야.'

샤인의 이름은 오직 하나였다. 섬 밖으로 나가면 돌려받을 이름이 있는 다른 학생들과 달랐다. 샤인은 섬에 와서야 그 '다름'을 깨달았다. 다른 아이들은 무아도에서 가지를 뻗어 나가도 뿌리는 밖에 있었다. 그러나 샤인은 뿌리가 없었다. 무아도에 도착해 스스로 이름을 정한 후에야 간신히 뿌리를 내렸다. 그러므로 샤인의 뿌리는 바깥이 아닌 무아도에 존재했다.

친구가 생겼으면 했다. 계속해서 무아에 함께 있어 줄, 돌아갈 곳을 생각하지 않고 영영 함께 있어 줄 친구. 둥지에 함께 앉아 아주 사소한 이야기를 하고 함께 차를 마셔 줄 상대. 돌려받을 이름을 그리워하지 않고 무아를 뿌리로 여길 사람. 그런 친구조차 한 명 생기지 않는다면.

"……이곳은 낙원이 될 수 없어."

샤인은 다시 손수건으로 얼굴을 덮어 버렸다.

그리고 며칠 후, 샤인은 만났다. 무아를 낙원으로 만들어 줄 존재를.

그때 샤인은 온실 둥지에 눈을 감고 누워 있었다. 그러다 울음소리를 들었다. 몸을 일으켜 고목 아래를 봤지만 잘 보이지 않아서 결국 나무 아래로 내려갔다.

동글동글하고 하얀, 구슬 같은 아이.

아이는 쪼그려 앉아 울고 있었다. 몸 전체가 눈물로 만들어진 듯 눈동자에서 퐁퐁 솟아 나오는 눈물이 신기해서, 샤인은 아이에게서 눈을 뗄 수 없었다.

"난 다른 아이들하고 같아질 수가 없어. 할 이야기가 없는 걸. 아빠라든가 엄마라든가. 하나도 안 그립단 말이야. 돌아가고 싶지도 않단 말이야. 애들 다 나빠. 선생님이 그랬잖아. 바깥 이야기는 하지 말라고. 내가 이상한 게 아니란 말이야. 다른 애들이 선생님 말 안 지키고 있는 거란 말이야……"

울먹이는 아이의 말을 듣다가 샤인은 알았다.

'이 애야. 애라고. 내 친구가 될 아이.'

아이의 이름은 펄이었다. 구슬 같은 이름, 펄. 샤인은 펄에게 그 이름이 참 잘 어울린다고 생각했다.

"내 이름은 선샤인이야."

"선샤인. 나 너 알아."

펄이 아이의 이름을 불렀다. 그 순간 샤인은, 영원히 선샤인이라는 이름으로 살아갈 자신을 얻었다. 펄이라면 평생 그 이름을 불러 줄 터였다. 그러니 펄을 위해서라면, 무아를 좀더 낙원에 가까운 곳으로 만들고 싶었다. 할머니의 이상이 아닌, 샤인 자신의 이상이 생겨난 최초의 순간이었다.

선하고 아름다운 곳. 그곳에서 두 사람은 내내 영원히 행복하게 살았습니다.

샤인은 그런 결말을 바랐다.

그러나 괴물은 언제든 입을 벌리고 낙원을 집어삼킬 준비를 하고 있었다.

할머니의 장례식은 간소했다. 시신도 찾지 못한 죽음이었
고 열다섯 살짜리 손주가 상주인 장례식이었다. 할머니의 명
성은 여전히 화려했으나 죽음에 따라붙은 의혹들 때문에 사
람들의 발길은 조심스러웠다. 샤인은 꿋꿋이 자리를 지켰다.
9년째 만나지 못한 할머니는 사진으로만 존재했고, 사진 속 모
습은 전혀 변함이 없어서 오히려 현실적이었다. 할머니는 미국
에서 교통사고로 세상을 떠났다. 누구도 샤인에게 그 이상의
이야기를 해 주지 않았다. 샤인은 어리다는 이유로 또다시 진
실에서 배척당했다.

장례식 마지막 날, 샤인은 최창식을 마주했다. 눈을 가느다
랗게 뜨고 자신을 살펴보는 최창식과 마주 선 순간, 샤인은 할
머니의 말을 떠올렸다.

괴물이 묻어 놓은 진실을 파내려 한다는, 그 말.

"선 교수가 너에게 무아 재단 지분을 전부 남겼다는 말을
들었다. 개인 지분이 30퍼센트라. 곧 연락하마. 지분 매수를 의
논해야지."

"전 할머니가 남긴 유산을 팔 생각이 없어요."

"파는 게 좋을 거다. 그걸 가지고 있어도 넌 아직 미성년이
라 재단에 영향력을 끼칠 수 없어. 나는 곧 새 이사장이 될 테
고. 지금의 무아 재단은 비효율적인 교육을 하고 있어. 더 합

리적이고 현대 사회에 걸맞게 재단된 영재를 만드는 데 주력할 필요가 있지."

"현대 사회에 걸맞게 재단된 영재? 기업이 원하는 기계 같은 인재를 그럴싸한 말로 바꾸면 그렇게 될 것 같네요."

"잘 알아듣는구나. 맞다. 앞으로 무아는 J그룹을 위한 맞춤형 인재를 양성하는 곳이 될 거다. 복종을 아는 왕국의 병사를 길러 내는 거지."

최창식은 체격이 컸다. 그가 샤인과 말하는 동안, 샤인은 그의 거대한 그림자에 파묻힌 채 서 있어야 했다. 샤인은 그림자 괴물을 떠올렸다. 할머니가 쫓아갔다는 괴물은 아마도 이 사람일 것이다. 샤인은 단호하게 말했다.

"제가 그렇게 놔둘 것 같아요?"

"고작 열다섯 살짜리가 참 기세가 좋구나."

최창식은 샤인을 비웃으며 뒤돌아섰다. 장례식장 입구에 서 있던 키 작은 남자가 최창식을 경호하며 나갔다. 키 작은 남자가 손에 든 지팡이로 탕, 바닥을 쳤다. 지팡이에 새겨진 매가 샤인을 위협하듯 흔들렸다.

샤인은 장례식이 진행되는 사흘 내내 장례식장 근처 호텔에 머물렀다. 할머니 집에서 장례식장을 매일 왔다 갔다 하기에는 거리가 너무 멀었다. 결국 무아로 돌아가기 전날에야 할머니 집으로 돌아갈 수 있었다.

그러나 대문을 열고 들어선 순간, 몰려든 것은 그리움이 아닌 낯섦이었다. 샤인은 할머니 집에서 보낸 유년 시절을 고작 여섯 달밖에 기억하지 못했다. 오랜만에 돌아온 집은 샤인의 기억보다 낡아 있었다. 트리 하우스도 턱없이 작아 보였다. 아직 봄이 오지 않은 겨울의 정원은 황량했다. 용담꽃이 피어 있던 자리에는 마른 풀만 가득했다.

'할머니. 대체 뭘 쫓고 계셨나요.'

샤인은 마른 풀 위에 풀썩 드러누웠다. 내내 견디고 있던 피로가 몰려왔다. 할머니의 죽음 앞에서 샤인은 온전히 혼자였다. 달빛 삼촌의 장례식은 다른 병원에서 치러졌다. 그렇지 않았다 해도 샤인은 혼자였을 터다. 사랑하는 사람의 죽음에 타인이 끼어들 여지는 조금도 없었다. 그것이 위로든, 협박이든.

동시에 샤인은 어떻게든 알아내고 싶어졌다. 할머니가 쫓던 괴물. 그 괴물이 할머니를 죽음으로 몰고 간 것은 아닐까. 할머니의 죽음이 교통사고 따위로 마무리되어도 될까. 그것은 할머니에게 어울리는 죽음이 아니었다.

괴물. 괴물이 파묻었다던 진실.

실타래가 뒤엉킨 듯 머릿속이 복잡했고, 눈꺼풀이 한없이 무거워졌다. 샤인은 눈을 감았다. 아주 잠깐, 무척 깊은 잠에 빠져들었다. 추위조차도 몰려오는 잠을 막아 내지 못했다.

그 잠을 깨운 것은 날카로운 금속 마찰음이었다. 누군가가 억지로 대문을 열고 있었다. 샤인은 번쩍 눈을 떴다. 풀무더기 위에서 몸을 일으켜 주변을 살피다 재빨리 정원 한가운데 트리 하우스로 달려갔다. 사다리를 타고 올라간 후, 사다리를 끌어올려 버렸다. 추운 겨울날, 사다리도 없는 낡고 작은 트리 하우스에 사람이 있다고는 누구도 생각하지 않을 터였다.

대문이 열렸다.

'그 남자다. 지팡이를 들었던, 남자.'

샤인은 나무 위에서 남자의 행동을 지켜보았다. 남자는 거침없이 집 안으로 들어갔다. 커튼 한 장 치지 않은 유리창 너머로 남자가 거실을 뒤지는 모습이 보였다. 남자는 한참 동안 거실을 뒤지다가 2층으로 올라갔다. 남자는 분명 뭔가를 찾고 있었다. 한참 후에 남자는 지팡이로 바닥을 마구 내리치며 내려왔다. 난폭한 몸짓과 시뻘게진 얼굴을 보니 남자가 원하는 것을 찾지 못한 듯했다.

샤인은 남자가 집을 나가고도 한참 후에야 나무에서 내려왔다.

'뭘 찾고 있었던 거지? 할머니가 쫓던 것. 괴물이 묻어 버린 것……?'

혹시 그것이 이 집 안에 있다면. 할머니가 어딘가에 남겨 두었다면. 샤인은 단 한 곳밖에 떠올릴 수 없었다. 할머니가 유일하게 기억하라고 했던 것. 할머니가 좋아했던 꽃. 작고 연약한, 그러나 정원의 어느 꽃보다도 선명한 보라색으로 피어나는 꽃. 샤인은 용담꽃이 피어 있던 곳을 뒤지기 시작했다. 마른 풀 더미를 헤치고 손톱 밑에 흙과 돌조각이 박혀 피가 나는 것도 아랑곳하지 않고 정신없이 팠다. 서늘한 흙냄새가 샤인의 손끝에 스며들었다.

"있다."

샤인은 흙 아래 파묻혀 있던 상자를 끄집어냈다. 심호흡을 하고 상자를 열었다. 안에 든 것을 보자마자 반사적으로 귓불을 어루만졌다.

빨갛고 작은 사과.

무아교로 떠나던 날 할머니가 줬던 귀걸이와 똑같은 것이 그 안에 있었다. 그러나 결정적으로 한 가지가 달랐다. 그것을 손에 쥐자마자 알았다. 무게감이 달랐으니까. 상자에 든 귀걸이는 초소형 USB였다.

무아교로 돌아오던 날, 샤인의 귀에는 여전히 귀걸이가 달려 있었다. 어릴 적부터 차고 있던 귀걸이와 꼭 닮은 덕에 누구도 그 정체를 의심하지 않았다.

*

"새로 온 이사장 대리, 김신영입니다."

단상에 선 남자를 본 순간, 샤인은 귀걸이를 손으로 덮어가렸다. USB를 귀에 찬 건, 몸에 지니고 있는 편이 더 안전하다고 판단해서였다. 할머니가 물려준 귀걸이는 둥지의 상자 안에 넣어 두었다. 설마 집을 뒤지던 남자를 바로 무아교에서 만날 거라고는 예상하지 못했다.

김신영은 단상에서 내려와 체육관에 선 아이들 사이를 천천히 걸었다. 그가 샤인 앞에 멈춰 섰다. 그러고는 대뜸, 지팡이를 휘둘렀다. 샤인은 반사적으로 손을 들어 막았다. 지팡이 끝이 샤인의 머리를 내리치려 할 때였다. 옆에서 뻗은 손이, 휘둘러 내려오는 지팡이를 잡았다. 펄이었다. 펄이 샤인과 김신영 사이를 막아섰다. 지팡이를 잡은 펄의 팔이 마구 떨렸다.

"비키는 게 좋을 거다."

김신영의 목소리는 건조했다.

"당신은 나를 해칠 수 없어요. 그러니까, 안 비켜요."

샤인은 펄의 등이 부들부들 떨리는 것을, 김신영의 지팡이에 밀린 펄이 바닥에 쓰러지는 것을 봤다. 샤인은 쓰러진 펄의 어깨를 감싸 안았다. 자신보다 몸집도 작고 겁도 많은 아이. 펄이 자신을 지키려고 했다. 샤인의 손에 힘이 들어갔다.

'지켜야 해. 나와 펄이 있을 곳이 무아교뿐이라면.'

샤인은 결심했다.

그러나 시간이 흐를수록 상황은 악화되었다. 쥐구멍에 악의적인 소문이 떠돌았고 그 소문 때문에 샤인을 편들었던 교사들이 학교에서 쫓겨났다. 최창식은 무아 재단 지분을 계속 사들이면서 샤인에게 지분을 양도하라는 메일을 보냈다. 샤인이 거절하자 김신영은 샤인을 밖으로 나가지 못하게 손을 썼다. 국제 대회 참가 목적이라는 샤인의 외출 신청은 모두 기각

되었고, 샤인이 보내는 메일은 모두 검열을 통과하지 못했다.

김신영이 무아도로 오고 나서 얼마 지나지 않아 샤인은 고립되었다.

'괴물이 파묻으려 했던 것. 그게 이거라면……'

샤인은 둥지에 앉아 디바이스 화면을 노려보았다. USB에서 복사해 놓은 폴더가 화면에 떠 있었다. '보라매'와 '사과' 폴더. 폴더는 둘 다 비밀번호로 잠겨 있었다. 할머니 집 전화번호며 무아교 지번 등을 입력해 봤지만 어느 쪽도 열리지 않았다.

"숫자를 더 넣어 보려고 해도 기억이 없잖아, 나는. 할머니 생일도, 내 생일도 모르는데."

샤인은 둥지에 큰대자로 드러누웠다. 손가락 끝에 사진이 잡혔다. 엘레오노라 두세의 사진. 할머니가 적어 준 날짜를 빤히 바라보던 샤인은 벌떡 일어나 앉았다.

사진 뒤에 쓰인 날짜는 8월 15일. 여름이었다. 그러나 샤인이 알기로 두세는 '가을의 여자'라 불렸다. 10월에 태어났으니까. 샤인은 '사과' 폴더를 클릭했다. 비밀번호 입력 창에 숫자 '0815'를 입력했다. 실패였다. '사과' 폴더는 열리지 않았다. '보라매' 폴더를 클릭해 다시 숫자를 입력했다.

열렸다.

샤인은 한참 동안 '보라매' 폴더 안에 든 문서를 꼼꼼히 읽어 내려갔다.

"이거라면…… 거래를 할 수 있어."

샤인은 중얼거리다가 흠칫 놀라 자신의 입을 손바닥으로 막았다. 할머니의 유품이나 진배없는 자료였다.

'이걸로 무아교를 무너뜨리려는 사람과 거래할 생각부터 하다니.'

샤인은 화면을 노려보며 한참 동안 앉아 있었다. 손바닥 안쪽을 잘근잘근 깨물다가 손등까지 물어뜯었다. 할머니의 신념을 배반해서는 안 된다는 마음과, 당장 급한 일을 해결해야 한다는 마음이 마구 뒤엉켰다.

당장 급한 일. 고등부만이라도 새 교칙이 시행되지 못하게 하는 것.

"그런 교칙이 시행됐다가는…… 펄이 못 버틸 거야."

샤인은 생각에 잠긴 채 귀에 차고 있던 귀걸이를 어루만졌다.

"사과. 사과 폴더 안에 뭐가 있는지 알 수 있으면……."

거래가 아닌 싸움을 택할 수 있는 뭔가가 '사과' 폴더 안에 있지 않을까. 하지만 '사과' 폴더를 열 비밀번호를 찾을 때까지 잠자코 기다릴 수만은 없었다. 자신의 앞을 막아서던 펄의 등이 머릿속에 아른거렸다. 다음에는 김신영의 지팡이가 펄의 머리를 그대로 내리치지 않으리라는 보장이 없었다.

샤인은 귀걸이를 만지작거리던 손에 힘을 주어 꾹 눌렀다. 뾰족한 침 끝이 엄지를 파고들었다. 침에 찔린 엄지손가락에 피가 배어 나왔다. 샤인은 송골송골 솟아오르는 핏방울을 바라봤다.

"죄송해요. 할머니."

지키고 싶은 것을 지키고 싶었다. 이기적인 선택이라는 건 알지만. 샤인은 둥지 밖으로 손을 뻗었다. 툭. 손가락에서 흘러내린 핏방울이 지면으로 떨어져 흙으로 스며들었다.

"자, 가장 고운 모습으로 세상 사람 현혹하고 알고 있는 못 된 것은 가면으로 가립시다."

곧 보라색 꽃이 그 흙 위에 피어날 터였다.

대화 : 레이와 펄

나뭇잎이 뒹구는 물기 젖은 철제 바닥이 비친다.

흰 운동화가 화면 끝에 걸린다.

펄 바닥에 물기 있어. 캠코더, 바닥에 놔두면 안 될 것 같은데.

레이 책 위에 올려 둘까?

화면에서 멀어지는 펄과 앉아 있는 레이.

펄, 레이의 맞은편에 앉는다.

레이 폴더 안에, 선샤인이 이메일 주소와 메시지를 남겨 놓은
문서가 있었어. '형사님에게'라고 쓰여 있는 문서. 선샤인
은 파일하고 영상을 그 형사에게 보내려고 했던 것 같아.

그러니까 우리가 당장 해야 하는 건 그 메일로 파일을 보내는 거야.

레이, 무릎을 끌어안은 채 옆에 쌓여 있는 책 더미에 몸을 기댄다. 턱을 무릎에 대고 고개를 들어 건너편 펄을 바라본다.

레이 하지만 그것 말고도 뭔가…… 포커스를 좀 더 김신영에게 맞춰야 해. 극 뒤편에서 어떤 일이 일어나는지 관심을 두는 사람은 아무도 없어. 극에서 가장 화려하게 움직이는 주역에게만 관심이 있지.

펄 혹은 악당이나. 김신영에게 악당의 스포트라이트를 받게 하자는 거구나.

레이 동영상을 각종 SNS에 올려서 이슈를 만드는 거야. 그래서 동영상의 주인공을 찾자. 이 여자애, 무아교에서 자퇴 처리되었다고 알고 있어. 얘가 먼저 우리에게 연락할 수 있게. 그렇게 시끄러워지면 경찰 쪽에서도 좀 더 움직여 줄 거야. 그러면 분명 섬으로 조사를 나올 테고. 형사님도 같이 오겠지. 그때 우리를 섬에서 데리고 나가 달라고 하자. 섬에서 나가면 국가 인권 위원회에 제소할 수도 있어. 동영상과, 동영상 속 여자애 증언이 있으면 가능한 일이야. 계란으로 바위 치기일 수도 있어. 그래도 지금 당장 우리가 할 수 있는 모든 걸 해 보자.

펄, 레이를 향해 몸을 앞으로 내민다.

펄   어떻게? 메일, 검열부에 다 걸리잖아. 레이 너, 외부 대회
      나가는 거 있어? 섬 외출 허락될 만한 거.

레이 아니. 없어. 펄, 너는?

펄   나도…….

한동안 서로를 바라만 보고 있는 두 사람.

레이는 무릎에서 얼굴을 들고, 품 안에서 디바이스를 꺼내 열어
보인다.

디바이스 화면에 귀걸이 USB 안에 들어 있던 파일이 나타난다.

펄   파일 복사해 놨어?

레이 응. (디바이스를 들어 가리키며) 이거 말이야. '사과'. 잠겨 있
      는 폴더. 이 안에는 대체 뭐가 들어 있을까. 샤인이 잠가
      놓은 걸까. 이거.

펄   그렇지 않을까. 그 귀걸이, 내내 샤인이 차고 있었는걸.

레이 '사과' 폴더에 뭔가 더 결정적인 게 있을지도 몰라. 선샤인
      이 준비해 놓은 결정적인 뭔가……. 아, 저 폴더를 열 수
      있으면 좋을 텐데.

펄, 레이의 손에서 디바이스를 받아 한참이나 만지작거린다.

고개를 가로젓는 펄.

디바이스를 다시 레이에게 돌려준다.

펄   안 열려. 샤인이 좋아하던 숫자, 좋아하던 배우랑 작가

생일, 발 사이즈까지 다 넣어 봤는데도 안 돼.

레이   ……왜 잠가 놓은 걸까, 대체.

레이, 한숨을 쉬며 탁자에 놓인 차를 마신다.

레이   (미간을 찌푸리며) 이거 무슨 차야? 꽃잎은 예쁜데…….

펄   용담꽃 차. (둥지 아래를 가리키며) 저기 아래에 피어 있는

보라색 꽃. 그거 꽃잎 말려서 만든 거야. 용담꽃 꽃말이

용기래. 샤인하고 어울리지.

펄, 캠코더 쪽을 본다.

펄   ……어머. 캠코더 켜져 있었나 봐. 레이. 잠깐만. 저거 꺼

야겠다.

펄, 캠코더 쪽으로 다가온다.

펄이 레이의 모습을 가릴 정도로 캠코더에 가까워진다.

레이의 목소리만이 펄의 뒤에서 울려 퍼진다.

레이 용담꽃 꽃말. 나는 다른 걸로 알고 있었는데.

펄 뭐?

레이 슬픈 당신을 사랑합니다…… 였나.

펄의 손이 캠코더를 덮는다.

손을 잡은 자

무아교에는 '쥐구멍'이 있다.

'쥐구멍'에 대한 소문이 돈 건 2년쯤 전이었다. 학생 아이디 끝에 G를 붙여 접속하면 정체 불명 사이트가 나타난다는 메시지가 아이들에게 도착했다.

그것은 금세 학교 괴담이 되었다. 복도의 움직이는 초상화, 노크 소리가 들리는 화장실 두 번째 칸, 한 발로만 뛰어 올라가면 나타난다는 열세 번째 계단 같은 것. 그런 괴담이 유행하면 진짜 한 발로 껑충껑충 계단을 뛰어 올라가는 사람이 생겨나기 마련이다. 그러고는 열두 번째 계단에서 실망한다. 우리 학교 계단은 한 층이 열여덟 개잖아 하면서. 하지만 그 실망은 오히려 안도감을 준다. 그래서 괴담을 행동에 옮기는 아이들의 모험은 계속되는 법이다.

그러나 G 괴담은 달랐다.

사이트가 실제로 있다는 소문은 더 빨리 퍼졌다. 무아의 아이들은 누구나 한 번씩은 아이디 끝에 G를 붙여 접속했다. 그곳에는 그동안 무아교에서는 볼 수 없던 수많은 정보들이 올라오고 있었다. 연예인 찌라시, 화려한 이미지, 19금 표시가 붙은 자료. 그리고 교내 특정인에 대한 뒷소문. '쥐구멍'에 접속한 아이들은 처음 접하는 강렬한 자극에 사로잡혔다. G는 곧 '쥐구멍'이라 불리며 아이들의 비밀스러운 놀이터가 되었다. '쥐구멍'의 글들은 일정 개수가 되면 리셋되었기에 아이들은 수시로 거기에 접속했다.

얼마간 시간이 지나자 '쥐구멍'에서 어떤 자료를 봤는가를 기준으로 아이들 사이의 격차가 벌어지기 시작했다. 학교에서 배급하는 디바이스는 쥐구멍 접속이 원활하지 않을 때가 많았다. 한참을 끙끙거리다 접속하면 위로 밀려 사라진 정보는 더 이상 볼 수 없게 되어 버렸다. 반응이 좋은 자료일수록 빠르게 위로 밀려 사라졌다. '핫한' 자료들을 보았는가 보지 못했는가는 곧, 개인 태블릿 PC를 가졌는가 가지지 못했는가 하는 문제로 연결되었다. 핫한 자료에 대해 언제든 말할 수 있다는 것, 바로 태블릿 PC를 사서 보내 줄 만큼 재력 있는 집안의 아이라는 뜻이었다. 스카우트한 아이들은 대부분 가정 환경이 열악했기에 대화에서 배제되었으며, 그들을 대화에서 배제한 아이들은 은밀한 우월감을 느꼈다.

아이들은 '쥐구멍'이 오래가지 않을 거라고, 곧 검열당할 거라고 예상했다. 그러나 2년이 지나도록 '쥐구멍'은 검열당하지 않았다. 당당히 괴담에서 현실이 되었다. 검열에 대한 두려움이 어느 정도 사라지자 아이들은 '쥐구멍'에 올라온 소문을 더욱더 적극적으로 소비했다. 고등부 영어 교사가 성인 비디오 배우였다는 소문이 올라왔을 때는 일부 학생들이 영어 수업을 거부하기도 했다. 그가 무아교 설립 멤버로 아이들과 10여 년 동안 함께해 왔다는 것, 고등부에 김신영의 교칙이 적용되지 않게 하려고 온갖 애를 써 왔다는 것은 고려되지 않았다. '쥐구멍'의 소문이 진실인지 아닌지도. 소문은 자극적이었고, 친밀감으로 뭉친 아이들은 자신들이 힘을 행사할 수 있다는 사실에 취했다. 결국 영어 교사는 학생들에게 제대로 작별 인사도 남기지 못하고 섬을 떠났다. 그 후에도 '쥐구멍'에는 때때로 교사들의 루머가 올라왔다. 루머는 쥐였다. 사람들 사이를 헤집어 놓고 사라졌다.

"봤어, 쥐구멍?"

"봤어. 대박. 그거 누가 찍은 걸까?"

강한 악취를 풍기는 쥐가 학교를 휘젓고 있음을 레이는 미처 몰랐다. 식당으로 향할 때도, 음식을 받을 때도, 레이는 한 가지 생각에만 사로잡혀 있었다.

'밖으로 파일을 보낼 방법…… 그 방법을 찾아내야 해.'

식탁에 앉아서야 레이는 뭔가 소란스러움을 눈치챘다. 옐

로와 레드 명찰을 단 아이들이 저마다 태블릿을 꺼내 놓고 수
군거리고 있었다. 그중 태블릿이 없는 사람은 레이뿐이었다. 레
이는 기계적으로 젓가락질을 하며 파일에 대한 생각을 이어
갔다.

"누가 찍은 게 뭐가 중요해."

외부에서 가져온 태블릿을 기숙사 밖으로 가지고 나오는
것은 금지되어 있었다. 규율부에 들키면 벌점을 받을 터였다.
그러나 그 규율부 가운데 몇 명조차 태블릿에서 눈을 떼지 못
하고 있었다.

"왜 안 중요해. 찍은 사람 앞에서 벗었다는 거잖아. 그게 무
슨 의미겠어."

한 남자애가 오른손 엄지와 검지를 붙여 동그라미를 만들
었다. 그러고는 왼손 검지를 그 동그라미 안으로 쑥 밀어 넣었
다. 어우, 저질. 쥐구멍이 애 버렸다, 버렸어. 야유는 가벼웠다.

"그 소문이 진짜였던 거 아냐? 선샤인이 김신영의……."

"선샤인이 진짜 마녀였다고?"

"쥐구멍이 검열에 안 걸리는 이유, 뻔하잖아. 그 쥐구멍에
선샤인 누드 사진이 올라왔으면 얘기 끝난 거 아냐? 우리 이런
관계였으니까 헛소문 그만 내라, 이거지."

선샤인. 대화 중 섞여 나온 이름에 레이는 손을 멈췄다.

"무슨 이야기야, 지금?"

레이는 옆에 앉은 친구에게 물었다. 그 순간 식탁에 앉아

있던 대여섯 명의 눈길이 일제히 레이에게 몰렸다. 문명인의 도시에 나타난 빙하기 공룡을 보는 듯한 눈빛이었다.

"레이. 쥐구멍 안 봤어?"

"난 거기 접속 안 해."

"왜? 그렇게 재미있는 곳을 왜 안 봐. 이 학교에서 거기보다 재미있는 게 어디 있다고."

"내 말이. 쥐구멍 아니었으면, 우린 밖에서 뭐가 유행하고 있는지도 몰랐을걸. 케케묵은 클래식 음악이나 계속 듣고 있었겠지."

차마 태블릿 PC가 없어서라고 대답할 순 없었다. 레이는 접시에 놓인 식빵 겉 부분을 잘게 뜯어냈다.

"그냥. 걱정돼서. 혹시라도 걸리면 벌점 받을 것 같고."

옆에 앉아 있던 친구가 레이의 뺨을 잡아당기는 시늉을 했다.

"우리 레이가 이렇게 순진하다니까."

"벌점 걱정은 블루나 블랙 명찰 단 애들이나 하는 거지. 우리가 그런 걱정을 왜 해."

"봐. 저기, 블루랑 블랙 애들. 우리 테이블이 떠들썩하니까, 안달 난 거. 쟤들, 사진 못 봤겠지?"

"못 봤을걸. 엄청 빨리 밀려 올라갔잖아. 글 달린 거 보고 무슨 일인지 짐작은 할 테니까, 더 애간장 타겠지."

"쟤들 집은 대체 얼마나 못살길래, 태블릿 한 대도 못 보내

주나 몰라."

레이는 식탁에 앉은 친구들의 말을 이해할 수 없었다. 옐로도, 레드도, 벌점이 쌓이면 블루나 블랙으로 떨어지는 건 당연했다. 그러나 식탁에 앉은 아이들은 자신들의 계급이 떨어질 일은 절대 없다는 듯이 말하고 있었다.

'이상해. 뭔가…… 이건 이상해.'

지금까지 레이는 눈에 띄지 않고 지내는 것만을 목표로 해 왔다. 그래서 주변 대화에도 귀를 기울이지 않았다. 레이는 새삼 식탁에 앉은 아이들의 얼굴을 뜯어보았다.

명찰 색을 바꾸는 것, 상위 계급의 색을 따내는 것은 무아에서 쉬운 일이 아니었다. 초등부 저학년 때까지는 명찰 색이 획획 바뀌었다. 하지만 시간이 흐를수록 옐로와 레드를 차지하는 아이들이 점점 고정되었다. 블루와 블랙이 위로 올라가려고 발버둥 치는 만큼 옐로와 레드도 떨어지지 않으려고 안간힘을 썼기 때문이다. 그래서 계급이 같은 고등부 아이들은 서로 말을 나눠 본 적 없어도 대부분 얼굴은 익숙했다. 익숙해야 했다. 그런데 낯설었다. 낯선 얼굴이 많았다.

"그래서 애초에 부모를 잘 만나야 한다니까. 진작 이렇게 했으면 좀 좋아. 그동안 쓸데없이 버둥거린 거 생각하면 짜증이 확 난다."

"무슨 말을 그렇게 해. 난 그래도 내가 노력해서 옐로인 게 좋아. 뭐, 이제 계급 떨어질 걱정 없는 건 좋지만."

레이는 자신만 뚝 떨어져 있는 듯한 느낌을 받았다. 분명 한곳에 있지만 다른 장소에 있는 것 같았다. 알아들을 수 없는 대화의 흐름을 묵묵히, 필사적으로 따라가야 했다.

'설마, 그럴 리가. 하지만……'

식빵을 뜯던 레이의 손이 멈췄다. 부모를 잘 만나야. 계급 떨어질 걱정이 없으니까. 그 말들을 주워 담아 조립하면 결론이 나왔다. 레이 같은 일부 학생을 제외하고는 집안 배경에 따라 계급이 매겨지고 있었던 것이다. 그것은 고등부에서도 김신영의 교칙이 빠르게 퍼져 나갈 수 있음을 뜻했다. 레이는 등골이 오싹해졌다.

"레이는 성실하잖아. 그러니까 그 힘든 미디어부 일도 몇 년을 해냈지. 그래도 레이. 어차피 앞으로 얼마 안 있으면 졸업이잖아. 이 정도는 괜찮아. 이건 블루나 블랙, 쟤네는 아무리 기웃거려도 알 수 없는 고급 정보라고."

"이런 게 바로 정보 격차지."

"맞는 말씀. 우리처럼 지도자가 될 인재는 모든 정보에 민감해야 하는 법이야."

누군가가 레이 앞에 태블릿 한 대를 내밀었다. 화면을 본 순간, 레이는 잠시 숨 쉬는 것을 잊었다. 화면에는 샤인의 나체 사진이 떠 있었다. 기지개라도 켜듯 두 팔을 위로 쭉 올리고, 고무줄로 묶어 말아 올린 머리는 물에 젖어 있었다. 이건 합성이다. 레이는 바로 알아차렸다. 아마 수영장에서 수업을 받는 모습을 찍어서 손을 본 것이리라. 자세히 살펴보면 합성이라는 게 티가 났다. 그러나 모두 그 사실은 모르는 척하고 있었다. 합성이 아닌 쪽이 흥미로우니까.

'봤을까, 펄은. 이 사진.'

레이는 김신영의 말을 떠올렸다. 선샤인의 죽음은 지극히 평범하고 형편없는 것이 돼야만 한다던 그 말. 쥐구멍을 만든 건 누구일까. 레이의 머리에서 새삼스러운 의문이 치솟아 올랐다.

"야, 저기 왔다. 심부름꾼 쥐."

"타이탄. 식당에서 밥 안 먹더니. 애들 반응이 어떤가 궁금했나 보지."

"진짜 쟤가 심부름꾼일까?"

"쥐구멍 나타난 때랑, 쟤가 섬을 멋대로 드나들기 시작한 시기가 일치하잖아."

타이탄이 히죽 웃으며 식당으로 들어서고 있었다. 타이탄이 손에 든 태블릿을 옆을 지나는 사람에게 흔들어 보이자, 곧 타이탄 주변으로 아이들이 모여들었다. 그들의 입가에 기분 나쁜 미소가 떠올랐다.

레이는 엉거주춤 자리에서 일어났다. 펄이 굴러가고 있었다. 펄은 부딪쳐 깨 버릴 듯한 기세로 타이탄에게 걸어갔다. 물러서며 길을 터 주는 아이들이 있을 정도로, 펄의 기세는 살기등등했다. 펄이 타이탄 앞에 멈춰 섰다.

"펄이잖아. 왜, 너도 보고 싶어? 자."

타이탄이 능글맞게 웃으며 펄에게 태블릿을 내밀었다. 펄이 그 태블릿을 붙잡았다.

그 순간, 핸드폰이 계단 맨 위에서 아래로 떨어져 박살 나는 듯한 소리가 식당 안에 울려 퍼졌다. 펄이 태블릿을 움켜쥐고 타이탄의 머리를 후려갈긴 거였다. 태블릿에 달려 있던 펜슬이 바닥에 내동댕이쳐질 정도로 강한 스윙이었다.

식당 안이 조용해졌다.

"이게. 너, 미쳤어!"

타이탄이 머리를 감싸 안고 고함을 질렀다. 태블릿을 움켜쥔 펄의 손이 다시 천장을 향해 올라갔다. 퍽. 타이탄의 고함에도 아랑곳하지 않고 이번에는 타이탄의 옆얼굴을 가격했다. 타이탄은 펄을 붙잡으려고 손을 뻗었고, 펄은 다시 태블릿을 치켜들었다. 실랑이를 벌이다가 태블릿이 펄의 손에서 떨어져 식당 바닥에 떨어졌다. 얼굴이 시뻘게진 타이탄이 펄의 머리채를 움켜잡았다.

그 모습을 본 레이는 자기도 모르게 달려 나갔다. 머릿속이 새하얗게 변하면서, 머리채를 붙잡힌 펄의 모습만이 클로즈업이라도 된 듯 선명하게 보였다.

"죽으려고, 이게!"

타이탄이 무릎을 올려 펄의 명치를 가격하려 했다. 펄은 버둥거렸다. 버둥거릴수록 타이탄의 손에 잡힌 머리카락만 더

엉킬 뿐이었다.

"놔! 펄한테서 떨어져!"

레이는 펄의 허리를 끌어안고 있는 힘을 다해 뒤로 끌어당
겼다. 타이탄의 무릎이 허공을 쳤다. 요란한 소리와 함께 레이
는 바닥을 굴렀다. 레이의 옆에서 바닥에 이마를 대고 엎드린
채 펄이 중얼거렸다.

"누구도 샤인을, 샤인의 죽음을 해치지 못해."

늘 동그랗게 묶여 있던 펄의 똥 머리가 엉망으로 풀려 있었
다. 산발이 된 머리카락이 어깨에서 구불구불 흘러내렸다. 레
이는 일어나 앉으며 바닥을 살펴보았다. 태블릿 옆에 펄의 빨
간 리본이 떨어져 있었다.

"무슨 소동입니까. 이게 대체. 셋 다 따라 나오세요."

허둥지둥 달려온 규율부 교사가 소리쳤다. 레이는 몸을 일
으키면서 펄의 리본을 주웠다. 여전히 바닥에 엎드려 숨을 몰
아쉬고 있는 펄의 머리카락을, 손바닥으로 쓸어 정리했다. 그
리고 리본으로 묶어 주었다. 레이가 머리를 묶어 주는 사이 펄
의 숨이 조금씩 진정되었다. 펄은 머리카락 끝을 만지작거리며
자리에서 일어났다.

"이사장님이 안 계시니 망정이지. 계셨을 때 이 난리가 났
으면……. 타이탄. 더 이상 말썽 부리지 마. 아무리 너라도 계
속 봐주진 않으실 거다."

"에이. 제가 뭘 했다고. 이사장님 안 계세요?"

"재단 회의 때문에 육지 나가셨어. 내일 아침에야 돌아오실 거야."

타이탄은 까불거리며 규율부 교사 옆에서 걸었다. 레이와 펄은 한 발짝 떨어져 식당을 나왔다. 레이는 행정관 건물 벽에 스크린을 설치하는 모습을 물끄러미 올려다보았다. 무아제 때 외부 영상을 보여 주기 위한 장치였다. 레이의 시선이 행정관 벽을 따라 아래로 미끄러져 내려갔다. 행정관 현관문이 활짝 열려 있었다.

'공사 때문에 보안 해제되어 있네. 그럼, 출입 기록 안 남기고 이사장실에 들어갈 수 있다는 거잖아. 이사장실.'

레이는 떠올렸다. 비가 오던 창밖 회색 풍경. 목이 잘린 보라매의 시선과 현판, 가죽 의자와 커다랗고 위압적으로 느껴지던 책상. 선을 넘어가서 김신영의 손에서 허가증을 받아 들었을 때, 종이에 딸려 왔던 작은 카드. 거기 적혀 있던 개인 코드의 숫자가 아른아른 흔들리다 점차 선명해졌다. 하지만 클립으로 가려 있던 마지막 두 자리 숫자만은 도저히 떠오르지 않았다.

'개인 코드를 알면 검열에 걸리지 않고 외부로 메일을 보낼 수 있어.'

떠오르지 않는다면 보러 갈 수밖에. 무모하지만 당장 시도할 수 있는 유일한 방법이 뭔지, 레이는 깨달았다.

"펄. 방법을 찾은 것 같아."

방법. 한밤중에 이사장실에 숨어드는 것이었다.

*

레이는 가만히 방문을 닫았다. 규율부는 새벽 1시부터 4시까지는 기숙사 순찰을 돌지 않았다. 레이는 이미 소등이 끝나 희미한 보조 등만 켜져 있는 기숙사 복도를 조심스럽게 걸어 건물을 빠져나왔다. 밖으로 나오자마자 달렸다. 누군가가 뒤에서 쫓아오는 것만 같아서 앞만 보고 뛰었다. 금세 기숙사에서 행정관으로 이어지는 터널 정원으로 들어섰다. 터널 정원은 조명으로 반짝이고 있었다. 어둠에서 빛으로 들어선 후에야 레이는 달리기를 멈췄다.

'펄은 잘 빠져나왔을까.'

새벽 1시 30분, 행정관 앞. 그렇게만 약속한 터였다. 레이는 터널을 나와 행정관으로 향했다. 펄은 먼저 와서 현관 앞을 기웃거리고 있었다.

"어쩌지. 현관이 안쪽에서 잠겨 있어. 보안 시스템이 아니라 자물쇠 같은 걸로 잠갔나 봐."

레이도 현관문을 붙잡고 흔들어 보았다. 덜컹덜컹 소리가 날 정도로 세게 흔들어도 문은 꿈쩍도 하지 않았다.

"보안 해제된 건 맞을까?"

"맞는 것 같아. 봐."

펄이 복도 창문을 당겼다. 팔목이 간신히 들어갈 만큼만 창이 열렸다. 펄이 바닥에서 손가락 한마디 크기의 돌을 들어 창문 안으로 던졌다. 경고음은 울리지 않았다.

"그러네. 그럼…… 안으로 들어갈 수 있는 방법을 알아."

레이는 행정관 건물 뒤쪽으로 향했다. 어릴 적 외로울 때면 올랐던 철제 장식물도, 벽도 그대로 있었다.

"이거, 지붕까지 연결되어 있어. 저기, 지붕 바로 아래 작은 창 보이지. 다른 창 절반 크기 정도 되는 거. 저거 다락방 창문이야. 저건 안에서 절대 안 잠겨. 아예 잠금장치가 없어. 좀 위험할 수도 있지만 확실히 안으로 들어갈 수 있어. 다락방으로 들어가서 아래로 내려가면 돼."

레이는 손으로 튀어나온 장식물의 마디를 붙잡았다. 예전과 다름없이 단단하고 안정적이었다.

"올라갈 수 있겠어, 펄?"

"겁나기는 해도 열심히 올라가 볼게. 고양이도 쥐 잡을 때 안 울려고 힘낸다고 하잖아."

레이가 앞장섰다. 두 사람은 고양이처럼, 밤의 담벼락을 타고 올랐다.

"발 안 미끄러지게 조심해."

"괜찮아. 레이. 이런 건 어떻게 알았어?"

"너무 섬을 나가고 싶을 때가 있잖아. 하지만 나갈 수는 없으니까 최대한 높은 곳에 올라가고 싶어지더라고. 그래서 여기

저기 높은 데에 많이 올라갔거든."

"요즘에는 안 올랐어?"

"중학교 졸업하면서 그만뒀어."

다락방 창틀이 레이의 정수리에 닿았다. 레이는 웃차, 구령과 함께 상체를 위로 밀어 올렸다. 무릎을 창틀에 대고 창문을 열었다. 활짝 열린 창 안으로 몸을 구겨 넣었다. 다락방 창틀에서 바닥으로 뛰어내렸다. 착지 완료. 펄의 상체도 창 너머로 반쯤 치솟았다가 사라졌다. 레이는 창틀을 붙잡고 있는 펄의 손을 잡고 아래로 끌어당겼다. 창틀에 빨래처럼 걸쳐 있던 펄이 다락방 안으로 미끄러져 내려왔다.

"왜 그만뒀는데?"

펄은 바닥에 손을 짚고 일어났다. 레이는 펄의 머리카락에 묻은 먼지를 봤다.

"더 이상 어린애도 아닌데 아무 데나 올라가는 건 좀 그런 것 같아서. 그때 김신영이 행정관 공사를 시작하기도 했고."

레이는 펄의 앞머리에서 먼지를 떼어 후 하고 불었다. 그 모습을 보던 펄이 불쑥 말했다.

"레이 넌, 샤인하고 좀 닮았어."

"내가? 설마."

레이와 펄은 다락방을 나섰다. 다락방에서 아래로 연결된 계단은 보통 계단보다 작고 좁았다. 천장도 낮아서 허리를 굽혀야만 내려갈 수 있었다.

"레이디 맥베스가 걸어 내려오던 계단이 아마 이런 느낌이었겠다."

레이의 뒤에서 내려오던 펄이 감탄하듯 중얼거렸다.

"레이디 맥베스?"

"맥베스의 아내. 샤인이 엘레오노라 두세라는 배우를 좋아했거든. 그 배우가 그 역을 맡은 적이 있대. 난 공연 사진밖에 못 봤어. 영상은 남아 있는 게 없다고 샤인이 엄청 안타까워했어. 그 배우, 샤인하고 닮았어."

다락방과 이어진 좁은 계단이 끝났다. 레이는 층간에 서서 허리를 폈다. 펄은 그런 레이를 보다가 입 안쪽 살이라도 씹은 듯 인상을 찌푸렸다.

"레이디 맥베스랑 닮은 사람은 오히려 난데."

"응?"

"아무것도 아냐, 레이. 너, 아무리 생각해도 역시 닮았어. 샤인하고. 목소리가."

"목소리가."

두 사람은 작은 말소리를 빵 부스러기처럼 흩뿌리며 걸어 내려갔다.

행정관의 어둠 속으로.

*

대기실 문은 쉽게 열렸다. 붉은 카펫이 깔린 바닥. 길다란 검은 소파. 평소 문 앞에 앉아 깐깐하게 방문객을 체크하던 접수원은 없었다. 텅 빈 대기실이 원래보다 크게 느껴져서 레이는 문고리를 잡은 채 잠시 움츠러들었다. 그러나 곧 숨을 내쉬고 대기실을 가로질러 이사장실 문 앞에 섰다.

"이사장실 문도 잠겨 있으면 어쩌지?"

그러나 걱정과 달리 이사장실 문은 스르륵 밀렸다. 레이와 펄은 조심스럽게 이사장실 안으로 들어섰다. 레이는 책상 서랍을 하나씩 열어 안을 살폈다.

"있어. 이거야."

레이는 두 번째 서랍에서 카드를 찾아냈다. 카드에 적힌 개인 코드를 뚫어져라 보며 준비해 온 메모지에 옮겨 적었다. 옮겨 적는 내내 레이는 매의 시선을 느꼈다. 얼굴 없는 매의 시선. 방 가운데 걸린 시계의 분침과 시침이 겹치는 소리가 유독 크게 울렸다. 새벽 2시였다. 레이는 메모지를 주머니에 넣고 몸을 일으켰다. 여전히 시선이 느껴졌고, 레이는 고개를 들어 위를 보고야 말았다.

"저거 기분 나쁘지."

레이가 매를 바라보며 서 있자 펄이 옆으로 다가왔다.

"보라매는 길든 매를 말하는 거래. 1년 안 된 어린 새끼를 잡아서 사냥에 쓴대. 몽골에서는 보라매를 데리고 다니다가 나이 들면 자연으로 날려 보내 준다더라."

"······저거, 머리는 왜 잘라 놨을까."

"날려 보내 줄 생각이 없었던 거 아닐까."

목 없는 매. 매는 원래 자유롭게 하늘을 나는 동물이어야 했다. 자신의 눈으로 사냥감을 고를 수도 없게 목이 잘려 박제된 매는 과연 매일까. 잘린 매의 몸뚱이는 한없이 비루해 보이기만 했다.

"저 매의 머리는 어디에······."

그때였다. 쿵. 이사장실 밖에서 뭔가 떨어지는 소리가 났다. 그 순간 레이와 펄은 누가 먼저랄 것도 없이 서로 마주 보았다. 레이는 펄의 손을 낚아채듯 움켜잡았다. 그리고 이사장실을 뛰쳐나왔다. 뛰쳐나온 순간 레이는 이사장실 문 입구에 뒹굴고 있는 매의 머리를 봤다. 오싹했다. 뛰었다. 복도와 계단을 금방이라도 넘어질 듯, 최대한 빨리 달렸다. 행정관 현관문을 열고 밖으로 나왔다.

"레이. 잠깐만. 나 더 못 뛰겠어!"

펄이 헐떡이며 외쳤다. 레이와 펄은 터널 정원 입구 앞에서 멈춰 섰다. 레이는 그제야 잡고 있던 펄의 손을 놨다. 손바닥이 땀으로 축축하게 젖어 있었다.

"미안. 놀라서."

"나도 놀랐어. 그래도 우리, 성공한 거지?"

레이는 주머니 속을 더듬어 메모지를 꺼내 보았다. 메모에 쓰인 글자는 어두워서 잘 보이지 않았다. 그제야 레이는 터널 정원 조명이 모두 꺼져 있다는 걸 알았다. 구름 너머로 빠끔히 나온 달빛이 확실하게 느껴질 정도로 터널의 안과 밖이 모두 어두웠다.

"일단 기숙사로 돌아가자. 4시 다 되어 가. 곧 있으면 다시 순찰 돌 거야."

펄이 먼저 터널 안으로 들어갔다. 달빛이 펄의 등에 어른거렸다. 레이는 봤다. 어두운 터널 안, 나무 뒤에서 뻗어 나온 손을. 손이 펄의 머리를 가격했다. 레이는 펄의 머리가 바닥에 부딪힐 때까지 입을 벌린 채 서 있었다. 느닷없이 눈앞에 나타난 폭력은 현실감이 없었다. 흑백 무성 영화가 한 컷 한 컷 느리게 넘어가는 것처럼 느껴졌다. 레이가 눈앞에 벌어진 일이 현실임을 자각한 건, 손의 주인이 몸통을 드러냈을 때였다. 검은 그림자가 쓰러진 펄을 향해 몸을 숙였다.

"건드리지 마!"

레이는 소리쳤다. 검은 그림자가 터널 위쪽으로 도망갔다. 레이는 펄의 머리를 안고 살펴보았다. 끈적끈적한 피가 레이의 손에 묻어났다.

"펄! 펄! 펄!"

레이는 연거푸 펄의 이름을 불렀다. 펄은 대답하지 않았다. 눈도 뜨지 못하고 낮은 신음만 흘렸다.

"사람 불러올게. 잠깐만 기다려."

레이는 기숙사를 향해 달렸다. 출입 기록에 신경 쓸 여력이 없었다. 새벽 4시, 무아교가 순식간에 소란스러워졌다. 펄은 양호실로 옮겨졌다. 레이는 펄의 뒤를 쫓아가려다 교사들에게 저지당했다.

"기숙사로 돌아가, 레이."

"펄이 무사한지 확인만 할게요."

"내일 아침에. 그게 규칙이야. 넌 이미 밤에 허락 없이 나오면 안 된다는 규칙을 어겼어."

규율부 학생이 레이의 팔을 붙잡았다. 레이는 팔을 잡힌 채 마구 몸부림쳤다.

"어쩔 수 없기는, 개뿔. 그놈의 규칙, 확 망해 버려라!"

레이는 욕을 했다. 12년 만에 처음으로.

*

누군가가 습격당했대. 누군가. 레이는 수군거림 사이를 걸었다. 새벽에 일어난 사건에 대한 소문이 이미 전교에 퍼져 있었다. 누군가? 누군가. 펄이래. 걔는 새벽에 왜 기숙사를 나간 거야. 펄이잖아. 걔가 뭘 해도 놀랍지도 않다. 레이는 양호실 문을 열었다. 그러나 바로 안으로 들어가지 못하고 문가에 굳듯이 멈춰 섰다. 검은 뒷모습. 김신영이 양호실 안에 있었다.

"MRI를 찍어야 하니, 외부로 이송될 거다. 나도 동행해야 하게 생겼어. 돌아오자마자 다시 육지로 나가야 하다니. 귀찮기 짝이 없군."

펄은 무표정했다. 머리에 붕대를 감고 흰 가운을 입은 모습보다 그 무표정이, 레이에게는 낯설었다.

"나를 없애는 데 실패해서 속상하겠네요."

"……네가 이래 봤자 변하는 건 없어."

김신영은 펄의 머리를 쓰다듬는 듯하다가 손바닥 전체로 짓누르듯 움켜잡았다.

"놔요. 이거!"

고개를 흔들던 펄은 침대 옆 탁자에 놓인 볼펜을 집어 들었다. 그러고는 그대로 김신영의 손등을 찔렀다. 김신영은 펄의 머리에서 손을 떼어 내며 옅게 웃었다.

"공주님. 우린 공존할 수 있어. 공존하게 될 거고."

김신영은 뒤돌아섰다. 레이는 뻣뻣하게 굳은 채, 가까이 다가오는 김신영을 마주 보았다. 김신영이 레이 앞에서 멈춰 섰다. 그가 몸을 숙여 레이의 귓가에 속삭였다.

"내 말을 잊지 마. '잘' 해서 가져오는 거야. 올바른 선택을 해라."

김신영의 숨이 레이에게 밀려들었다. 여름날 달궈진 아스팔트 냄새가 났다. 곤죽이 된 타르가 녹아 엉겨 붙은 석탄 냄새. 김신영은 레이의 옆을 지나 양호실을 나갔다. 레이는 김신영의 발소리가 다른 사람과 섞여 들어갈 때까지 못 박힌 듯 서 있었다.

"레이?"

펄의 목소리가 레이를 움직였다. 레이는 양호실 안으로 걸어 들어갔다. 펄은 웃음 띤 표정으로 레이를 반겼다. 낯선 펄이 아닌 원래의 펄이었다.

"나, 육지에 있는 병원으로 가게 될 거 같아. 여기서 구급차로 헬기 이륙장까지 간 뒤에 헬기를 타고 섬을 나갈 건가 봐. 레이. 샤인이 남겼다는 귀걸이 말이야. 나한테 줄 수 있을까? 내가 그걸 가지고 나갈게. 밖에서 기회를 봐서 인터넷에 올릴게. 밖에서는 샤인이 연락처 남겨 놓은 형사와 직접 연락할 수도 있을 거야. 그럼 그 동영상 속 아이를 빨리 찾을 수 있을 테고. 무아교 안에서보다 더 확실하게, 김신영을 공격할 수 있을 거야."

레이는 고개를 끄덕였다. 펄을 습격한 범인은 아직 밝혀지지 않았다. 터널 정원 안 CCTV는 조명과 함께 꺼져 있었다고 했다. 교사들 사이에서는 무아제를 미뤄야 하는 것 아니냐는 의견도 나오고 있었다. 소란이 계속된다면 김신영이 검열을 강화하기 위해 개인 키 코드를 바꿔 버릴지도 몰랐다.

"귀걸이 가져다줄게. 파일은 복사해 뒀으니까 나도 계획대로 움직일 수 있어. 안과 밖에서, 너와 내가 할 수 있는 모든 걸 해 보자."

"응. 참, 레이. 부탁이 있어. 캠코더 말이야. 온실에 두고 왔거든. 그거 가지고 있어 줘. 비라도 오면 망가질까 봐."

펄은 옆에 벗어 놓은 옷 주머니에서 온실 열쇠를 꺼내 레이에게 건넸다. 레이는 그것을 받아 들고 양호실을 나왔다. 서둘러야 했다.

레이는 터널 정원으로 갔다. 어둠 속에서 뻗어 나왔던 손의 주인. 그는 누구일까. 터널 정원을 통과하는 레이의 발걸음이 점점 빨라졌다. 기숙사까지 달리듯 걸었다. 방으로 들어가 사과 귀걸이를 꺼내 주머니에 넣었다.

'선샤인 거잖아. 펄이 가지고 있는 게 맞아.'

레이가 양호실 건물 앞으로 돌아왔을 때, 이미 구급차가 도착해 있었다. 이송용 침대에 실려 나오는 펄을 본 레이는 서둘러 뒤따라갔다.

"잠깐만요. 친구예요. 인사 좀 할게요."

펄이 구급차에 들어가기 직전에 레이는 펄을 붙잡을 수 있었다. 레이가 귀걸이를 꺼내자 펄은 자신이 귀에 달고 있던 귀걸이를 뺐다. 레이가 가진 것과 똑같은, 그러나 살짝 더 낡아 보이는 귀걸이였다. 펄은 레이의 손에 그것을 쥐여 주었다.

"샤인의 귀걸이, 채워 줄래?"

레이는 가져온 귀걸이를 펄의 귀에 끼워 주었다. 펄의 것은 주머니에 넣었다. 레이는 귀를 뚫지 않아서 귀걸이를 할 수 없었다.

"레이. 내 부탁 잊지 마."

펄은 그 말을 남기고 구급차 안으로 실려 들어갔다. 차는 떠났다. 레이는 차가 보이지 않을 때까지 서 있다가 학습관으로 들어갔다.

레이가 교실에 들어서자 순식간에 쥐 죽은 듯 조용해졌다. 레이와 함께 다니던 친구들은 레이를 잠깐 바라보다가 시선을 돌렸다. 레이는 친구들이 모여 앉은 창가로 다가갔다. 레이가 빈자리에 앉자 약속이라도 한 듯 모두 자리에서 일어나 흩어졌다. 레이의 자리 앞뒤로, 아무도 앉지 않았다. 레이는 창밖만 바라봤다. 아무리 생각해도 헬기가 뜬다면 교실 창에서 가장 잘 보일 것 같았다.

수업이 시작되었다. 레이는 계속 창밖을 보았다. "떴다."라고 누군가가 중얼거렸다. 헬기 한 대가 학교 주변을 한 바퀴, 천천히 저공으로 비행했다. 레이는 점점 더 높이 올라가는 헬기를 지켜보았다. 헬기에는 매의 눈이 새겨져 있었다.

'저 눈. 계속해서 느껴졌던 매의 시선.'

헬기는 빠르게 멀어져 곧 시야에서 사라졌다. 수업이 끝나자마자 레이는 교실을 나왔다. 온실로 가서 캠코더를 가지고 와야지 싶었다.

"놔! 놓으라고. 망할. 내 책임 아냐, 아니라고!"

복도에 고함 소리가 쩌렁쩌렁 울려 퍼졌다. 엑시가 복도 한가운데서 발버둥 치고 있었다. 엑시의 두 팔을 규율부 학생들이 붙잡고 있었다.

"나한테 이럴 순 없어. 이럴 순 없다고!"

엑시는 몸부림쳤다. 엑시의 주먹이 엑시를 붙잡고 있던 규율부 학생의 얼굴을 쳤다. 맞은 아이가 얼굴을 감싸며 자리에 주저앉았다. 엑시는 나머지 한 명도 뿌리치고는 복도 끝을 향해 도망쳤다. 규율부 학생들이 그 뒤를 쫓았다. 레이는 그중 한 명을 붙잡고 물었다.

"엑시를 왜 잡는 건데?"

"재래. 펄을 습격한 범인."

"증거 나왔어? CCTV, 녹화된 거 없었다며."

규율부 학생이 고개를 가로저었다.

"아니. 이사장님 지시야."

이럴 순 없어, 없다고. 엑시의 외침이 또다시 복도의 끝과 끝까지 울렸다. 도망쳤던 엑시가 규율부 학생에게 끌려왔다. 계속 몸부림치는 엑시의 귓가에 규율부 한 명이 뭐라고 속삭였다. 그러자 엑시가 입을 굳게 다물었다.

레이는 학습관을 나왔다. 운동장에는 무아제를 위한 천막이 설치되고 있었다. 야외에 작품을 전시할 학생들을 위한 것이었다. 하늘에 색색의 천이 깃발처럼 나부끼는 운동장 한가운데를 지나, 레이는 온실로 가서 고무나무를 올랐다. 둥지 안, 책 무더기 위에 캠코더가 놓여 있었다. 레이는 캠코더를 집어 들고 켜 보았다. 인터뷰 영상들이 액정에 표시되었다.

레이는 모포 위에 가로누웠다. 이사장실에 불려 간 날 이후 처음으로 레이는 적막을 이불처럼 두를 수 있었다. 머릿속에 마구 엉켜 있던 생각의 뭉치가 조금씩 풀려나갔다.

*

"타살이어서는 안 되는, 자살이거나 사고사여야만 하는 죽음."

김신영은 말했다. '잘' 해 보라고. 옳은 선택을 하라고. 수많은 선택이 웅크리고 있는 캠코더 속 영상을 레이는 하나씩 재생해 보았다.

'선샤인을 죽인 건 아마도 그 사람이겠지.'

그럼 그 쪽지를 붙인 건 누구일까. 잊고 있던 쪽지가 퍼뜩, 레이의 머리 한쪽에 떠올랐다.

'그건 고발이 아니었을까. 선샤인의 죽음이 타살이라는 고발. 그런 고발을 할 수 있는 사람이라면······.'

둘 중 하나일 터였다.

샤인을 죽인 당사자.

혹은 샤인의 죽음을 지켜본 목격자.

레이가 생각에 잠겨 있는 사이에도 캠코더 모니터에는 계속해서 영상이 재생되었다. 실수로 녹화되었던 레이와 펄의 모습이 나타났다. 화면에 나타난 펄의 모습에 레이의 입가에 미소가 떠올랐다. 하지만 그 미소는 곧 사라졌다.

'하나. 둘. 셋······. 파일이 모두 여섯 개야.'

인터뷰 대상자는 모두 네 명이었다. 행정관에 숨어들기 전, 실수로 녹화된 것을 포함해도 파일은 다섯 개여야 했다. 하지만 캠코더에 녹화된 파일은 모두 여섯 개로, 하나가 더 많았다. 게다가 마지막 파일의 녹화 날짜는 오늘 아침이었다. 펄이 습격당한 날 아침. 레이가 가지러 오기 전까지 캠코더는 계속 둥지에 있었을 터였다.

'그렇다는 건, 누군가가 온실에 와서…… 뭔가를 찍고 갔다는 뜻.'

등골이 서늘해졌다. 온실에 마음대로 드나들 수 있는 사람. 레이가 인터뷰를 찍고 있음을 아는 사람. 굳이 이런 방법을 사용할 만한 사람. 레이는 머리가 잘린 보라매를 떠올렸다. 사냥을 위해 길들였다던 매. 그 매의 머리를 잘라 버린 것은 과연 누구일까.

몽골에서는 사냥에 썼던 보라매를 먹지 않는 것이 상식이라고 했다. 사람이 사람을 먹지 않는 것처럼. 하지만 100퍼센트, 모든 사람이 보라매를 날려 보낼까. 100퍼센트, 모든 사람은 사람을 먹지 않을까. 상식은 예외가 존재하기에 '상식'이라는 범주로 묶인다. 그 사실을 사람들은 애써 무시하며 살아간다.

사람도 사람을 먹는다. 육체뿐 아니라 정신까지 먹어 치운다.

'누군가가……. 역시 그 사람밖에는…….'

이 영상에는 무엇이 찍혀 있을까. 레이는 지옥의 유황 같았던 냄새를 떠올렸다. 이 영상을 재생했다가는 그대로 지옥으로 끌려 들어갈지도 모른다. 나무 뒤에서 뻗어 나왔던 손이 액정 안에서 불쑥 튀어나와서 레이의 머리를 붙잡아 버릴 것만 같았다.

'아냐. 무슨. 공포 영화도 아니고.'

뭐가 찍혔는지 확인해야만 했다. 레이는 마지막 영상의 재생 버튼을 눌렀다.

"내가 선샤인을 죽였습니다."

쪽지가 화면에 찰싹 달라붙듯 클로즈업되었다가 멀어졌다.

레이는 액정을 뚫어져라 바라보았다. 레이의 얼굴에 점점 표정이 없어졌다. 레이는 눈도 깜빡이지 않고 가만히, 오직 캠코더의 작은 화면만 노려보았다. 레이의 머리카락만이 온실 천장을 통해 들어온 바람에 미세하게 흩날렸다.

영상이 끝났다. 화면에는 리플레이 표시가 떴다. 리플레이 하시겠습니까.

레이는 선택해야 했다.

셀프 인터뷰 : 펄

화면이 흔들리다 고정되고, 펄의 모습이 잡힌다.

머리에 붕대를 감고 환자복을 입은 모습.

온실 안으로 새어 든 희뿌연 햇살이 안개처럼 퍼진다.

펄　이걸 보면 알게 되겠지. 내가, 네가 생각하는 그런 애가 아니라는 걸. 이 영상을 남길까 말까 계속 고민했어. 하지만 레이. 너에게 선택할 수 있게 해 주고 싶었어. 나는 선택할 수 없었거든.

펄, 고개를 들어 온실 위쪽을 빤히 바라본다.

펄　(혼잣말을 하듯) 나는 아마…… 무아교에 돌아오지 못할 거야. 그가 알게 될 테니. 내가 이 쪽지를 붙였다는 걸.
내가 혼돈을 일으키려 했다는 걸 알면, 그는 날 용서하
지 않겠지. 그는…….

펄, 카메라를 정면으로 바라본다.

펄   (또렷한 목소리로) 레이. 네게는 세 가지 선택지가 있어.
첫 번째 선택지. 우리 계획대로 파일을 외부에 유출해.
레이, 너도 알고 있겠지. 우리가 가진 건 보잘것없어. 네
가 했던 말처럼 달걀로 바위 치기야. 아무리 인터넷에서
이슈가 돼도 더 큰 화제로 덮어 버리면 그만이야. 더군다
나 무아교는 바깥 사람들에겐 공중에 떠 있는 섬 같은
곳이야. 자신들의 아이가 다니는 곳도 아니고, 선배도 후
배도 없는 곳. 그런 학교에서 일어난 폭력 사건보다 흥미
로운 일들은 얼마든지 있어. 예를 들어 인기 있는 아이돌
그룹의 스캔들이라든가. (말을 멈춘다.)
(짧은 호흡 뒤, 말이 이어진다. 책을 외우듯 느릿느릿한 말투다.)
……그런 거야. 나와 관계없는 여자애가 당한 폭력 따위,
누가 누구와 사귄다는 것보다도 못한 일이 될 수 있어.
경찰도 마찬가지야. 그렇게 얼굴도 잘 안 보이는 동영상
따위, 증거로 채택할 수 없다고 무시해 버리면 그만이야.
아니…….

(말끝이 한순간 단호해진다.) 무시하게 될 거야. 무아 재단이 그렇게 만들 거니까. 국가 인권 위원회에 제보해 봤자 메일 확인도 안 할걸. 이 방법은 말이야. 샤인이 했을 때에만 큰 파장을 불러올 수 있는 거야. 샤인의 인지도와 인맥. 우리에게는 그게 없어.

장담하건대 무아 재단은 그 정도로 김신영을 이사장 대리에서 내쫓지는 않을 거야. 김신영은 최창식의 최초이자 최고의 보라매거든. 그렇지만 김신영의 무능력을 증명하는 일 정도는 될 수 있겠지. 학생을 폭행한 사실을 아름답게 숨기지 못한 무능. 그리고 다른 누군가, 김신영보다 더 유능한 보라매라고 인정받는 누군가가 최창식에게 요구한다면 말이야. 이사장 자리를 김신영에게서 빼앗아 올 수 있을지도 모르지.

펄, 귀에 찬 사과 모양 귀걸이를 만지작거린다.

펄   그렇지만 레이, 네가 졸업할 때까지는 김신영이 있을 거야. 네 동생이 입학할 때까지도. 덜 위험한 만큼 결과도 불확실한 거지.

펄, 귀걸이에서 손을 뗀다.

펄   두 번째 선택지. 이 영상을 증거로 나를…….

펄은 숨을 길게 참으며 말하지 않는다.
입술을 어루만지는 펄. 손톱을 물어뜯기 시작한다. 점차 손가락
과 손바닥, 손등까지 잘근잘근 깨무는 펄. 화면이 흔들리고, 펄의
모습이 잠시 화면 밖으로 사라진다.
잠시 후 카메라 화면에 붉은 잇자국이 난 손등이 잠시 잡히고, 카
메라 수평을 맞추는 펄의 손바닥이 보인다. 화면 위치가 다시 조
정된다.

펄   나를, 살인범으로 신고해.

다시 화면에 잡힌 펄, 허리를 곧게 펴고 앉아 있다.

펄   (말이 조금씩 빨라지며) 그리고 동시에 모든 자료를 인터넷
에 뿌리고 샤인이 알고 지낸다는 형사에게도 보내. 경찰
이 나를 조사하러 오면, 나는 네가 이 선택지를 골랐다
는 신호로 받아들일게. 그러면 나도, 그에 맞는 증언을
할 거야. 최대한 자극적으로, 사람들 이목을 끌 수 있게.
무아교의 비리와, 무아교에서 일어난 살인 사건이 맞물
리면 어떤 형태로든 화제가 될 거야. 피해자의 외침에는
무관심해도, 자극적인 일에는 생쥐 떼처럼 달려드는 게

언론이니까. '여고생 사이코패스 살인 사건'이라는 타이틀. 생쥐들 구미가 당길 만하잖아. 무아 재단이 덮기 힘들 만큼 화제가 되면, 보여 주기식이라도 김신영을 쳐낼 수밖에 없겠지.

(잠시 말을 멈춘 뒤) 그렇지만 리스크가 있어. 제보자가 레이, 너라는 게 밝혀질 거야. 그러면 최창식이나 김신영이 너에게 해코지를 할 수도 있어. 아니……. 아마 할 거야. 그런 사람들이니까. 집요하고도 음습하게 괴롭히겠지.

펄, 옆에 놓인 컵을 집어 든다. 컵이 비어 있다.

물병을 들고 둥지를 내려가는 펄. 잠시 후 돌아와 작은 유리병을 연다. 유리병에는 보라색 꽃잎과 마른 찻잎이 섞여 있다. 꽃잎과 찻잎을 물병에 넣자 옅은 색이 퍼지며 물 위로 보라색 꽃잎이 떠오른다.

펄, 한참이나 물병 안을 바라보다가 물을 따라 마신다.

펄   세 번째 선택지. 이 영상 파일만 삭제해. 그리고 인터뷰를 편집하는 거야. 김신영이 주문한 대로, 선샤인의 죽음을 아무것도 아닌 것으로 만들어. 그러면 레이, 넌 미래를 보장받게 될 거야. 훌륭한 대학과 직장을. 네 동생의 안위도 부탁할 수 있겠지. 네가 졸업하고 없는 상황에서 김신영이 그 약속을 지킬지는 확신할 수 없겠지만.

펄, 카메라 가까이 다가온다.

바로 위에서 속삭이듯, 목소리에 바람 소리가 뒤섞이기 시작한다.

펄   레이. 네가 어떤 선택을 하든 나는 너를 탓하지 않을 거
야. 하지만 딱 하나만 약속해 줘. 사람들이 샤인에 대해
했던 말들, 네가 느낀 샤인에 대한 생각, 그 모든 자료는
그대로 보관해 줘. 그리고 언제든, 네가 무아교에서 벗어
날 수 있게 되면 그걸 세상에 발표해 줘. 영상이든 글이
든 무엇이든 좋아.

화면이 마구 흔들리는 가운데 둥지의 아래에서 위까지 빠르게 스
쳐 간다. 펄의 얼굴이 아주 가까이 보였다가 사라진다.

한참 동안 위에서 쏟아져 내려오는 빛만이 화면을 채운다.

CHAPTER 펄

홀로 남은 자

만들어진 낙원에서만 살 수 있는 아이가 있다.

펄은 창밖을 바라보았다. 아침이 밝기 전, 하늘이 주홍빛으로 물들고 있었다. 창 너머 풍경이라면 보지 않아도 떠올릴 수 있었다. 지평선은 기숙사보다 낮은 곳에 있는 학습관 쪽 언덕에 먼저 도착한다. 지평선이 옅게 풀리면 주홍빛은 금색으로 번져 나가고 그 빛은 곧 운동장이 다 덮히도록 넓게 퍼진다. 하얀 학습관 벽에 빛이 부딪히고 행정관까지 가 닿는다.

온실 둥지에 앉아 있으면, 무아교를 한 바퀴 돌고 온 빛이 천장 아래로 반짝이며 떨어졌다. 펄은 먼지와 뒤섞인 빛 아래에서 샤인과 함께 몸을 웅크리고 있는 순간이 좋았다. 막 태어난 새처럼, 서로의 체온을 느끼면서.

펄은 다시 펜을 들었다. 메모지에 이제까지 단 한 글자도 쓰지 못했다. 펄은 메모지에 펜 끝을 댄 채 한참이나 손을 움직이지 않았다.

쓰지 않으면 아무 일도 일어나지 않는다. 낙원은 파괴되지 않고, 수레바퀴는 예정대로 굴러갈 것이다.

펄, 드디어 내 딸다워졌구나. 이대로라면 너는 내 왕국의 공주가 될 수 있어.

그 메시지를 봤을 때, 펄은 멍하니 생각했다. 이젠 무아도에서 쫓겨나지 않을 수 있어. 그러곤 평소 같은 하루를 보냈다. 수업을 듣고 점심을 먹고 온실에 갔다. 해가 질 때까지 둥지에 앉아 있다가 기숙사로 돌아왔다. 모든 게 평소와 같았다. 다른 점이라면 선샤인이 옆에 없는 것뿐이었다.

단지 그것뿐이었는데도.

만들어진 낙원. 이곳을 나가면 펄로 살아갈 수 없다. 펄이 아닌 최진주. 그 이름으로 살아야 하는 세계. 그 세계를 버틸 수 있을까. 어둠을 머금고 있는 매의 눈. 어릴 때부터 펄을 꾸짖는 그 눈 아래에서. 펄은 흰 종이와 자신의 손끝을 한참이나 바라보았다.

*

"그런 사람들이 있지. 너무나 뛰어나서 오히려 대중의 이해나 지지를 받지 못하는 사람들. 천재 혹은 광인이 될 수밖에 없는 사람들 말이야. 그런 사람은 자신만의 왕국을 꿈꾸기 마련이야. 그 왕국이 적에게서 빼앗은 것이라면 더할 나위 없지. 네게 기회를 주마. 내 아이들 가운데 가장 못난 너지만, 나는 자애로운 아버지니까. 네가 학교를 졸업하기 전에 능력을 보여 줘. 적어도 내 보라매 노릇쯤은 할 수 있다는 걸 증명해. 그렇다면 너는 그 왕국의 공주가 될 수 있을 거다. 그러지 못한다면……. 자, 내 딸아. 인생은 장기를 두면서 노는 아이, 왕국은 아이의 것이다.[×] 너는 어떤 판을 펼쳐 보이겠느냐."

이해할 수 없었다. 진주는 여섯 살이었다. 영재 테스트를 세 번이나 받았지만, 오히려 이해력과 습득력 면에서 보통 아이들보다 뒤떨어진다는 판정을 받았다. 가족들은 믿을 수 없다는 표정으로 진주를 봤다. 최창식의 1남 3녀 가운데 유일하게 영재가 아닌 둔재. 가족 모두에게 낙오자 취급 받는 것에 이미 익숙해진 아이, 최진주.

'아버지는 왕국을 갖고 싶구나. 아버지가 뭘 해도 박수를 쳐 주고 왕처럼 떠받들어 주는 왕국. 엄마와 오빠, 언니들만으로는 부족한가 봐.'

[×] 《상상력의 한계를 부수는 헤라클레이토스의 망치》(로저 본 외희, 박종하 옮김, 21세기북스, 2004)에 나오는 표현을 인용했다.

최창식의 말에서 진주가 알아들을 수 있었던 건 극히 일부분에 불과했다. 그러나 의외로 핵심을 꿰뚫기도 했다.

진주의 아버지 최창식은 자신과 꼭 닮은 인물로 수양 대군을 꼽곤 했다. 왕좌에 오를 충분한 재능을 갖추었으나 정식으로 계승권을 받지 못했기에 제대로 된 평가를 받지 못한 인물. 그는 사실 수양 대군에게 별 관심이 없었다. 수양 대군이 첩의 소생이라고 굳게 믿었을 정도였다. 수양 대군이 문종의 아우이며 정비 심씨 소생임을 알았다면 최창식은 수양 대군에 대한 배신감으로 치를 떨었을지도 몰랐다.

최창식은 J그룹 양자로 총수 자리를 이었다. 그의 어머니는 한때 유명한 탤런트로, 최창식을 낳고 은퇴했다. 최창식은 어릴 때부터 자신의 어머니를 몹시 경멸했는데 그녀가 정부였기 때문만은 아니었다. 오히려 그의 아버지가 세뇌하듯 한 말 때문이었다. "내 머리를 닮아야 할 텐데. 제 어미 나쁜 머리를 닮으면 안 되는데." 최창식은 어머니가 자신과 격이 맞지 않는다고 여기게 되었다.

아버지 집으로 입양되어 양어머니와 함께 살게 된 후로 그런 마음은 더욱 커져 갔다. 양어머니는 그와 고작 열 살밖에 차이 나지 않는 어린 여자였고 그의 어머니와 달리 무척 머리가 좋았다. 자격지심에 괴로워하던 최창식은 양어머니를 어떻게든 없애리라 마음먹었고 실행에 옮겼다.

그러나 그것으로는 성에 차지 않았다. 완벽해지지 않았다.

최창식은 이어서 자신의 어머니도 제거했다. 화려한 외모로 사람들의 이목을 끌었다가 갑자기 죽은 탤런트. 어린 아내에 이은 정부의 죽음. J그룹 총수 일가 사건은 언론에서 크게 화제가 되었다.

경찰은 최창식 어머니의 사망 원인을 '질식사'로 발표했다. 고인이 평소 아데노이드 비대증을 앓고 있었고, 사고 당시 술에 취한 상태에서 커다란 사과 조각이 기도를 막았다는 소견은 기자들의 비웃음을 샀다. '백설 공주 사건'이라 명명된 이 사건은 온갖 찌라시를 만들어 냈다. 그러나 J그룹의 압박에 그 무엇도 수면 위로 떠오르지 못했다.

성인이 된 최창식은 자신을 천재로 꾸며 내기 위해 무던히 노력했다. 그러나 그 노력은 번번이 실패로 돌아갔다. '천재인 척'만 하는데도 콩알만큼의 재능은 필요하다는 것을 그는 몰랐다. 그는 자신의 실패를 자식들로 만회하려 했다. 그는 배우자를 선택할 때 출신 학교와 학벌을 최우선으로 보았고 네 아이에게 모두 영재 교육을 시켰다. 아이들 적성 같은 건 최창식의 고려 대상이 아니었다.

그런 최창식이 선 교수가 주축이 된 '무아 재단 프로젝트'에 참여하겠다고 밝혔을 때 논쟁이 벌어졌음은 두말할 필요도 없었다. 많은 사람들이 반대하는데도 선 교수는 적을 가까이 두기 위해 최창식을 받아들였다. 최창식은 설립 멤버라는 지위를 이용해 입학 테스트를 통과하지 못한 진주를 무아교에 입학시켰다.

진주는 그런 사정을 전혀 몰랐다. 그저 무아교에 가게 된 것이 마냥 기뻤다. 무아도에 가면 성인이 되기 전까지는 집에 돌아오지 않아도 된다고 했다. 그것은 나쁜 머리를 좋게 만들어 준다며 아침마다 진주의 입에 사전을 찢어 쑤셔 넣는 오빠와, 문제집을 풀게 하고 틀릴 때마다 손등을 때리는 언니와, 넌 내가 낳은 자식이 아니라고 외치는 엄마의 히스테리를 더 이상 견디지 않아도 된다는 의미였다. 매일 밤 무릎을 꿇리고 알아들을 수 없는 말을 늘어놓는 아버지의 매서운 눈빛에서도 도망칠 수 있을 터였다.

그리고 무엇보다 또래 아이들이 잔뜩 모여 있으니 한 명쯤은 친구가 생길지도 모른다는 기대감에 가슴이 부풀었다.

'거기서는 혼자 있지 않아도 될 거야.'

진주는 얻어맞는 것보다 혼자 있는 게 싫었다. 혼자 멍하니 넓은 집 거실에 앉아 있으면, 벽 어딘가에서 괴물이 튀어나올 것만 같았다. 무서워지면 배가 고파졌고 그래서 눈치를 받으면서도 뭔가를 계속 먹어야 했다. 진주는 매일 새벽 잼도 바르지 않은 식빵 한 줄을 통째로 우물거리다 울곤 했다.

'딱 한 명만, 내 옆에 있어 줄 누군가를 무아교에서 만나게 해 주세요.'

진주는 무아도로 오는 배 위에서 그렇게 빌었다.

*

　무아에 모여든 아이들은 모두 우수했다. 진주를 제외하고 모두가. 진주와 함께 입학한 아이들은 평균 여섯 살보다 훨씬 똑똑했으나 여섯 살만큼 천진난만했다. 반면 진주는 보통 여섯 살짜리 아이만큼 천진한 것을 용서받지 못하며 자랐다. 여섯 살 아이란 자기가 하고 싶은 말을 마음대로 해도 다 용서받을 수 있는 존재임을, 진주는 무아에 와서 처음 알았다. 주변 아이들이 모두 자기 이야기를 하는데 진주는 아무것도 말할 수 없었다. 진주는 계속 블랙 계급이 되었고 아이들은 진주의 침묵을 '덜 떨어진' 것으로 단정 지었다.

　진주는 필사적으로 무아에 적응하려 했다. 펄이라는 이름을 지었다. 어려운 책을 읽고 낯선 놀이에 끼어들려고 노력했다. 그러나 결국 주변 아이들과 같아질 수는 없었다. 맑은 물 위에 둥둥 뜬 기름 같은 존재. 무아에 어울리지 않는 불필요한 존재. 진주는 계속 어쩔 수 없이 진주였다.

　선샤인을 만나기 전까지.

　선샤인은 누구보다 똑똑했지만, 진주만큼 자신에 대한 이야기를 하지 않았다. 샤인은 계속 옐로 계급이 되었고 아이들은 샤인의 침묵을 '신비로운' 것으로 여겼다.

　"난 다른 아이들하고 같아질 수가 없어. 할 이야기가 없는걸. 아빠라든가 엄마라든가. 나는 내가 왜 여기 있는지도 모르겠단 말이야."

온실에서 선샤인을 만났을 때, 진주는 그렇게 말했다. 말하고 후회했다. 선샤인도 자신을 덜떨어진 애로 보면 어쩌지 싶었다.

"나도야. 할 이야기가 없어."

선샤인은 진주의 뺨에서 눈물로 달라붙은 머리카락을 떼 주었다.

"닮았구나. 너와 나는. 너, 이름은? 무아의 이름."

"……펄."

"난 샤인이야. 선샤인. 우리, 이름도 어울린다. 그치."

펄. 샤인이 펄의 이름을 불렀을 때 진주는 처음으로 펄이 되었다. 진주가 펄이 되자 무아는 조금씩 낙원이 되어 주었다.

선샤인과 함께였으니까.

샤인과 함께라면 펄은 아무것도 두렵지 않았다. 김신영이 부임했을 때도 지팡이를 막아섰을 때도 그랬다.

김신영은 무아에 오기 전에도 몇 번인가 본 적이 있었다. 최창식은 그를 자신의 '보라매'라고 불렀다. 최창식이 시키는 것은 뭐든 하는, 길든 보라매. 펄은 김신영이 자신과 샤인의 세계를 무너뜨릴 거라고 직감했다. 펄은 자신을 끌어안은 샤인의 손을 꽉 맞잡았다. 샤인과 함께하는 일상을 잃을 수는 없었다.

그날, 펄은 김신영을 찾아갔다.

"공주님이 찾아오실 줄이야. 학교에서는 서로 모르는 척하는 게 좋을 텐데?"

김신영은 펄 앞에서 빈정거림을 감추지 않았다.

"아는 척할 생각 없어요."

"좋은 생각이야. 네가 나를 방해하지 않으면, 나도 너에 대해 상관하지 않을 거야. 넌 어쨌든 주인의 딸이니까."

"한 가지만 약속해요."

"뭘?"

"선샤인을 아래로 끌어내리지 마요."

펄의 말에 김신영은 웃음을 터뜨렸다.

"그거참. 눈물겨운 우정이네. 좋아. 공주님이 부탁까지 하러 왔는데 그 정도는. 선샤인이 하는 말은 되도록 들어주지. 공주님이 졸업할 때까지만 참아 주는 거야."

"……그리고 선샤인이 알지 못하게 해 주세요. 내가……."

"알아. 걱정하지 마. 공주님. 그 대신 넌 얌전히 있다 졸업하는 거야. 아무것도 하지 말고. 내 위치를 넘보지도 말고."

김신영과 딜을 하고 나오는 펄의 다리가 후들후들 떨렸다.

'아무도 나와 샤인의 세계를 파괴할 수 없어.'

샤인과 함께. 펄에게는 오직 그것만이 중요했다.

*

선샤인을 없애라.

필은 메시지가 뜬 모니터를 노려보았다. 12년 만에 처음이
었다. 최창식이 필에게 직접 메일을 보낸 것은. 김신영이 이사
장으로 왔을 때도 필은 어떤 연락도 받지 못했다. 그편이 마음
편했다. 영영 아무것도 오지 않기를 바랐다.

그랬는데 갑자기 이런 메시지라니.

선샤인이 사망했을 경우, 그 아이가 소유한 지분
회수 대책이 세워졌다. 선샤인이 사회로 나오지
못하게 해야 해. 그러니 없애라. 네가 쓸모 있다는
걸 증명해. 들리는 말로는 네가 선샤인과 친하다
더군. 소중한 것을 한 번쯤 직접 없애 봐야, 덜 소
중한 것들 위에 군림할 수 있지. 내 미학에 딱 맞
는 세팅이 되겠어. 기한은 무아제 전까지. 그 증거
로 선샤인이 늘 차고 다니는 귀걸이를 가져와. 임
무를 잘 해내면 졸업 후 무아교 이사장 자리를 주
마. 김신영을 상임 이사로 둘 테니 운영에는 어려
움이 없을 거다. 김신영에게도 똑같은 과제를 내
줬으니 먼저 손쓰는 편이 좋을 거다. 무아에서 네
쓸모를 증명하지 않으면, 넌 그곳을 떠나 돌아와
야 할 테니까.

펄은 모니터를 끄고 방을 나왔다. 조금이라도 빨리 온실로 가고 싶었다.

'샤인을…… 내 손으로?'

온실로 가는 내내 메시지 속 글자들이 낱낱이 분리되어 펄의 머릿속을 꽉 채웠다.

'말도 안 돼. 하지만 못 해내면 무아를 떠나야 해. 무아도를 떠나면…….'

최진주로 돌아가야 한다. 낙원을 떠나 지옥으로. 펄은 온실로 들어갔다. 둥지로 가는 사다리를 올랐다. 최진주로 지낸 어린 시절의 괴로움이 떠오르지 않게, 사다리를 오르는 데만 집중했다.

샤인은 책을 읽고 있었다. 〈맥베스〉였다. 두세가 연기한 레이디 맥베스가 등장하는, 셰익스피어가 쓴 희곡이었다. 샤인은 그 희곡 대사를 모조리 외우고도 종종 다시 읽곤 했다. 펄은 샤인 옆에 찰싹 달라붙어 앉았다.

"나도 〈맥베스〉 다 읽었어."

샤인은 펄의 어깨에 머리를 기댔다.

"재밌었어?"

"어려웠어. 두세가 연기한 역할 말이야. 레이디 맥베스. 버티지도 못할 거면서 왜 암살을 부추겼는지 모르겠어. 사람을 죽이려고 할 때, 그 정도 각오도 안 했을까."

그렇다. 각오. 펄은 흑백 사진을 들여다보았다. 각진 턱에 눈이 커다란 배우는 역시 샤인을 닮았다고, 펄은 생각했다.

"아라비아 향수를 다 뿌려도 이 작은 손 하나를 향기롭게 못하리라."

펄은 레이디 맥베스의 대사를 외워 보았다. 샤인이 펄의 등 뒤로 팔을 돌려 펄을 안았다.

"레이디 맥베스는 타인을 죽인 것 때문에 절망한 게 아닐 거야."

"그러면?"

"그렇게까지 해서 마주한 세상이 자신이 상상한 만큼 아름답지 않아서가 아닐까. 소득 없이 기진맥진, 만족 없는 욕심을 채웠기 때문이다."

"그래서, 죽이고 불안한 기쁨을 느끼느니……. 그 뒤는 못 외웠어."

"나중에 연극 할까, 우리. 애들 모아서."

"좋아. 샤인은 무슨 역? 레이디 맥베스? 아니면 맥더프? 샤인에게는 맥더프가 어울려."

"아니. 나는 마녀. 이 세상 사람이 아닌 듯하면서도 땅 위에 발을 닿고 있는 존재. 여자이나 수염이 있어, 꼭 여자라고도 말할 수 없는 그 역을 맡을래."

목덜미를 간질이는 숨결, 따뜻한 체온, 묵직하게 기대 오는 무게. 펄은 고무나무 두 그루처럼 샤인의 몸에 박혀 들고 싶었다. 맞닿은 피부에서 줄기가 뻗어 나와 서로를 옭아매어 결코 떨어질 수 없게 될 것이다. 머리를 채운 쓸데없는 글자 따위는 나무의 양분으로 묻어 버리고, 둘이 한 그루 나무가 되어 사는 것이다.

선샤인이 없는 세상은 상상할 수 없었다. 그렇지만 최진주로 돌아갈 각오 역시 서지 않았다. 이대로 무아교가 사라지면 안전하지 않은 현실이 찾아온다. 현실로 돌아가지 않으려면 샤인이 사라져야 한다. 하지만 선샤인이 없는 세계. 그 세계가 아름다울 리 없다.

선택할 수 없는 선택지들. 펄은 그대로 눈을 감아 버렸다.

*

샤인에게 모든 걸 털어놓는다.

사흘 후, 펄은 그 선택지를 떠올렸다.

'내가 최창식의 딸이라는 걸 알면…… 샤인은 나를 싫어할지도 몰라.'

그래도 딱 한 번, 어리광을 부려 보자 싶었다. 거절당하면 망설이지 말고 진실을 고백하는 것이다. 펄은 마음을 굳히고 온실로 향했다. 오후 3시가 조금 넘은 때였다. 8월 1일, 온실은 유독 더웠다. 늘 일정한 온도를 유지하는 곳인데도 그렇게 느껴졌다. 사다리를 오르는 동안 펄의 겨드랑이가 땀으로 축축해졌다.

샤인은 둥지 안에 둥글게 몸을 말고 누워 있었다.

"샤인. 어디 아파? 오늘 하루 종일 수업도 안 들어왔지?"

"아니야, 아픈 건. 그냥 좀."

"샤인. 부탁이 있어."

펄은 누워 있는 샤인의 머리맡에 쪼그려 앉았다. 샤인의 머리카락 사이로 귀걸이가 보였다. 사과 모양 귀걸이. 샤인이 어릴 때부터 늘 차고 다니던 것. 저것을 샤인이 펄에게 주면 펄은 최창식에게 보고할 수 있었다. 보세요. 죽이지 않고도 귀걸이를 손에 넣었어요. 선샤인은 이제 우리 편이 되었습니다. 그러면 모든 것이 지금처럼 변함없이 흘러갈 터였다.

펄은 샤인의 귀걸이를 향해 손을 뻗었다.

"이거, 나한테 줄 수 있어?"

샤인이 펄의 손을 잡으며 고개를 가로저었다.

"이건 안 돼. 중요한 거야."

펄은 아랫입술을 꽉 깨물었다. 거절당했다. 이젠 진실을 고백해야 했다.

'다 털어놨는데…… 그래도 거절당하면.'

어떻게 해야 할까. 펄은 손바닥 안쪽을 꾹 눌렀다. 체한 듯 속이 답답했다. 펄이 고개를 숙인 채 손바닥을 바라보고 있자 샤인이 벌떡 일어나 앉았다. 그리고 책 무더기 근처에서 작은 상자를 꺼내 열었다.

"펄. 손 내밀어 봐."

샤인이 펄의 손을 잡아끌어 폈다. 펄의 손바닥 위에 사과 모양 귀걸이가 놓였다.

"이거 줄게. 내가 차고 있는 거랑 똑같은 거야. 이거, 나한테 진짜 소중한 거야. 그러니까 펄, 잘 갖고 있어 줘. 내가 너와 함께 있지 못하는 동안에는 이게 너랑 같이 있는 거야. 이 안에 내 영혼의 일부를 넣어 놓을게."

"……나와 함께 있지 못한다고? 무슨 말이야?"

펄은 손 위에 놓인 귀걸이를, 귀걸이를 집어 드는 샤인의 손가락을 물끄러미 바라보았다. 샤인의 목소리가 어쩐지 무척 멀게 들렸다. 샤인은 아무런 대답 없이, 귀걸이를 펄의 귀에 채워 주었다.

"펄. 사과의 속은, 무슨 색일 것 같아?"

"사과의 속?"

뜬금없는 샤인의 질문에 펄은 눈을 깜빡였다. 샤인이 채워준 귀걸이에 손이 갔다. 샤인의 체온이 남아 있었다.

"……새콤할 것 같은 색?"

샤인이 웃었다. 웃으며 펄을 끌어안았다.

"나는, 이래서 네가 너무 좋아."

샤인의 품에서는 언제나처럼 좋은 냄새가 났다. 그 냄새에 답답했던 속이 말랑말랑하게 풀렸다. 펄은 샤인의 어깨에 이마를 파묻고 크게 숨을 들이마셨다.

"펄. 우리 춤출까?"

샤인이 자리에서 일어나 펄에게 손을 내밀었다. 펄은 둥지에서 둘이 춤추는 것을 가장 좋아했다. 춤을 추면서 샤인의 콧노래와 심장 박동이 같은 리듬으로 맞춰지는 것이 좋았다. 가볍게 스텝을 밟다 보면 등에서 날개가 돋아나 온실 밖으로 날아갈 수 있을 것처럼 느껴지기도 했다.

펄이 샤인의 손을 잡으려던 때였다.

"샤인, 나 왔어."

고목 아래에서 달빛의 목소리가 들려왔다. 펄은 미간을 찌푸렸다. 펄은 달빛이 싫었다. 달빛이 샤인을 보는 눈빛이 싫었다. 샤인을 금방이라도 섬 밖으로 데리고 나갈 수 있다는 듯 행동하는 그 태도가 싫었다.

"내려갔다 올게."

샤인이 사다리를 타고 내려갔다. 펄은 둥지 밖, 철제 구조물에 서서 아래를 내려다보았다. 샤인과 달빛이 마주 서서 뭔가를 말하고 있었다. 말소리까지는 들리지 않았다. 그러나 펄은 분명히 봤다. 샤인이 귀걸이를 빼서 달빛에게 주는 것을.

'어째서? 내게는 줄 수 없다고 했으면서. 중요한 거니까.'

달빛에게는 중요한 것을 맡길 수 있다는 뜻일까. 동료가 될 수 있는 건 달빛뿐이라는 의미일까. 예전부터 그랬다. 샤인은 펄에게는 도와 달라는 말을 잘 하지 않았다. 펄은 모든 것을 알고 있었지만 샤인 앞에서는 모른 척해야만 했다.

'그러고 보니 샤인이 '함께 있지 못하는 동안에는'이라고 했

어. 설마…….'

샤인은 달빛과 함께 무아도를 나가려는 걸까. 펄은 주먹을 꽉 쥐었다. 손톱에 짓눌려 손바닥에 붉은 자국이 났다. 옅게 난 자국에서부터 뭔가가 뒤틀리기 시작했다. 뱃속이 부글부글 끓는 듯한, 뭔가를 당장 망가뜨리고 싶은 충동이 치밀어 올랐다.

'내게는 네가 세상의 전부인데. 넌 아니구나.'

샤인은 무아가 아니어도 어디서든 자신의 세계를 만들 터였다. 어디서든 친구를 사귈 것이다. 그 옆에 있는 사람이 자신이 아닐 수도 있다는 생각에 펄은 숨이 막혔다.

샤인이 사다리를 타고 올라왔다. 펄은 잠자코 샤인에게 손을 내밀었다. 두 사람은 손과 손을 붙잡고 빙글빙글 돌았다. 옷자락이 스치며 사각거리는 소리와 라, 라랄, 라 하는 샤인의 콧노래가 둥지 주변의 공기에 떠돌았다. 좁은 둥지 바깥쪽, 벽처럼 둘러친 철판에 펄의 무릎이 닿았다. 차가운 금속의 감촉에 펄은 공기에 녹아들지 못했다. 펄은 샤인을 올려다보았다. 늘 달고 있던 귀걸이가 사라진 샤인의 귓불을 봤다.

"내가 없는 곳이라도, 넌……."

"펄?"

춤은 끝났다. 버림받느니, 내 쪽에서. 정리되지 않은 상념이 펄의 손끝을 움직였다. 펄은 샤인을 밀었다. 철판 밖으로 힘껏. 펄의 손에서 샤인의 손이 빠져나갔다. 샤인의 몸이 아래로 떨어지는 것을, 펄은 멍하니 바라보았다. 날아서 다시 내 앞에 나타나지 않을까. 그 순간, 엉뚱한 상상이 현실처럼 느껴졌다.

그러나 샤인의 등에서 날개는 돋아나지 않았다.

샤인의 몸은 그대로 아래로 떨어졌다. 나무 아래로 아주 빠르게. 샤인은 비명을 지르지 않았다. 뚫어져라 펄을 바라보았다. 펄과 눈을 마주친 채 땅에 뒤통수를 부딪혔다.

쿵. 둔탁한 소리가 났다.

용담꽃 무더기 속, 잠자듯 누운 샤인을 내려다본 순간 펄은 깨달았다. 몸을 뒤틀리게 만들었던 감정. 그것은 질투였다.

질투에 의한, 선택 아닌 충동의 결과.

그것은 결코 아름답지 않았다.

*

만들어진 낙원에서만 살 수 있다. 그 낙원에만 샤인의 흔적이 남아 있기에.

그렇다면 샤인이 그토록 원했던 무아교의 모습을 지켜 낼 것이다. 만들어진 왕국에서 꼭두각시 공주의 관을 쓸 것이다. 보라매가 되어 날개와 몸통이 잘리기 전까지 발버둥을 칠 것이다.

"그렇게까지 해서 마주한 세상이 자신이 상상한 만큼 아름답지 않아서."

그것이 불가능하다면 아예 무너뜨려 버리면 된다. 최진주의 삶으로 돌아가게 되더라도.

"……아름답지 않은 정도가 아니야, 샤인. 네가 없는 매일
이 지옥 같아."

이 계획은 어떤 방향으로 굴러갈까. 선하고 아름답게. 선하
고 아름다운 것은 존재할까. 펄은 예측할 수 없었다. 그래도 해
야 했다. 그 외에 아름다움을 돌려놓을 방법을 알지 못했기에.

펄은 메모지에 또박또박 한 글자씩 적어 넣었다.

"내가 선샤인을 죽였습니다."

선택하는 자

레이는 용담꽃 무더기에 누웠다. 선샤인이 누워 있던 자리
는 움푹 파여 있었다. 그 자리를 메우기라도 하듯 레이는 보랏
빛에 둘러싸여 위를 올려다보았다.

"대체 나한테 왜 이러는 건데……."

눈을 감아 버리고 싶었다. 그러나 서로 얽혀 들어간 고목의
메마른 나뭇가지 틈으로 보이는, 옅은 푸른빛으로 물든 하늘
에서 눈을 뗄 수 없었다. 레이는 눈을 부릅떴다.

푸름이 빛을 모두 삼키면 밤이 올 것이다.

'내가 무엇을 선택하든 펄은 원망하지 않는다고 했지. 그리
고…… 돌아오지도 않고.'

선하고 아름답게. 그 규칙을 지키면 행복해질 수 있을 거
라 믿었다. 무아에 있으면 그렇게 될 수 있을 줄 알았다. 지금

까지 그렇게 배워 왔다. 배움에 충실한 학생을 꾸짖는 이는 없다. 그것은 지극히 옳은 일이며, 규칙 안에서 안락을 보장해 주었다. 그래서 레이는 묻지 않았다. 주위를 보지 않았다. 보지 않으려 했다.

갑작스럽게 받아 든 선택지에, 레이는 눈을 돌리고 싶었다. 그러나 그럴 수 없었다. 주변을 둘러싼 용담꽃의 보랏빛이, 등과 팔과 다리와 온몸을 물들이는 듯했다.

독이다. 이 선명한 색은 독.

'펄은 왜 돌아올 수 없을까. 그. 그라는 건…… 최창식일까. 펄, 넌 최창식과 어떤 사이니. 김신영을 밀어내고 온다는 또 다른 사람은 대체 누구야.'

풀리지 않는 의문이 한가득이었다. 그러나 아무리 궁금해도 대답해 줄 사람이 없었다. 어떤 선택지를 골라도 확실한 결과는 얻을 수 없었다.

"분해."

레이는 푸르게 물들어 가는 하늘의 틈을 향해 중얼거렸다. 분했다. 이렇게까지 발버둥 쳤는데 결국 타인의 결정과 변덕에 결과를 맡기고 기다려야 하는 자신의 무능함이 분했다. 어째서 아이들은 언제나 선택할 수 없을까. 레이는 어릴 적 문을 마구 두드리던 괴한이 물러가기를 기다리던 그날을 떠올렸다. 덜컹이던 소리. 그러나 지금은 귀를 막아 줄 작은 손조차 레이의 곁에 없었다.

레이는 펄이 준 귀걸이를 꺼내 보았다. 사과의 빨간색이 눈을 찌르듯 강렬했다. 그 선명한 색을 보자 레이는 샤인이 떠올랐다. 여신이라는 별명이 잘 어울렸던, 스쳐 지나가던 옆모습조차 강렬했던 샤인. 그 잔상이, 사과의 빨간색과 뒤섞여 레이를 뒤덮었다.

'……선샤인은 판도라를 닮았구나. 사과를 남긴 것까지.'

항아리에서 사과를 꺼내 준 여신은, 항아리 속 희망만을 남기고 온갖 고난을 인간 세계에 퍼뜨린 여인이 되었다. 어떤 시대에 누가 기술했는가에 따라 여신과 여인을 오가야 했던 존재. 여신이라 불린 데 샤인의 의지가 없었듯, 그 선택에도 판도라의 의지는 없었다.

'샤인이 판도라라면 희망을 남겨 줬을 텐데.'

이게 진짜 사과라면, 반으로 쪼개 안을 들여다봤을 것이다. 혹시나 있을 희망을 기대하면서. 레이는 귀걸이를 바로 눈 앞에서 한 바퀴 돌렸다.

"이게 뭐야?"

귀걸이를 돌리던 레이의 손이 멈췄다. 사과 잎사귀 뒤쪽에 뭔가가 새겨져 있었다. 레이는 가느다랗게 눈을 뜨고 잎사귀 뒤쪽을 유심히 바라보았다. 520_mysis. 바늘 끝으로 새긴 듯 작은 글자는 숫자와 영문으로 이루어져 있었다.

"잠깐만, 이거 혹시……."

레이는 벌떡 몸을 일으켜 디바이스를 켰다. '사과' 폴더를 클릭하고 비밀번호 입력 창에 적혀 있던 글자를 입력했다. 심장이 마구 두근거렸다.

'이게 비밀번호가 맞는다면. 이 안에 뭔가 있다면……'

하지만 실패였다. 아무리 엔터를 클릭해도 폴더는 열리지 않았다. 두근거림이 가라앉고 실망이 몰려왔다. 레이는 다시 귀걸이에 적힌 깨알 같은 글자를 실눈으로 노려보았다.

"520, 나의, 시스터에게. 520……. 오, 이, 공."

레이는 숫자를 소리 내어 읽어 보았다. '_mysis'에 의미가 있으니 숫자에도 뭔가 의미가 있을 터였다. 레이는 '사과' 폴더를 쉽게 포기할 수 없었다.

"고, 니, 지로. 파이브, 투, 제로. 퍄티, 드바, 날. 우, 얼, 링."

온갖 언어로 숫자를 읽어 보던 레이의 목소리가 갑자기 뚝 끊겼다. 우얼링. 중국에는 숫자 언어가 있다. 520(우얼링)은 비슷한 발음 때문에 '워 아이 니(我爱你)'로 통용된다는 사실이 레이의 머릿속에 떠올랐다.

"설마……."

레이는 반신반의하며 비밀번호 입력 창에 영문을 입력하기 시작했다. 'iloveyou_mysis' 엔터를 클릭했다.

열렸다.

레이는 크게 숨을 몰아쉬고 '사과' 폴더 안에 든 PDF 파일을 클릭했다. 자료를 살펴보는 레이의 눈빛이 점점 날카로워졌다.

그 안에 최창식의 약점이 있었다.

레이는 자료의 마지막 장을 넘기고도 디바이스를 손에 든 채 한참이나 꼼짝 않고 앉아 있었다. 수많은 의문이 레이의 머리를 휘저었지만, 그것들은 곧 초와 분 사이에서 바스러졌다. 바스라지지 않은 것은 오직 하나였다.

"……이게 있으면 직접 맞서 볼 수 있어."

레이는 일어났다. 온실을 나갔다. 푸른 밤을 건너 어둠으로 걸어 들어갔다. 축제를 준비하던 학생들은 사라지고 공중에 색색의 천들만이 흩날리고 있었다.

레이는 운동장을 걸으며 주머니에 넣어 두었던 귀걸이를 꺼냈다. 펄이 주고 간 것이었다. 사과 모양 귀걸이. 또 다른 금단의 과일. 레이는 귀걸이 침을 귓불에 대고 눌렀다. 엄지로 얇은 귓바퀴 뒤쪽을 꽉 부여잡고 중지로 힘껏 사과를 눌러 귓불에 박았다.

'뭘 선택해도 날 원망하지 않는다고 했지. 펄.'

그러니까 너는 날 원망하면 안 돼. 내가 뭘 하든. 설령 내가 선택지 밖의 답을 고른다고 해도, 사과 속을 새빨갛게 물들여도, 희망을 독으로 만들어 버린다고 해도, 괴물을 무찌르지 않고 괴물이 되기를 택한다고 해도. 설령 독이 든 사과를 베어 문다고 해도 원망하면 안 돼. 귀걸이 침이 살을 뚫는 생생한 아픔을 느끼며 레이는 계속 되뇌었다. 되뇜이 끝났을 때 귀걸이는 무사히 레이의 귀에 자리 잡았다. 레이의 귓불에서 흘러나온 핏방울이 손가락 끝과 턱 언저리에 묻었다.

귀걸이 축을 끼워 넣은 레이의 걸음이 좀 더 빨라졌다. 레이의 손가락 끝에 맺혀 있던 붉은 핏방울은 보라색 독을 품은 채 운동장으로 떨어졌다. 피는 모래 안으로 빨려 들어갔다.

레이는 행정관 안으로 들어갔다. 문은 잠겨 있지 않았다. 열여덟 계단을 걸어 올라갔다. 대기실 안으로 들어가 이사장실 문 앞에 섰다. 보라매는 여전히 레이를 내려다보고 있었다. 레이는 보라매의 눈을 피하지 않고 빤히 마주 보았다.

"선하고 아름답게."

그런데 선하다는 것, 아름답다는 것, 선하고 아름답다는 건 대체 뭘까.

레이는 방문 손잡이를 움켜잡았다.

누군가의 일기

사랑은 복잡하고 권력은 단순하지. 나와 너, 우리를
닮았다던 배우, 엘레오노라 두세가 그런 말을 했잖아.
권력을 쥐는 자는 늘 덜 사랑하는 사람이라고.
네가 없는 하루를 보냈어. 그리고 알았지. 나는 네가
없으면 펄로 살아갈 수 없다는 것을. 펄이 아닌 그
누구로도 살아갈 수 없다는 것을.
나도 알아. 내가 무슨 짓을 해도 네가 내 옆에
돌아오진 못한다는 걸. 내가 충동이라는 가위로 잘라
버렸는걸. 나는 운명의 마녀가 아니니 그 끈을 다시
이을 순 없겠지.
그렇다면 네가 원하던 낙원을 내가 되찾아 올게.
제로에서 다시 시작하더라도, 모든 것이 무너진 재
위에서라도 발버둥 칠게.
나는 견딜 수 없어. 사람들이 너를 잊어버리는 것을.
샤인, 네가 그랬지. 누군가의 기억 속에 살아 있으면
죽은 자도 영원히 살 수 있다고. 그게 내 기억만으로
충분하다면 얼마나 좋을까. 하지만 안 되겠지. 너를
해친 내 기억에 남는다고 네가 행복할 리 없을 테니.
그러니까 나는 발버둥 칠 거야. 선샤인이라는 사람이
있었다고. 그는 선하고 아름다운 일을 하려고 했던

사람이었다고. 실족사 따위로 마무리되어서는 안
되는 죽음이었다고. 누군가가 그것을 기억하고
기록하고 언젠가 이 세상 사람들이 모두 알도록 만들
거야.

넌 내게 귀걸이를 주지 않았지. 내가 원하던 것을.
그렇지만 나는 너를 위해 왕관을 쓸게. 만들어진
공주가 되어 매의 눈 아래에서 춤을 출게. 날개와
몸통과 다리가 모두 잘려 나가도, 언젠가 매의 눈을
쪼아 버릴 부리는 남을 거야. 너를 위해 매를 없애고
내가 매가 될게. 너를 위해 왕이 될게. 너의 낙원을
돌려줄게. 설령 내가 범죄자가 되더라도, 너를 미워해
죽인 것으로 알려지더라도 그렇게 할게.

늘 내가 너를 더 사랑하니까. 너는 내 옆에 없어도
권력은 여전히 네 손에 있어.

그래. 이런 이야기는 어디에나 있는 법이지.

.

.

.

그렇지만 내 소원은 여기에만 있어.
부탁이야. 다음에 만나면 다시 친구가 되어 줘.
나를 혼자 있게 하지 마.
제발.

돌아오는 자

바다는 잔잔했다. 늦은 겨울, 선착장을 떠난 낚싯배가 물결에 흔들리며 무아도로 향하고 있었다. 선장은 배 한쪽에 선 손님을 힐끔, 곁눈질로 살펴보았다.

　기묘한 손님이었다. 새 학기가 시작되기도 전, 정기선도 다니지 않는 이른 새벽에 무아도로 가겠다는 여자라니. 벌이도 시원찮은 겨울에, 돈을 주겠다니 무시할 수 없어 여자 손님이라도 받기는 했으나 괜히 찝찝했다. 선장은 손님 곁으로 가서 넌지시 물었다.

　"손님. 허가증은 있어요? 저 섬, 사유지라서 선착장에서 지키고 서 있는데."

　손님은 주머니에서 종이를 꺼내 보였다. 선장이 고개를 끄덕였다.

"새로 부임한 선생님이었군요. 무아교 같은 명문 사학에 교사로 오다니, 능력자네. 저기 학교가 들어섰을 때만 해도 이 근처 사람들 다 저게 뭔가 했는데 말입니다. 지금은 전국에서 알아주는 명문 재단이 됐잖아요. 얼마 전에, 그러니까 4년 전인가. 그때 사건이 하나 터져서 잠깐 소란스럽기는 했지만. 선생님도 아시죠? 이사장 대리로 왔던 사람이 막 검찰 소환되고 그랬는데. J그룹 총수 최창식도 연루되어 있다 어쩐다 하다가 잠잠해졌는데. 뭐 때문에 그랬지? 기억이 잘 안 나네……. 사건이 어떻게 마무리가 됐는지도 기억이 가물가물하네요. 하긴, 그게 뭐 중요합니까. 한국에서 진학률 이기는 게 어디 있어요. 그래도 그것 때문에 한동안 학교 이사장 자리가 비어 있었다고 하더라고요. 올해 새로 온다던데. 선생님이니까 이미 아시겠네."

손님은 고개를 끄덕였다. 그의 귀에는 새빨간 사과 모양 귀걸이가 달려 있었다.

인생이란 그림자가 걷는 것, 배우처럼
무대에서 한동안 활개 치고 안달하다
사라져 버리는 것, 백치가 지껄이는
이야기와 같은 건데 소음, 광기 가득하나
의미는 전혀 없다.

위대하다 일컬어지는 말, 누군가의 진실
무대 위와 무대 뒤, 혹은 모두가 거짓
어느 쪽이 진실이라 하더라도
어떤 광대가 될지는 내가 정할 일.
내 이야기의 끝은 결코 고요하지 않기를.

Life's but a walking shadow, a poor player
That struts and frets his hour upon the stage
And then is heard no more: it is a tale
Told by an idiot, full of sound and fury
Signifying nothing.

Words considered great, the truth of someone
On and off the stage Or everyone is lying.
There's no truth, but the clown's whereabouts are her own.
May the end of the story be not silent.

작가의 말

《선샤인의 완벽한 죽음》은 여러 가지로 내 '처음'이다. 일단 안전가옥에서 내는 첫 장편 소설이다. 이 작업을 하면서 나는 처음으로 협업을 경험했고, 처음으로 정리된 트리트먼트를 작성해 보았다.

물론 타고나기를 장편을 잘 쓰는 작가도 있겠지만 내겐 그런 재능이 없다. 물론 등단을 하고 장편을 쓰고 싶다는 생각은 했다. 3년간 혼자 읽고 글을 뜯고 구조를 분석하고 쓰고 또 썼다. 원고지 800매쯤 되는 장편을 여섯 편 썼고 모두 하드 디스크 안에 고이 묻었다. 2017년 첫 장편 소설을 출간하고 나서도 계속 헤맸다. 주변에서는 그쯤이면 그만하고 생업에 전념하라고 했다. 안 그랬다. 내 유일한 장점은 끈질기게 잘 버틴다는 거였으니까.

그러다 안전가옥을 만났고 앤솔로지 《냉면》과 《대멸종》에
참여했다. 버틴 보람이 있었다. 처음으로 작업을 하면서 외롭
지 않았다.

다음은 《선샤인의 완벽한 죽음》에 대해, 몰라도 상관없고
알면 재미있을지도 모르는 몇 가지 이야기다.

　1. 이 소설의 가제는 '옐로 케이크(Yellow Cake)'였는데,
우라늄 농축액과 레이어 케이크 두 가지 의미로 쓰이는
단어다. 레이어 케이크의 한국 버전은 역시 무지개떡 아니
겠는가. 무아교는 그래서 '무아'가 되었다. 순우리말로 무
아는 '무지개를 닮은 아이'다. 범어인 무아(無我, 실체로서의
내가 없다는 뜻)와 동음이의어인 것도 마음에 들었다.
　2. 무아도는 실존하지 않는 가상의 섬이다. 현재 육지
에서 뱃길로 가장 먼 섬은 만재도이다. 무아도의 풍경은
여수의 백도를 모델로 삼았다. 백도에 전해 내려오는 전설
은 뭐랄까, 제멋대로인 부모의 끝판왕을 보여 준다.(무슨 이
야기인지 궁금하다면 '백도 전설'을 검색해 보기를 추천한다.)
　3. 무아교의 설립 이념인 '선하고 아름답게'는 고대 그
리스의 '칼로카가티아(Kalokagathia)'를 뜻한다. 고대 그리
스에서는 정치, 군사, 경기에 출중한 사람을 칼로카가토스
(Kalokagathos)라 불렀으며 이상적인 시민의 전형으로 꼽

왔다. '영혼이 아름다운' 상태를 뜻하기도 한다.

4. 선샤인이 아끼던 배우, 엘레오노라 두세(1858~1924)는 이탈리아 배우다. 헤르만 헤세의 《크눌프》를 읽은 사람이라면 이 이름이 낯익을 것이다. 크눌프가 내내 들고 다니는 사진 가운데 한 장이 엘레오노라 두세의 사진이다. 두세는 알폰스 무하의 그림 모델로도 유명한 사라 베르나르와 세기의 라이벌로 불렸는데, 〈마그다〉 주연 자리를 놓고 두 사람이 경쟁했기 때문이다. 그 뒤로는 베르나르와 직접 경쟁한 일이 거의 없었지만, 두 배우가 연기하는 스타일이 정반대여서 사람들의 기억에 강하게 남은 듯하다.

나는 두세를 선샤인의 모델로 잡고 작업했다. 볼프강 레프만이 쓴 《릴케: 영혼의 모험가》에서 릴케는 두세를 두고 "무대 위에서 남의 운명에 형태를 부여하나, 자신의 운명은 손에서 빠져나가게 두었다."라고 평했는데, 그 문장을 읽고 두세의 이미지가 무척 강하게 각인되었다. 무엇보다 두세가 단눈치오의 소설에 출판 동의를 하면서 한 말이 인상적이다. "소설을 출판하세요. 예술 작품에는 한 인간적인 존재보다 더 많은 가치가 있으니까요."

5. 선샤인의 인터뷰 부분만 'ANOTHER FILE'로 표시한 것은, 캠코더가 아닌 선샤인의 개인 디바이스에 따로 저장되어 있던 영상이기 때문이다.

6. 초고에는 사학 비리 부분이 많이 나와서 온갖 자료

를 긁어모았다.(결국 다 안 썼지만.) 그때 뭘 쓰든 소설이 현실을 뛰어넘지 못하는구나 싶었다. 인간의 상상력은 때로, 자신의 이득을 위해 작동할 때 가장 억지스럽고 잔혹해지는 것 같다.

"글의 원천이 무엇입니까?" 하는 질문을 종종 받는다. 아무래도 판타지, 그렇지만 미스터리도 좋은데. 기본적으로는 동화(Fairy Tale) 같기도 하고. 질문을 받을 때마다 답을 헤맸다. 안전가옥과 인터뷰를 한 후에 제대로 대답을 못했다는 찝찝함에 각을 잡고 생각해 봤다. 하지만 역시 정의 내릴 수 없었다. 아무래도 그건 우물 같은 거라서 그 바닥을 봐야 원천을 알 수 있지 않을까. 그렇게 결론 내렸다. 그러니 일단 바닥이 보일 때까지 써 보려 한다.

트리트먼트부터 함께해 준 프로듀서 신(Shin), 멋진 제목을 지어 준 릭(Rick), 그리고 모든 안전가옥의 운영 멤버에게 진심으로 고맙다. '지금, 여기에' 필요한 모든 이야기들이, 안전가옥에서 만들어지기를 원한다. 내 글이 그 이야기들 가운데 하나가 되기를, 내 글이 안전가옥을 쌓아 올리는 데 도움이 되기를 바란다.

분명 많은 신세를 지게 될 남은경 편집자님, 박연미 디자이너님, 권서영 일러스트레이터님에게도 고마움을 전한다. 이 글을 쓰는 지금, 교정본을 받기 전이라 두근두근거린다. 교정은 어떻게 진행될까, 이 글은 어떤 옷을 입게 될까 하고. 글을 쓰는 건 혼자일 수 있지만, 책을 완성하는 건 혼자일 수 없다는 이야기가 실감이 난다.

마지막으로 이 책을 여기까지 읽어 주신 독자 여러분께 정말로 감사한다. 또 만나요. 다시 만날 수 있게 바닥을 파러 가겠습니다. 열심히.

프로듀서의 말

《선샤인의 완벽한 죽음》은 '[안전가옥 스토리 공모] 2018
겨울 원천 스토리, 대체 역사물'에 '옐로 케이크'라는 제목으로
응모된 트리트먼트에서 시작되었습니다. '대체 역사물'이라는
장르와 어울리지 않아 수상작으로 선정하지 못했지만, 다른
장르로 풀어냈을 때 재미있는 이야기가 될 수 있을 거라고 생
각했죠. 물론 작가에 대한 믿음이 있었기에 가능했습니다. 범
유진 작가는 〈혼종의 중화냉면〉《냉면》수록)과 〈선택의 아이〉
《대멸종》수록)를 통해 안전가옥 운영 멤버 몇몇의 눈물을 쏙
빼놓은 바 있으니까요.

작업 과정에 대하여

우리가 가장 처음에 한 일은, 이야기가 펼쳐질 세계의 법

칙을 정하는 일이었습니다.《선샤인의 완벽한 죽음》의 아이들에게 '세계'란 곧 '학교'와 다름없습니다. 그러니 세계의 규칙을 정하는 일은 학교의 규칙을 정하는 일과 같았고, 학교의 규칙을 정하기 위해서는 "누가, 왜 '무아교' 같은 학교를 만들었을까?" 하는 질문에 대답해야 했습니다.

대답을 위해 (주로 작가가) 공부를 많이 했습니다. 고대 그리스의 '칼로카가티아' 개념에 대해, 근대 서양 철학자들의 교육 사상에 대해서요. 또한 동시대 대한민국에서 '엘리트 양성'을 목표로 하는 학교들에 대해서도 조사했습니다. 특히 그 학교들의 설립 이념과 설립자들의 행보를 유심히 살폈죠. 교육을 오직 돈벌이로 생각하는 것처럼 보이는 사람들도 일부 있었지만, '선한 의도'로 학교를 세운 분들도 의외로 많았습니다. 물론 그 '선한 의도'라는 것이 21세기의 동의를 얻지 못한 '본인 나름대로의 무엇'이라는 점이 문제라면 문제겠지만요.

조사한 내용을 바탕으로 무아교의 설립 이념을 만들었습니다. 그리고 이를 토대로 교칙을 상상하기 시작했죠. 처음에는 선한 의도로 만들어졌으나 시간이 지나면서 끔찍하게 망가지는(어쩌면 망가질 수밖에 없는) 시스템을 만들었습니다. 그제야 제대로 드러나기 시작하더군요. 학교가 곧 자신의 세계인, 그 좁디좁은 세계에서 살아가야만 하는 아이들의 슬픈 이야기들이 말입니다.

이후부터는 큰 어려움 없이 작업이 진행되었습니다. 약 일곱 달에 걸친 작업 기간 동안 작가가 보여 준 역량은 그야말로 대단했습니다. 특유의 성실함에 더해, 예민한 감각으로 인물들의 정서를 포착하고 표현하는 데 주저함이 없었죠. 작가가 보내 주는 원고를 읽을 때마다 눈시울이 시큰했습니다. 어떻게든 살아남고자 하는, 자기 나름의 방법으로 최선을 다해 사랑하고자 하는 아이들의 모습이 처절하고 아프게 그려졌기 때문입니다.

장르에 대하여

이야기가 펼쳐지는 주요 배경은 '학교'이고 서사는 '미스터리' 방식을 많이 차용했습니다. 굳이 말하자면 '스쿨 미스터리' 장르라고 볼 수 있겠죠. 다만 '미스터리' 장르에서 중요하게 생각하는 '트릭'의 완성도는 크게 신경 쓰지 않았습니다. 끝까지 읽었다면 이미 눈치챘겠지만 '누가 선샤인을 죽였는가?'라는 질문을 두고 독자와 치열하게 두뇌 싸움을 펼치려는 이야기는 아니거든요.

오히려 우리가 집중한 것은, '선샤인의 죽음 사건'을 이해하기 위해 반드시 알아야 하는 개인들의 삶 그 자체였습니다. 이 사건을 온전히 이해하기 위해서는 반드시 밝혀져야 하는 아이들의(혹은 몇몇 어른의) 비밀이 있죠. 독자가 '선샤인 죽음 사건'에 적절한 호기심만 품고 있다면, 자연스럽게 모든 인물의 가장 내밀한 곳까지 들여다볼 수 있도록 구성했어요. 물론 그 성공

여부는, 지금 이 글을 읽고 있는 독자들이 가장 잘 알 겁니다.

감사한 분들에 대하여

남은경 편집자님, 박연미 디자이너님, 권서영 일러스트레이터님에게 감사합니다. 안전가옥 운영 멤버들(뢱, 클레어, 테오, 쿤, 헤이든, 모, 레미, 시에나)에게 감사합니다. 그리고 힘든 협업의 고비마다 "집단 지성 최고!"를 외치며 부족한 프로듀서에게 곁을 내어 주신 범유진 작가님에게 가장 큰 감사를 전하고 싶습니다.

안전가옥 스토리 PD

김신 드림

참고 문헌

김천기, 《교육의 사회학적 이해》, 학지사, 2008

윌리엄 셰익스피어, 최종철 옮김, 〈맥베스〉, 민음사, 2004

이나바 요시아키, 송현아 옮김, 《부활하는 보물》, 들녘, 2002

카를 케레니, 장영란 옮김, 《그리스 신화: 1. 신들의 시대》, 궁리, 2002

선샤인의
완벽한
죽음

1판 1쇄 발행   2020년 4월 30일
1판 3쇄 발행   2022년 5월 31일

지은이   범유진

기획   안전가옥
콘텐츠 총괄   이지향
프로듀서   김신,
          김보희, 반소현, 신지민, 윤성훈, 이은진,
          임미나, 정지원, 조우리, 황찬주
퍼블리싱   박혜신, 이범학, 임수빈
편집   남다름
일러스트   권서영
디자인   박연미
경영전략   나현호
서비스 디자인   김보영
비즈니스   이기훈, 임이랑
경영지원   홍연화

펴낸이   김홍익
펴낸곳   안전가옥
출판등록   제2018-000005호
주소   04779 서울특별시 성동구 뚝섬로1나길 5,
      헤이그라운드 성수 시작점 201호
대표전화   (02) 461- 0601
전자우편   marketing@safehouse.kr
홈페이지   safehouse.kr

ISBN   979-11-90174-77-0 (03810)

ⓒ 범유진 2020